Zu diesem Buch

Staatssekretär Rüter vom niederländischen Handelsministerium, gerade in heikler Mission in Stockholm, ist überrascht, als die schwedische Journalistin erscheint, die ihn um ein Interview gebeten hat. Denn sie ist Holländerin und sieht aus wie Greta Garbo. Doch die Überraschung wird bald noch größer. Sie zieht kein Blatt mit vorbereiteten Fragen aus ihrer Tasche, sondern drei Großfotos, und die zeigen eindeutig, daß Rüter letzte Nacht keine Akten studiert hat, sondern weit kurzweiligeren Beschäftigungen nachgegangen ist. Kühl erklärt die Blondine, sie besäße auch noch ein Video. Fotos und Video kosteten drei Millionen Kronen. Abzuliefern am nächsten Tag.

Als Rüter sich auf sie stürzen will, trickst sie ihn aus und entkommt unbehelligt. Doch das ist erst der Anfang einer Geschichte, bei der mehrere Leute böse Überraschungen erleben...

Nach über zehn Jahren wieder ein Roman von Maj Sjöwall, diesmal in Zusammenarbeit mit dem holländischen Thriller-Autor Tomas Ross.

Außerdem liegen vor: Alarm in Sköldgatan (Nr. 2235), Endstation für neun (Nr. 2214), Das Ekel aus Säffle (Nr. 2294), Der Mann auf dem Balkon (Nr. 2186), Der Mann, der sich in Luft auflöste (Nr. 2159), Der Polizistenmörder (Nr. 2390), Die Terroristen (Nr. 2412), Die Tote im Götakanal (Nr. 2139), Und die Großen läßt man laufen (Nr. 2264), Verschlossen und verriegelt (Nr. 2345) sowie diese zehn Romane mit Kommissar Martin Beck als Kassette (Nr. 2800).

Maj Sjöwall / Tomas Ross

Eine Frau wie Greta Garbo

Aus dem Schwedischen
von Eckehard Schultz

rororo

Rowohlt

rororo thriller
Herausgegeben von Bernd Jost

76.–79. Tausend Dezember 1995

Deutsche Erstausgabe
Veröffentlicht im Rowohlt Taschenbuch Verlag GmbH,
Reinbek bei Hamburg, Mai 1991

Die Originalausgabe erschien 1990 unter dem Titel
«Kvinnan som liknade Greta Garbo»
bei Norstedts Förlag AB, Stockholm

Umschlaggestaltung Peter Wippermann / Britta Lembke
Satz Aldus (Linotronic 500)
Gesamtherstellung Clausen & Bosse, Leck
Printed in Germany
990-ISBN 3 499 43018 5

Die Hauptpersonen

Staatssekretär Rüter	nutzt seinen Einfluß für persönliche Ziele
Christine Kroonen	beweist im Film und im Leben ihre Vielseitigkeit
Mats Berggren	will ans große Geld
Albert Kroonen	traut seinen Augen nicht
Peter Hill	will einen Roman schreiben und gerät in eine undurchsichtige Geschichte
Kiki Andersson	vermißt ihre Freundin
Otto Blom, Polizeiinspektor	setzt Hill auf die Spur
Bo Wester, Geheimdienstmann	will Karriere machen
Sven Olsson, Justizminister	sorgt für seine Freunde

Prolog

Die Frau, die die Stufen zur Halle des *Grand Hôtels* hinaufging, sah aus wie eine junge Greta Garbo. Das aschblonde Haar war zu einer weichen Pagenfrisur geschnitten und lag locker auf ihren Schultern, ein breitrandiger schwarzer Hut mit wippender Krempe warf einen Schatten auf den oberen Teil ihres Gesichtes, das sie außerdem hinter einer großen Sonnenbrille verbarg. Trotz der Hitze trug sie einen bis oben hin zugeknöpften Mantel, der ihr beinahe bis an die Waden reichte. Sie hatte schwarze hochhackige Schuhe mit Schleifen an und trug dazu graue Strümpfe. Sie konnte genausogut auf dem Weg zu einer Cocktailparty wie zur Beerdigung ihres Mannes sein.

Über die linke Schulter hatte sie eine große Segeltuchtasche geworfen, die irgendwie nicht zu der sonstigen Aufmachung passen wollte.

Lässig betrat sie die Lobby, so als ob sie ganz selbstverständlich zu diesem Luxushotel gehörte, ging auf die Rezeption zu und sprach dort einige Worte mit zwei Männern, einem jungen und einem etwas älteren. Beide trugen tadellose, wahrscheinlich maßgeschneiderte Anzüge. Nach einem kurzen Wortwechsel betraten alle drei einen der drei Fahrstühle an der Seite des Empfangstisches.

Zwei Minuten später saß die junge Frau an einem stilvollen alten Schreibtisch in einer Suite der fünften Etage, ohne Hut, Mantel oder Brille abgelegt zu haben. Vor sich hatte sie einen kleinen Sony-Kassettenrecorder stehen. Ihr gegenüber saß ein schlanker Herr um die Fünfzig und blickte sie über den Rand seiner Brille an.

«Sie sprechen also Holländisch», stellte er verblüfft lachend fest und sah hinüber zu seinem Pressesekretär, der am Fenster stand.

Die junge Frau lächelte und zeigte eine Reihe ungewöhnlich weißer Zähne.

«Ich *bin* Holländerin, Herr Rüter. In Purmerend geboren und aufgewachsen.»

Immer noch lächelnd, beugte sie sich vor und stellte den Recorder an.

«Na so was», wunderte sich der schlanke Mann. «Und Sie arbeiten hier in Schweden?»

«Ja, in Stockholm. Ich schreibe für verschiedene Frauenzeitschriften und hin und wieder, wenn ich eine Chance bekomme, auch für eine Tageszeitung.»

Die Lampe an dem Sony leuchtete hellrot, und die Frau drückte die Starttaste.

«Und die Chance haben Sie also jetzt bekommen.»

Er lachte, und seine Zähne zeigten die Spuren mangelhafter Pflege. Ebenso wie seine Haare, die dünn und glanzlos waren und dadurch sein Gesicht noch magerer erscheinen ließen. Zu Beginn seiner politischen Karriere hatte sein Wahlmanager ihm geraten, ein Toupet zu tragen, das zwar dazu beigetragen hatte, ihn etwas jünger als einundfünfzig aussehen zu lassen, aber es hatte nicht zu dem staatsmännischen Aussehen geführt, das er sich davon versprochen hatte. Die Lesebrille mit den schmalen Gläsern, die auf der Spitze seiner langen Nase saß, schien seiner Ansicht nach dieses Image zu verstärken, also nahm er sie selten ab. Er blickte mit matten, rotgeränderten Augen über den Rand hinweg auf die Frau, die routiniert die Lautstärke des Geräts prüfte.

«Sagen Sie mal was», forderte ihn die Frau auf und hielt ihm das Mikrofon hin.

Sie hatte den Recorder umgedreht, so daß der Staatssekretär nicht sehen konnte, daß die rote Lampe nicht mehr leuchtete.

«Sie sehen aus wie Greta Garbo», stellte er fest.

«Sagen Sie noch etwas.»

«Äh... Ja... Ich heiße Rüter und bin Staatssekretär in der Handelsabteilung des niederländischen Außenministeriums. Ich befinde mich als Leiter einer Delegation in Stockholm...»

«Fein», sagte die Frau. «Sie haben eine schöne Radiostimme.»

«So, meinen Sie das wirklich?»

«Sicher. Können wir anfangen? Es dauert auch nicht lange.»

Ohne eine Antwort abzuwarten, sprach sie ins Mikrofon:

«Herr Rüter, Sie sind Staatssekretär in der Handelsabteilung des niederländischen Außenministeriums, und Sie sind als Leiter einer Handelsdelegation nach Stockholm gekommen. Mit welcher Absicht?»

Der Staatssekretär lehnte sich zurück und schob die Brille ein wenig hoch. Am Fenster begann sein Pressesekretär, sich die Nägel mit einem abgebrochenen Streichholz zu reinigen.

«Tja», begann Rüter, «nachdem die Holländer der EG beigetreten sind, haben sich die Beziehungen zu Schweden, nun ... lassen Sie es uns so ausdrücken ... etwas gelockert ...»

«Abgekühlt», korrigierte der Pressesekretär, ohne aufzublicken.

«Eben», fuhr Rüter fort. «Genau das. Abgekühlt. Ich meine natürlich selbstverständlich die wirtschaftlichen Beziehungen. Sie wissen, daß unsere Königin Beatrix vor einigen Jahren Schweden besucht hat, und bei der Gelegenheit wurden auf den verschiedensten Gebieten Abkommen geschlossen, politische, militärische, kulturelle, aber auch wirtschaftliche. Absicht unseres Besuches ist es, jetzt Einzelheiten ...»

Er gähnte und unternahm keinen Versuch, es zu unterdrücken.

«Ist Schweden für die Niederlande ein interessanter Handelspartner?»

«O ja, natürlich!» Staatssekretär Rüter lachte.

Er war sich sicher, daß dies kein schwieriges Interview werden würde. «Ich würde in der guten alten holländischen Kaufmannstradition gern eine Gegenfrage stellen: Welches Land sollte das *nicht* für uns sein? Aber im Ernst: ja. Schweden ist vielleicht nicht mehr das sozialdemokratische Paradies aus den fünfziger oder sechziger Jahren, aber es gibt genügend Möglichkeiten, die für beide Länder von Vorteil sein können. Denken Sie nur an die Stahlindustrie hier und an unsere Hochöfen, an die intensive Zusammenarbeit zwischen Volvo und DAF in Eindhoven, zwischen Esselte und Philips ...»

«Und der Export?»

«Natürlich. Nicht nur unsere High-Tech –, auch die traditionellen Waren. Zwiebeln, Blumen, Käse, ja ...»

Die Frau nickte und drehte an dem Lautstärkeregler des Recorders. Dann blickte sie mit einem Lächeln auf.

«Vielleicht eine etwas unpassende Frage, aber könnte ich eine Tasse Kaffee bekommen?»

«Oh, natürlich, natürlich. Wie unhöflich von mir, Ihnen nichts angeboten zu haben...»

Im gleichen Augenblick klingelte das Telefon auf dem Schreibtisch. Rüter nahm den Hörer ab.

«Wie bitte?» sagte der Staatssekretär und runzelte die Augenbrauen. «Entschuldigung, ich verstehe nicht... Moment mal...» Er hielt den Hörer zur Seite. «Enno!»

Der Pressesekretär kam an den Schreibtisch. Das abgebrochene Streichholz hing wie eine Zigarettenkippe in seinem Mundwinkel.

«Was ist das für ein Unsinn?» fragte Rüter. «Habe ich heute vormittag *noch* ein Interview? Das kann doch nicht sein.»

Der Pressesekretär schüttelte verständnislos seine beginnende Glatze.

«Unten in der Halle steht ein Journalist. Hier...»

Der Pressesekretär griff mit ärgerlich hochgezogenen Augenbrauen nach dem Hörer.

«Ja bitte?» fragte er und wartete. Rüter zuckte mit den Schultern und lächelte der Frau zu.

«Ich komme runter», entschied der Pressesekretär und legte auf.

«Ich kann heute nicht», stellte Rüter fest. «Ich will ja verdammt noch mal vor dem Empfang auf dem Schloß noch ein wenig ruhen.»

«Ich weiß», murmelte der Pressesekretär und ging zur Tür.

«Enno?»

Der Pressesekretär blieb stehen, ohne sich umzudrehen.

«Kannst du Kaffee mitbringen, wenn du wiederkommst?»

Die beginnende Glatze nickte, der Pressesekretär trat einen Schritt vor und verschwand in der Tür.

«Nehmen Sie es nicht persönlich», erklärte Staatssekretär Rüter. «Ich habe eine recht kurze Nacht hinter mir...» Er lächelte schuldbewußt und steckte sich eine Zigarette an. «Sie sehen tatsächlich Greta Garbo erstaunlich ähnlich.»

Die Frau antwortete nicht, sondern blickte sich im Zimmer um, so als ob sie sich davon überzeugen wollte, daß sich tatsächlich niemand außer ihnen in der Suite aufhielt. Und genau das tat sie, ehe sie sich wieder an Rüter wandte:

«Darüber möchte ich gern mit Ihnen reden. Über Ihre kurze Nachtruhe...»

Sie beugte sich hinunter, zog einen großen braunen Umschlag aus ihrer Tasche und schob ihn über den Schreibtisch dem erstaunten Staatssekretär zu.

«Was ist denn das?» fragte er verwundert, die Zigarette immer noch unangezündet zwischen den Lippen. «Wenn eine Frau morgens mit einem Brief kommt, bedeutet das...»

Inzwischen hatte er den Umschlag geöffnet und den Inhalt herausgezogen, drei glänzende Fotoabzüge im Format 18 mal 24. Ein Filmregisseur, der von seinem Schauspieler «Bestürzung» verlangt hätte, wäre überglücklich gewesen, hätte er Rüters Mimik sehen können.

Der Staatssekretär war ehrlich betroffen, das zeigte sich daran, daß er so zu zittern begann, daß die Brille von der Nasenspitze rutschte und sein Mund sich langsam öffnete, mit der Folge, daß die Zigarette an der Unterlippe hing und hin und her pendelte, ehe sie auf die Tischplatte fiel. Und die Augen sahen unnatürlich groß aus, als er von den Fotografien aufsah. Er fragte nicht: «Woher haben Sie die?» oder «Was wollen Sie?» Kein Ton kam aus dem offenen Mund mit der häßlichen Zahnreihe.

«Sie verstehen sicher!» stellte die Frau sachlich fest. Sie hatte die Plastikhülle über den Recorder gezogen. «Hören Sie gut zu, Herr Rüter. Dies sind natürlich nur Abzüge. Wir haben auch einen zwanzig Minuten langen Film, den wir auf unterschiedlichste Weise nutzen können. Verstehen Sie? Einen Videofilm, der bei der gleichen Gelegenheit wie diese Bilder aufgenommen wurde.»

Der Staatssekretär schwieg. Er hatte die Augen zu einem Spalt geschlossen und blickte die Frau intensiv und forschend an, so als ob er überlegte, ob er ihr nicht schon einmal begegnet wäre.

«Morgen», fuhr sie fort, «Sonnabend, den zwölften, genau um zehn Uhr am Vormittag, müssen Sie an der Telefonzelle in Arsenalsgatan vor der Opernbar sein. Sie wissen sicher, wo die sich befindet, anderenfalls können Sie sich erkundigen. Bis dorthin brauchen Sie vom Hotel aus zu Fuß nur wenige Minuten. Sie haben drei Millionen Kronen in Scheinen von fünfhundert und tausend Kronen bei sich. Sie haben das Geld in zwei der größten gefütterten Umschläge, die Sie auf jedem Postamt kaufen können. Sie haben nur die beiden Tüten bei sich. Wenn Sie sich an die Anweisungen halten, die Sie bekommen werden, kriegen Sie den Videofilm im Austausch, und ich garantiere, daß wir keine Kopie zurückbehalten.»

Staatssekretär Rüter sah regungslos zu, wie sie aufstand und den Mantel glattstrich. Sie hob die große Tasche auf den Tisch und legte den Recorder vorsichtig hinein.

«Selbstverständlich sprechen Sie mit niemandem darüber. Mit *niemandem*!» Sie lachte leise. «Sie würden das übrigens auch gar nicht wagen.»

Endlich hatte der Staatssekretär seinen Mund geschlossen, öffnete ihn jetzt aber wieder.

«Woher soll ich wissen, daß Sie mir den Film geben? Und daß Sie keine Kopien haben?»

«Das wissen Sie nicht. Sie dürfen sich...»

Die Frau drehte sich mit einem Ruck um. Hinter ihr öffnete sich eine Tür, und im Türrahmen stand der Pressesekretär mit einem Tablett in der Hand. Auf dem Tablett standen eine silberne Kaffeekanne, drei Tassen, Untertassen und Löffel, eine Schale mit Schokoladenpralinen, ein silbernes Sahnekännchen und eine Silberschale mit Zuckerstücken.

«Eigenartig», sagte er und trat über die Schwelle, «da unten war gar kein Journalist...»

Dann merkte er, daß die Frau sich zum Gehen gewandt hatte, und blieb auf der Schwelle stehen.

«Danke für das Gespräch», sagte die Frau, nahm ihre Tasche, lächelte breit mit ihren weißen Zähnen und ging schnell über den Teppichboden auf die Tür zu. Der erstaunte Pressesekretär sah sie auf sich zukommen.

Erst da kam Leben in den Staatssekretär Rüter. Mit einem Ruck fuhr er aus dem Stuhl hoch und rief mit schriller Stimme:

«Halt sie fest! Halt sie fest, Enno!»

Der Pressesekretär zögerte, verständnislos wunderte er sich: «Was?» und außerdem hatte er ja noch das Tablett in der Hand. Aber instinktiv trat er einen Schritt zurück, so daß er die Tür verstellte. Die Frau stand nur zwei Meter vor ihm, als sie ihre Tasche schwang, deren Kante ihn ins Gesicht traf. Er schrie auf, ließ das

Tablett fallen, verlor gleichzeitig das Gleichgewicht und kippte rücklings in den Flur, beide Hände auf das schmerzende Gesicht gepreßt. Die Frau sprang schon über den fallenden Körper, als Rüter erst den halben Weg durch das Zimmer geschafft hatte.

Als er außer Atem die Tür erreicht hatte, zu allem Überfluß auch noch über das Service stolpernd, war der Korridor in beiden Richtungen leer. Er beugte sich hinab und schüttelte den jammernden Pressesekretär an der Schulter.

«Steh auf, verdammt noch mal! Steh auf!»

Immer noch ganz benommen, kam der Pressesekretär auf die Beine.

«Schnell! Zur Treppe!»

«Was... was ist denn passiert?» Er strich sich verwirrt über die Augen.

«Steh nicht rum und glotz in die Welt. Mach schnell, du Idiot.»

Die Frau, die der jungen Greta Garbo glich, stand in einem dunklen Gang unter einer Treppe, die auf das Dach des *Grand Hôtels* führte. Sie hatte die Sonnenbrille eingesteckt und den schwarzen Hut und die blonde Perücke abgenommen. Jetzt ähnelte sie einer Jean Seberg in «Außer Atem», ein mageres jungenhaftes Gesicht mit hohen Backenknochen, hellblauen Augen und dem blonden Haar, das bis dicht an die hübsch geformte Stirn geschnitten war. Sie lauschte durch die geschlossene Tür, die auf die oberste Etage des Hotels führte, aber nichts war zu hören.

Sie zog sich den langen schwarzen Mantel aus. Darunter trug sie einen hellgrünen Pullover und einen schwarzen Minirock. Sie schüttelte sich die Schuhe von den Füßen und nahm ein Paar flache grüne Ballettschuhe und einen dunkelblauen Plastikregenmantel aus der Tasche. Danach verstaute sie Hut und Perücke, Mantel und Schuhe in der Segeltuchtasche, zog den Reißverschluß zu und schob die Tasche in einen tiefen Verschlag direkt unter der Treppe. Sie zog einen Taschenspiegel heraus und wischte sich sorgfältig die Schminke aus dem Gesicht.

Einige Minuten später ging sie an der Rezeption vorbei und aus dem Hotel hinaus.

«Hübsches Mädchen», sagte der eine Portier zum anderen, als sie sie die Treppe hinunter auf die Straße gehen sahen. «Erinnert mich an einen Filmstar in irgendeinem alten Film.»

Vor dem Eingang des Hotels wandte sie sich nach links und ging bis Hovslagargatan. Dort bog sie ein und lief bis zu einem alten Ford Escort, der am Museiparken abgestellt war. Bevor sie die rechte Tür öffnete, blickte sie sich in der kurzen schmalen Straße um. Außer einigen spielenden Kindern war niemand zu sehen.

«Na?» fragte der junge Mann hinter dem Lenkrad.

Im Escort war die Luft blau vom Rauch, und der kleine Aschenbecher unter dem Armaturenbrett quoll über von Zigarettenkippen.

«Wo ist die Tasche?»

Er hatte ziemlich lange, aber gepflegte gewellte helle Haare und helle, blaugraue Augen, die sie forschend anblickten.

«Fahr nur los», sagte die Frau. «Es ist alles in Ordnung.»

Sie beugte sich vor, öffnete das Handschuhfach, nahm eine Pakkung Prince heraus und riß mit dem Daumennagel das Zellophan auf.

«Warum hast du dich erst so spät gemeldet?»

Der junge Mann hatte den Wagen gestartet und fuhr die Straße entlang.

«Die haben mir nicht getraut», antwortete er. «Ich war gezwungen, endlos mit ihnen zu diskutieren, bis sie mich oben bei ihm anrufen ließen.»

Die Frau lachte und hustete.

Der junge Mann bog nach links ab und drückte aufs Gas.

«Ich hatte das Gefühl, als ob es Schwierigkeiten geben würde. Die hätten Zeit genug gehabt, die Polizei anzurufen, da bin ich abgehauen.» Er blickte sie von der Seite an. «Was hat er gesagt?»

Die junge Frau nahm einen tiefen Zug aus der Zigarette. Statt seine Frage zu beantworten, sagte sie:

«Du siehst ja auch nicht wie ein Journalist aus.»

«Nein? Wie sehe ich denn dann aus?»

Sie legte eine Hand auf sein Knie und tätschelte es leicht.

«Wie ein Mann, der bald Millionär sein wird», sagte sie. «Der eine Villa mit Swimmingpool bekommt und zwei Kinder und der mit seiner Frau glücklich wird.»

Der junge Mann lächelte und legte seine rechte Hand auf die ihre, während er auf Nybroplan einbog.

Aber er blickte immer wieder in den Rückspiegel.

I

Kein einziger Tag ohne eine Zeile, schrieb Peter Hill auf das bis dahin leere Blatt, bevor er es aus der Maschine riß und in die Richtung des Papierkorbes warf. Der war bereits beinahe halb voll von zerknüllten Blättern, auf denen der gleiche Text stand. Zwölf Tage harte Arbeit.

Was hatte er in den letzten Tagen eigentlich getan, statt zu schreiben? An einem Tag hatte er die ganze Wohnung saubergemacht. An einem anderen hatte er zwischen seinen Papieren und Zeitungsausschnitten aufgeräumt, aber die meiste Zeit über war er in der Wohnung oder auf den Straßen herumgelaufen.

Er stand auf und ging ans Fenster. Septemberdämmerung. Die beste Zeit im Jahr, die beste am Tag. Högbergsgatan, in der sich tagsüber der Verkehr drängte und lärmte, lag jetzt, nachdem der abendliche Berufsverkehr zu Ende war, ganz ruhig da. Die große Ulme auf Pelarbacken zwischen den Mietshäusern und den dunkelroten alten Häusern auf Kapellgränd zeichnete ihre schöne Krone immer deutlicher gegen den tiefblauen Himmel ab. Diese Aussicht hatte er seit seiner frühen Kindheit aus dem gleichen Fenster beobachten können, und abgesehen von dem häßlichen Haus links, das im Laufe der Jahre an Stelle eines älteren Gebäudes hochgezogen worden war, hatte sich nichts verändert. Nicht mal die Ulme schien weiter gewachsen zu sein. Die war damals schon hoch gewesen und hatte eine mächtige Krone gehabt, aber zu jener Zeit war er selbst natürlich kleiner gewesen.

Das Zimmer hinter ihm hatte sich dagegen verändert. Er konnte sich gut daran erinnern, wie es ausgesehen hatte, als seine Großmutter hier wohnte, ihre großen schweren Möbel, der ovale Walnußtisch, die Anrichte mit dem Spiegel, die mit rotem Plüsch gepolsterten Stühle und den geklöppelten Schutzdeckchen an den

Rückenlehnen, der Glasschrank mit Nippes und Schmuckgegenständen und die alten Ölgemälde mit geheimnisvollen, kaum zu unterscheidenden Motiven unter dem dunklen, rissigen Firnis. Nun waren all die alten Gegenstände weg, seine Geschwister und Cousinen hatten sich der Sachen angenommen, und er hatte sie mit seiner eigenen Mischung aus IKEA-Möbeln und Sperrmüll-Schnäppchen ersetzt.

Er hatte Glück gehabt, daß er die Wohnung seiner Großmutter übernehmen konnte. In Stockholm war es inzwischen unmöglich, eine Wohnung zu bekommen, wenn man nicht mindestens eine Million Kronen zur Verfügung hatte. Und die hatte er nicht und würde sie auch kaum jemals bekommen, bei seinem derzeitigen Arbeitstempo.

Er überlegte manchmal, ob die Scheidung von Anne dadurch beschleunigt worden war, daß seine Großmutter ins Krankenhaus gekommen und dort einige Zeit später gestorben war. Er hatte in ihre Wohnung ziehen können, zu Beginn vorübergehend, um auszuprobieren, ob es für sie besser war, nach beinahe zwanzigjähriger Ehe getrennt voneinander zu leben. Das tat beiden gut, stellten sie nach einiger Zeit fest, und als die Großmutter starb, war er bereits in die Wohnung eingezogen und konnte den Vertrag übernehmen.

Und wenn er nun die Wohnung der Großmutter nicht bekommen hätte, überlegte er, wären Anna und er dann gezwungen gewesen, der Wohnungsnot wegen zusammen zu leben und zu sterben, oder wäre er obdachlos geworden und hätte sich eine Streusandkiste in irgendeinem Park als Unterkunft suchen müssen? Er stellte sich vor, wie die Kinder zu Besuch kamen, den Deckel hochklappten und nachguckten, ob Papa zu Hause war. Da er das Leben als einen Seiltanz betrachtete, wunderte er sich manchmal, daß er immer noch Boden unter den Füßen hatte, seine Miete und sein Telefon bezahlen konnte, einigermaßen anständig aussah und von seiner Umgebung als ein einigermaßen angepaßtes Individuum angesehen wurde. Da hätte ich auch sitzen können, überlegte er öfter, wenn er an der Pennergruppe auf den Bänken in Björns Garten vorbeikam. Den aus der Bahn Geratenen, den Überflüssigen, den Geschwüren am Körper der Allgemeinheit – sie hatten alle mindestens eine gescheiterte Ehe hinter sich. Über seine und Annas Scheidung konnte man nur das eine sagen: sie war mustergültig. Ihre beiden Kinder waren erwachsen und lebten ihr eigenes Leben, die Leidenschaft zwischen ihnen war schon vor längerer Zeit einer guten Kameradschaft gewichen, sogar die schwierige und gereizte Zeit der ständigen Streitereien war vorbei, und beide fühlten sie, daß wenn sie jeder für sich ein neues Leben anfangen wollten, so mußte das jetzt geschehen – das heißt damals, vor sechs Jahren –, sonst wäre es vielleicht zu spät gewesen. Damals war Anna dreiundvierzig und er selbst fünfundvierzig Jahre alt gewesen.

Anna hatte nach zwei Jahren einen neuen Mann gefunden, einen Architekten aus Malmö, zu dem sie vor drei Jahren hinuntergezogen war. Er selbst hatte niemanden gefunden, mit dem zusammenzuziehen er Lust gehabt hätte. Allein zu leben geht gut, wenn man jung und neugierig auf sich selbst und die Welt ist, eine Menge Freunde und eine Zukunft hat, von der man träumen kann, und wenn die einsamen Stunden bittersüß und fruchtbar sind. Mit einundfünfzig ist das einfach nur langweilig, fand er meistens, man wird seiner eigenen Gesellschaft überdrüssig, gleichzeitig anderen gegenüber aber immer kleinlicher.

Normalerweise war das bei einer Scheidung genau umgekehrt, hatte er gehört. Der Mann, der von der fraulichen Fürsorge verwöhnt war, suchte sich aus Bequemlichkeit bald eine neue Partnerin, während die Frau die Scheidung oftmals als eine Befreiung von der Verantwortung, Pflicht und Hausarbeit empfand und sich davor hütete, gleich wieder in eine Sklaverei zu geraten.

Hatte Anna sich versklavt gefühlt? Sie hatte zwar die meiste Hausarbeit gemacht und die praktische Verantwortung für die Kinder gehabt, aber er hatte es stets so gesehen, daß diese Arbeitsteilung ihrem Wunsch entsprach. Sonst hätte sie das doch nicht mitgemacht? Nun, manchmal, wenn sie sich stritten, hatte sie sich schon dagegen gewehrt, aber danach war es so weitergegangen wie vorher, ohne daß sie sich beklagt hatte. Übrigens war es jetzt leider zu spät, sich darüber Gedanken zu machen.

Peter Hill ging zurück an die Schreibmaschine und schaltete den Strom ab. Beinahe zwei Wochen lang hatte er jeden Morgen nach dem Kaffee die Maschine angestellt, einen Bogen eingespannt und dann nicht mehr als das ‹Kein einziger Tag ohne eine Zeile› geschrieben. Diese Devise hatte in großen Buchstaben an der Wand über seinem Schreibtisch in der Redaktion gestanden, in der er sein halbes Leben lang bis vor drei Jahren gearbeitet hatte. Derjenige, der vorher an dem Schreibtisch gesessen und sein Motto an die Wand geschrieben hatte, war ein sehr strebsamer Mann gewesen und deshalb Stufe für Stufe aufgestiegen und schließlich Chef vom Dienst geworden, und alle bei der Zeitung waren darüber informiert, daß er an einem Schlüsselroman über die Redaktion schrieb. Das hatte er viele Jahre lang getan, und allgemein war man der Ansicht, daß er damit nur andere einschüchtern und sich selbst Respekt verschaffen wollte, was mißlang, denn niemand glaubte mehr daran, daß der Roman jemals erscheinen würde. Peter selbst hatte bisher nur zwölf Tage lang an seinem Roman gearbeitet und hatte ganz gewiß niemandem vorgespiegelt, daß der fertig werden würde, am wenigsten sich selbst.

Manchmal bereute er, daß er den relativ sicheren Platz als Kriminalreporter aufgegeben hatte, aber in den letzten drei Jahren war es ihm immer schwerer gefallen, seine Artikel durchzubekommen. Nach fünfundzwanzig Jahren als Zeitungsmann hatte er sich natürlich Routine angeeignet, aber die Lust, die Neugier und der Enthusiasmus bei neuen Aufträgen stellten sich immer seltener ein und wichen schließlich der Trägheit und den Zweifeln. Als er dem Chefredakteur zu erklären versucht hatte, warum er aufhören wollte, hatte der mit einer Phrase geantwortet, die zur Zeit in Mode war: «Du fühlst dich also nicht mehr motiviert», und weil das eine Erklärung so gut wie jede andere für seinen Entschluß war, hatte er «Nein, das ist es wohl» beigepflichtet.

Und damit war er freier Mitarbeiter.

Zu Anfang hatte er sich dabei wohl gefühlt, wie im Urlaub, aber nach einiger Zeit wurde er ungeduldig und bekam ein schlechtes Gewissen, weil er nicht jeden Tag, ja nicht einmal jede Woche etwas schrieb. Schließlich sah er sich seines inneren Friedens wegen gezwungen, das Angebot der Zeitung anzunehmen und wöchentlich eine Chronik gegen festes Honorar zu schreiben. Seine Spalte bekam den Titel *Verbrechen und Strafe*, was in der Praxis bedeutete, daß er sich auf dem gleichen Arbeitsfeld bewegte wie ehedem und sich darüber auf dem laufenden halten mußte, was im Justizministerium, im Polizeihaus und beim Gericht geschah. Gerade davon hatte er sich frei machen wollen, aber nach einem halben Jahr schrieb er seine letzte Chronik. Die wirbelte eine ganze Menge Staub auf, denn sie beschäftigte sich sehr kritisch mit dem Justizminister Sven Olsson. In dem Artikel brachte Peter Hill mehrere gut recherchierte Beispiele dafür, wie Olsson seine Befugnisse überschritten hatte, und schloß damit, daß er dem Minister den Rücktritt empfahl. Olsson antwortete natürlich nicht selbst auf die Kritik, was als Bestätigung dafür gewertet werden konnte, daß sie berechtigt war, aber auf der anderen Seite war er bekannt dafür, daß er nicht gern an die Öffentlichkeit ging und keine Kommentare abgab, wenn es nicht absolut notwendig war. Das Resultat war jedenfalls, daß Peter Hills Chefredakteur, nach entsprechendem Druck von Olsson – man konnte es auch als Befehl bezeichnen –, die Spalte *Verbrechen und Strafe* einstellte, was in der Praxis bedeutete, daß Peter Hill arbeitslos war.

Nun verließ er die Zeitung endgültig. Er wandte sich an einige Buchverlage und bekam Übersetzungsaufträge für zwei gekürzte Romane, und ein exklusives Herrenmagazin veröffentlichte einige Artikel von ihm.

Die ganze Zeit über dachte er an den Roman, aber bis jetzt bestand der nur aus einigen mißglückten Kapiteln, die in einer Schreibtischschublade lagen und auf ihre Überarbeitung warteten.

Ein Autor oder ein Journalist ohne feste Anstellung sieht sich ständig ökonomischen Problemen gegenüber und lebt in ständigem Kampf mit dem Gerichtsvollzieher. Diese Erfahrung hatte Peter Hill bald machen müssen. Während der zwei Jahre als selbständiger Unternehmer, Arbeitgeber und Angestellter in einer Person war er schon in Schwierigkeiten gekommen und hatte Steuerschulden. Es war ihm geglückt, sie ein wenig mit dem Honorar für ein Filmdrehbuch zu reduzieren. Davon hatte er allerdings auch so viel zurückbehalten, daß er sich im vergangenen Jahr einigermaßen sicher fühlen konnte.

Peter Hill ging hinaus in den Raum vor der Küche und sah sich sein Vermögen an. Sicherheitshalber hatte er sein Geld nicht bei der Bank eingezahlt, es aber auch nicht in der Matratze oder im Tiefkühlfach des Kühlschranks versteckt. Er bewahrte es in einem grob getischlerten Nähschränkchen auf, das er selbst im Werkunterricht gebaut hatte, als er acht Jahre alt gewesen war – eine der wenigen

Sachen seiner Großmutter, die seine gierigen Verwandten nicht an sich genommen hatten. Der Nähkasten stand auf der Anrichte, gut sichtbar für eventuelle Einbrecher und Gerichtsvollzieher, enthielt aber jetzt nur noch die beiden letzten aus dem dicken Stapel mit Tausenderscheinen, den er vor einem Jahr hineingelegt hatte.

Peter ließ sie liegen und schloß den Kasten wieder, nachdem er festgestellt hatte, daß er einen Fünfhunderterschein in der Gesäßtasche hatte. Er war durstig, ging hinaus in die Küche und öffnete den Kühlschrank. Das einzig Trinkbare darin war, wie er bereits wußte, ein Leichtbier – Erinnerung an eine kürzlich abgeschlossene Nüchternheitsperiode.

«Ich brauche etwas Stärkeres», sagte er laut. Er hatte in letzter Zeit angefangen, laut vor sich hin zu reden. Ein Zeichen beginnenden Alters? Nein, ein Zeichen von Wohlbefinden, beschloß er, außerdem hält das die Stimmbänder in Schwung. Im Grunde genommen war er nicht nur durstig, sondern sehnte sich auch nach Gesellschaft. Er hatte zwei Tage lang niemanden gesprochen, nicht mal telefoniert. Es war an der Zeit, sich hinaus in die weite Welt zu begeben.

Als er auf die Straße trat, herrschte schon Dunkelheit, und ein Nieselregen, der nicht fiel, sondern in der Luft hängenzubleiben schien, befeuchtete sein Gesicht. Er bekam Lust, einen Spaziergang zu machen, ehe er sich einen Futternapf suchte, und blieb unschlüssig einen Moment vor der Haustür stehen. Geradeaus, links oder rechts?

Er wählte links, schlug den Mantelkragen hoch und ging los. Überquerte den Katarina-Kirchhof und kam an den Gräben von Wivallius und Cornelis Vreeswijk vorbei. Er hatte Cornelis hin und wieder auf Parties oder bei Veranstaltungen getroffen. Er mochte ihn und hatte die meisten seiner Platten zu Hause. Es fiel ihm plötzlich ein, daß sie beide gleichaltrig waren, nur eine Woche auseinander.

Er schlenderte Södermannagatan hinunter und blickte in die Schaufenster des Antiquariats an der Ecke Skånegatan. Da lag der Gedichtband eines guten Freundes, der vor einem Jahr an Krebs gestorben war, und der Roman eines Journalistenkollegen, der sich in diesem Jahr das Leben genommen hatte. Ich kenne wohl nur noch tote Menschen, dachte Peter Hill.

Er schaute sich sein dunkles und unscharfes Spiegelbild in der Fensterscheibe an. Er hatte eine gewisse Körperfülle. Er selbst nannte es Bierbauch, wenn die Kinder ihm vorhielten, er sei zu dick. Aber das Haar war immer noch dicht und grau gesprenkelt, und vorläufig brauchte er weder eine Brille noch einen Hörapparat oder einen Stock. Und der Bierbauch verschwand, wenn er sich einige Wochen zurückhielt. Wahrscheinlich war die Leber kaputt, aber er fühlte sich körperlich in Form, und das war die Hauptsache.

Er hatte sich stets auf seine gute Kondition verlassen, die er sich in der Jugend erworben hatte, als er an Schwimmwettkämpfen teilnahm und ein guter Skiläufer war. Seine gleichaltrigen Freunde durchlitten ständig Fastenkuren und Diätwochen, sie joggten und gingen ins Fitnessstudio und in die Sauna, und vor allem sprachen sie oft von ihrer Verfassung, wieviel sie tranken und aßen und rauchten und wie wenig sie bald essen, trinken und rauchen würden.

Peter Hill erwiderte in der Regel, daß es psychisch schädlich war, wenn die Menschen sich zu intensiv um ihren physischen Zustand kümmerten, und daß ein Mensch sich besser fühlte, wenn er das tat, was er gerne machte, statt sich folterartigen Übungen und Kasteiungen zu unterwerfen. Er selbst hatte allerdings wieder mit dem Streckenschwimmen begonnen, nachdem er zehn Jahre lang kein Bassin mehr gesehen hatte, er verzichtete inzwischen auf das nächtliche Butterbrot mit dazugehörigem Schnaps und Bier, und die alkoholfreien Tage hatten wieder zugenommen. Aber er tat es nicht aus Zwang, behauptete er, sondern er hatte Lust dazu. Was natürlich nicht ganz stimmte. Die Angewohnheit mit dem späten Butterbrot hätte er zum Beispiel gern beibehalten, aber er hatte, nachdem er sich das abgewöhnt hatte, zwei Kilo abgenommen und schlief jetzt besser als vorher

Der Gedanke an das Essen erinnerte ihn daran, daß er hungrig war. Seit den zwei Eiern und der Grapefruit am Morgen, die er Frühstück nannte, obwohl er sie selten vor elf Uhr verzehrte, hatte er nichts gegessen. Heute war es beinahe halb eins gewesen, zu dieser Zeit essen die meisten Menschen schon Mittag. Von dieser Angewohnheit hatte er sich auch gelöst, nachdem er bei der Zeitung aufgehört hatte. Jetzt machte er das Frühstück zum Mittagessen, oder das Mittagessen zum Frühstück?

Jedenfalls aß er nur zweimal am Tag, und jetzt war es Zeit für die zweite Mahlzeit. Abendessen oder Souper? Er sagte lieber Souper, das machte das Ganze ein wenig geheimnisvoll. Also – heute abend soupiere ich im *Pottan*, sprach er halblaut vor sich hin und beschleunigte seine Schritte.

Im *Pottan* waren alle Tische besetzt, und er entdeckte keine Bekannten unter den Gästen. Doch fand er einen freien Stuhl an einem Tisch, an dem einige Stammgäste, die er vom Sehen kannte, sich aufgeregt über das letzte Spiel von Bajen unterhielten. Fußball interessierte ihn nicht sonderlich, und als er sich an dem Tisch niedergelassen hatte, schien auch niemand ihn in die Diskussion mit einbeziehen zu wollen. Der Tisch stand voller Biergläser und Aschenbecher, und hier konnte er unmöglich etwas essen. Daher bestellte er erst mal ein Bier vom Faß, und während er es trank, hörte er mit halbem Ohr den Fußballenthusiasten zu und sah sich in dem Lokal um.

Das Restaurant hieß eigentlich *Pelikan*, hatte aber seinen Spitznamen aus einer früheren Ära unter der Bezeichnung *Port Arthur* behalten und war das einzige in Stockholm, das seinen Charakter aus einer Zeit, in der die Restaurants noch in die Klassen eins, zwei und drei eingeteilt wurden, herübergerettet hatte. *Pottan* war ein typisches Restaurant der Klasse drei, groß wie ein Wartesaal und mit entsprechender Akustik, hohem Dach, das von kräftigen Pfeilern getragen wurde, großen hohen Sprossenfenstern zur Straße hin und rustikalen Bänken, Tischen und Stühlen. Die Kundschaft bestand hauptsächlich aus Stammgästen, Leuten, die in der Gegend wohnten oder arbeiteten, aber auch Gästen aus anderen Stadtteilen, die sich wohl fühlten in diesem Milieu, das so lange Zeit an vielen Stellen in der Stadt ganz selbstverständlich gewesen war. Das Personal war dem Arbeitsplatz treu geblieben, manche von den Kellnerinnen und Kellnern waren in all den Jahren dabeigewesen, in denen Peter dieses Lokal zu seinem Lieblingsrestaurant gemacht hatte. Die Stimmung war das, was man üblicherweise als bürgerlich, gemütlich und ungezwungen bezeichnete.

Ein Paar stand von einem Ecktisch auf, den Peter als seinen Stammplatz betrachtete. Der Mann hatte Peter den Rücken zugewandt, und erst jetzt sah er, wer das war. Otto Blom, ein Polizeiinspektor, mit dem er als Reporter viel zu tun gehabt und mit dem er sich im Laufe der Zeit angefreundet hatte. Hin und wieder waren sie auch privat zusammengewesen. Jetzt hatten sie sich mindestens ein Jahr lang nicht getroffen, und Blom sah freudig überrascht aus, als Peter aufstand und sich ihm in den Weg stellte.

«Hill, das ist aber eine Überraschung. Bist du allein?» fragte Blom, und als Peter nickte, fuhr er fort: «Komm rüber an meinen Tisch, dann können wir ein bißchen miteinander reden. Ich bringe nur erst meine Dame hinaus zum Taxi.»

Peter verließ die Fußballfans, die seine Anwesenheit kaum bemerkt hatten, und ließ sich auf der Eckbank nieder. Blom und seine Begleitung hatten Kaffee und Cognac getrunken, und als der Kellner kam, um abzuräumen, bestellte er sein Lieblingsgericht: gekochte Rinderbrust mit Meerrettichsoße.

«Dazu ein großes Starkbier und einen Schwarze-Johannisbeer-Schnaps», ergänzte der Kellner, der seine Gewohnheiten kannte.

Blom kam zurück, als das Essen gerade aufgetragen wurde.

«Ich habe einen Bärenhunger», sagte Peter, «also ein wenig Geduld bitte.»

«Ja, ja, iß du nur ruhig, dann rede ich solange», antwortete Blom und bestellte einen Whisky-Soda. «Die Dame», fuhr er fort, «war eine alte Freundin aus der Zeit, als ich noch Streifenwagen fuhr. Wir lernten uns bei einer ganz eigenartigen Gelegenheit kennen. Willst du es hören?»

Peter nickte, er hatte den Mund voll.

«Also, ich war auf Streife im Wagen, und es war ein schöner, sonniger Junitag zu Beginn der fünfziger Jahre. Dreiundfünfzig, wenn ich mich recht erinnere. Ich fuhr auf Djurgården umher und befand mich auf Manillavägen, als ich von einer Dame angehalten wurde. Sie fragte mich, ob ich eine Decke im Wagen hätte, und als ich wissen wollte, was sie damit vorhatte, erklärte sie es mir. Sehr umständlich, kann ich mich erinnern, es dauerte eine Weile, bis ich verstand, worum es sich handelte. Die Dame war unter den hohen Eichen da auf dem schönen Hang mitten vor Djurgårdsbrunn spazierengegangen, als sie Rufe aus einem Gebüsch hörte. Die kamen von einem jungen Mädchen, das nur mit einem Slip bekleidet war. Sie hatte da im Schutz der Büsche gelegen und sich gesonnt und ihre Kleider in dem Fahrradkorb liegenlassen. Dann war sie eingeschlafen, und als sie aufwachte, waren Fahrrad, Korb und Kleider verschwunden. Das war noch die Zeit vor dem Oben-ohne, Frauen zeigten sich nicht mit nackten Brüsten in der Öffentlichkeit. Die Dame bekam die Decke, und nach einer Weile kam das sonnenbadende Mädchen in die Decke gewickelt heraus, und ich brachte sie nach Hause. Am nächsten Tag erschien sie auf der Wache, um die Decke abzugeben und den Fahrraddiebstahl anzuzeigen. Sie war sehr hübsch, und ich hatte gerade meine Schicht beendet, also gingen wir zusammen weg. Ja, ich lud sie zum Essen ein, nach Solliden, und danach gingen wir runter und tanzten, zur Musik von Tore Ehrlings Orchester, und dann war die Sache klar. Es dauerte beinahe ein Jahr lang, bis sie nach Göteborg zog, um irgendeinen Kurs zu machen. Per Brief ließ sich die Liebe nicht aufrechterhalten. Und heute traf ich sie im Fischgeschäft und fragte, ob sie mit mir zum Essen gehen wollte. Das wollte sie, aber nun mußte sie nach Hause zu ihrem Mann und drei Kindern. So war das also. Was, du weinst? So traurig war die Geschichte denn doch wohl nicht!»

Peter hob sein Schnapsglas und schniefte.

«Das ist der Meerrettich», erklärte er. «Ich bekomme jedesmal extra viel Meerrettich zu der Rinderbrust. Aber es war eine rührende Geschichte. Prost auf die Liebe.»

«Prost», sagte Blom. «Na, ich glaube ja nicht daran, daß alte Liebe wieder aufleben kann. Nach mehr als dreißig Jahren. Die Perspektive verwirrt einen. Man wird die ganze Zeit daran erinnert, wie es damals war, und das ist in meinem Alter nur wehmütig. Wußtest du übrigens, daß ich pensioniert worden bin?»

Das hatte Peter nicht mitbekommen. Über Bloms Alter hatte er sich nie Gedanken gemacht, hätte sich aber vorstellen können, daß der noch mindestens fünf Jahre bis zur Pension gehabt hätte. Er war kräftig, aber nicht fett, sein Gesicht war glatt und hatte eine gesunde Sonnenbräune. Die kahle Stirn hatte er schon die ganzen zwanzig Jahre lang gehabt, seit Peter ihn kannte.

«Frührentner?»

«Nein», lachte Blom, «ich habe meine Jahre abgedient. Bin vorigen Monat fünfundsechzig geworden. Seit dem ersten September bin ich Pensionär. Wie geht es dir übrigens, seit du nicht mehr bei der Zeitung bist?»

«So lala. Ich hatte mir gedacht, ich schreibe einen Roman, die Idee dazu hatte ich schon lange, aber ich weiß nicht, ob ich so richtig fabulieren kann, der Journalismus hat vielleicht meine Phantasie zerstört. Ich habe ja immer Daten und Fakten und einen realen Hintergrund zu allem gehabt, was ich geschrieben habe. Jetzt kocht das alles auf kleiner Flamme, ich komme nicht voran.»

«Ist das eine Kriminalgeschichte?» fragte Blom.

«Nein, was völlig anderes. Aber ich sollte mich vielleicht an das Kriminelle halten. Hast du selbst nie daran gedacht, mal etwas zu schreiben? Du hast doch jede Menge Material.»

Blom nippte an seinem Glas und schüttelte mit dem Kopf.

«Nein, wenn deine Phantasie durch den Journalismus zerstört worden ist, dann ist es meine sicher von dem dauernden Berichteschreiben. Ein Schriftsteller wird aus mir nie.»

Peter Hill schob seinen leeren Teller weg und seufzte.

«So, damit wäre das Schönste also vorbei. Ich müßte mich eigentlich verlieben. Ich habe mich allzusehr aufs Essen fixiert und freue mich auf die Mahlzeit als den Höhepunkt des Tages. Besonders seit ich mit dem Nacht-Butterbrot aufgehört habe. Aber ich kann mir ja ebenso wie du einen Drink bestellen.»

Der bedächtige Kellner kam vorbei, und Peter Hill bestellte einen Wodka mit Tonic. Blom, der noch das halbe Sodawasser übrig hatte, bat um einen neuen Whisky. Er zündete sich umständlich eine Zigarre an und sah Peter Hill durch den Rauch nachdenklich an.

«Du solltest den Roman vielleicht für eine Weile ins Regal legen», begann er, «und dich um etwas kümmern, was du wirklich beherrschst. Ein bißchen recherchierender Journalismus. Ich habe da nämlich eine Sache für dich.»

«Ich habe bei der Zeitung gekündigt, weil ich der Meinung war, daß ich mit dem Journalismus fertig bin. Außerdem bin ich praktisch auch als freier Mitarbeiter gefeuert worden. Aber was den Roman angeht, hast du vielleicht nicht so unrecht. Im Augenblick scheine ich damit sowieso nicht weiterzukommen. Erzähl mal von deiner Sache.»

Der Kellner kam mit den Drinks, und Blom wartete, bis er sich wieder entfernt hatte.

«Das ist eine recht eigenartige Geschichte, die zwei Wochen vor meiner Pensionierung passiert ist. Ich glaube, es ist eine Story für dich, weil dein alter Freund Sven Olsson die Finger in der Angelegenheit zu haben scheint. Am Anfang handelte es sich um eine einfache Fahndung im Auftrag von Säpo, der Geheimpolizei. Auf direkten Befehl von Bo Wester an mich. Du kennst doch Bo Wester?»

«Inger nennt ihn Bosse, aber manche nennen ihn auch den Boss. Wir sind nicht direkt Freunde, aber ich habe mir ja eine Meinung über ihn bilden können. Er ist die Leiter zwei Sprossen auf einmal hinaufgestiegen. Er war Bürochef bei der Rauschgiftabteilung, bevor er zu Säpo kam. Hat sich Respekt verschafft, aber die Kollegen mögen ihn doch ganz gern. Scheint intelligent, ruhig und besonnen. Na, sprich weiter.»

«Ja, ich bekam die Personenbeschreibung einer jungen Frau, die sich unter einer Adresse auf Wollmar Yxkullsgatan aufhalten sollte. Wester zufolge sollte der Zeuge, der sie vorher gesehen hatte, behauptet haben, sie ähnelte Greta Garbo. Wir waren uns natürlich darüber im klaren, daß sie sich verkleidet haben konnte, aber es kann sich ja nicht jede x-beliebige wie Greta Garbo maskieren. Der Auftrag lief darauf hinaus, den Hauseingang zu beobachten, bis die Frau herauskam, ihr zu folgen und in direktem Kontakt zu Säpo zu bleiben. Ich setzte Persson und Lundell auf sie an, die Aufgabe schien ja nicht besonders schwer oder kompliziert zu sein.»

«Hatte Wester etwas darüber gesagt, warum sie beschattet werden sollte?»

«Nein, er erwähnte, daß es sich um eine große Geldtransaktion handeln könnte und daß wir ein Auge auf eventuelle Helfer haben sollten. Aber der Auftrag hieß eigentlich nur, sie beschatten, aufpassen, wo sie hingeht, mit welchen Leuten sie sich trifft und das alles den Leuten von Säpo mitteilen.»

«Und was passierte?»

«Dem Bericht zufolge, den Persson und Lundell später geschrieben haben, kam die Frau, die der Beschreibung entsprach, aus dem Haus, als sie etwa zwei Stunden gesessen und die Haustür beobachtet hatten. Sie begab sich zu Mosebacke Torg, wo sie sich auf eine Bank setzte und in einem Buch zu lesen begann. Lundell hielt mit dem Wagen auf Svartensgatan, von wo aus sie sie im Auge behalten konnten. Nichts geschah, und es sah so aus, als ob sie nur da saß und sich entspannte.»

«Da haben Lundell und Persson das also auch getan», mutmaßte Peter Hill.

«Nicht daß ich wüßte, aber deren Bericht zufolge stand sie ganz plötzlich auf und rannte so schnell sie konnte zu Hökens Gata, wo sie um die Ecke verschwand. Als Persson und Lundell mit dem Wagen dort eintrafen, war sie spurlos verschwunden. Weg. Wie vom Erdboden verschluckt. Dem Bericht nach.»

«So schnell?» wunderte sich Peter Hill. «In einen Hauseingang hinein?»

«Na ja, meiner Theorie nach ist sie von einem Auto mitgenommen worden. Das konnte mit ein wenig Glück und Geschicklichkeit um die Ecke Götgatan verschwunden sein, ehe meine Männer ankamen. Also, sie hatte sich in Luft aufgelöst, und das war alles, was Persson und Lundell den Säpo-Leuten mitteilen konnten, die waren dann in Null Komma nichts zur Stelle, fanden natürlich auch nichts.»

«Ärgerlich für dich», stellte Peter Hill fest. «Den Anschiß bekommst ja du, wenn deine Männer Mist bauen, nicht wahr?»

«Nicht immer», widersprach Blom, «und niemals von Bo Wester. Er ist ruhig und besonnen und sieht die Dinge stets von mehreren Seiten. Aber diesmal – Mann, was für ein Ausbruch! Der Telefonhörer sprühte Funken.»

«Das sieht ihm aber gar nicht ähnlich. Vielleicht steckt er in der Midlife-crisis.»

Peter Hill trank einen Schluck aus seinem Glas und blinzelte zu Blom hinüber.

«Na, was war denn das Besondere an dieser Geschichte?»

«Das Besondere war unter anderem, daß Wester sich so furchtbar aufregte. Klar, daß das ein dicker Hund von Lundell und Persson war, die Dame aus den Augen zu verlieren, aber so was kann ja manchmal passieren. Säpo mußte wahrscheinlich einiges dransetzen, um sie wiederzufinden.»

«Haben sie das?»

«Ich weiß nicht. Ich habe nach dem Anschnauzer nichts mehr davon gehört. Komisch, fand ich, denn es zeigte sich, daß diese Dame größere Bedeutung gehabt haben muß, als ich mir das zu Anfang vorstellen konnte. Einige Tage nach diesem Zwischenfall und nach Westers Wutausbruch traf ich ihn auf dem Korridor. Wir tranken in meinem Büro eine Tasse Kaffee, und er bat um Entschuldigung dafür, daß er so explodiert sei. Er erklärte, daß Sven Olsson ihn angemacht und wie ein altes Waschweib geschimpft hätte, weil er das Mädchen hatte entkommen lassen. Wester hatte dann seinen Frust an mir abreagiert.»

«Der Auftrag, sie zu beschatten, kam also ursprünglich von Olsson? Und du weißt nicht, warum?»

«Nein, und als ich Wester etwas später fragte, worum es sich denn eigentlich handelte, sagte er, daß der Fall zu den Akten gelegt worden sei – die Frau war nicht länger interessant. Aber ich hatte so das Gefühl, als ob es was Besonderes auf sich hatte mit jener Frau, und ich wollte den Bericht von Persson und Lundell noch einmal lesen. Da stellte sich heraus, daß es den nicht mehr gab. Er war ganz einfach aus den Akten entfernt worden. Außerdem erfuhr ich, daß zwei Männer von Säpo in dem Haus auf Wollmar Yxkullsgatan gewesen waren, *nachdem* Wester mir gegenüber gesagt hatte, der Fall sei abgeschrieben. Nun frage ich mich, ob das auf direkte Anweisung von Olsson erfolgte, oder ob Wester nicht wollte, daß ich mich da hineinmischte. Und dann überlege ich, wer den Bericht weggenommen hat, oder auf wessen Anweisung das geschehen ist.»

«Aber wenn der Fall nun zu den Akten gelegt worden ist?»

«Dann muß der Rapport trotzdem im Archiv zu finden sein. Aber er war ebenso spurlos verschwunden wie die Frau.»

«Olsson», sagte Hill nachdenklich, «Herrgott noch mal.»

Blom lachte.

«Ja, ich hab mir gedacht, die Sache müßte ich dir erzählen. Du hast ja mehrmals versucht, ihn in deinen Chroniken anzugreifen, stimmt's?»

Hill trank und stellte nachdenklich das Glas wieder auf den Tisch. Sven Olsson. Höchstes Tier im Justizministerium, Symbol für das, was die vierte Gewalt genannt wurde, die Beamtenschaft. Ein autoritärer Mann, der Minister und Staatssekretäre überlebt hatte und in Wirklichkeit viele Jahre lang der mächtigste Mann im Ministerium gewesen war. Korruption und Vetternwirtschaft waren Begriffe, die Hill bei dem Namen Olsson einfielen, ebenso wie das Wort Macht.

«Ich wußte doch, daß du daran interessiert sein würdest», stellte Blom befriedigt fest. «Vielleicht kannst du daran denken, wenn du zu Hause sitzt und mit deinem Roman kämpfst.»

«Mal sehen», antwortete Peter Hill. «Wußtest du übrigens, daß die Zeitung meine Spalte auf Druck von Olsson eingestellt hat? Aber ich werde mir die Sache durch den Kopf gehen lassen.»

«Mach das.» Blom war zufrieden, denn er wußte, daß er ein Samenkorn gepflanzt hatte, das mit großer Sicherheit aufgehen würde. «Du kannst es mir ja sagen, wenn du dich entschlossen hast.»

Die Gläser waren leer, und die Uhr zeigte gerade erst zehn. Die Lautstärke in dem Lokal hatte sich zu einer kaum auszuhaltenden Höhe gesteigert. Einer der Gäste hatte sich am Klavier niedergelassen und um sich herum einen Chor versammelt, der mehr enthusiastisch als wohlklingend sang.

«Wollen wir zu mir nach Hause in Kocksgatan gehen und eine Partie spielen? Ich habe auch eine Flasche Whisky im Schrank.»

Über dem Schachbrett mußten sie sich über andere Dinge den Kopf zerbrechen als über den Justizminister und die geheimnisvolle Frau, und als Peter Hill einige Stunden später nach Hause ging, dachte er nur an sein Bett.

II

Obwohl Kroonen feststellte, daß er auf dem besten Weg war, sich zu betrinken, nickte er zustimmend, als der Deutsche neben ihm sein leeres Whiskyglas hob und ihn mit einem fragenden Lächeln anblickte.

«Ja bitte», sagte Kroonen, «gern noch einen.»

Der Barkeeper streckte sich nach einem Regalbrett, das mit lila Samt bezogen war und nahm eine vierkantige Jack Daniels aus der Reihe der Flaschen herunter. Ein weißer Streifen mit dem Namen *Manfred Stiller* war über das schwarze Etikett geklebt worden.

Manfred Stiller war ein kleiner, glatzköpfiger Mann, und als sie sich am Nachmittag auf der Messe kennengelernt hatten, war Kroonen unwillkürlich in den Sinn gekommen, daß er bei dem Alter noch Mitglied in der Hitler-Jugend gewesen sein könnte. Es hätte ihn nicht sonderlich gestört. Er machte mit allen seine Geschäfte und vielleicht sogar am liebsten mit den Deutschen, die er als zuverlässiger einschätzte als seine französischen oder britischen Geschäftspartner. Wenn man einen Wagen einer westdeutschen Firma kaufte, wußte man wenigstens, was man für sein Geld bekam, jedenfalls behauptete er das seinen Kunden gegenüber, die die Ausstellungsräume im Industriegebiet in Amsterdam-Noord besuchten. «Sie können in der gleichen Preisklasse natürlich auch einen Renault oder einen Austin bekommen...» pflegte er zu sagen und unterließ es bewußt, den Satz zu Ende zu führen, während er mit der Hand über die Haube eines BMW oder Golf strich.

«Wollen Sie nicht einen aus meiner Flasche trinken?»

Ein wenig überrascht darüber, daß es ihm gelang, die Worte ohne Stocken auszusprechen, nickte er zu der Reihe der Flaschen, in der auch seine eigene stand, eine Johnnie Walker Black Label, auf die sein Name *A. Kroonen* mit einem Filzstift geschrieben worden war.

«Nein, danke», wehrte der Deutsche ab. «Ich bevorzuge Bourbon.»

Eine Stunde später saß Kroonen nicht allzu betrunken, aber furchtbar müde auf dem Rücksitz eines Mercedes 300 D mit einer Frankfurter Taxinummer. Die Uhr auf dem Armaturenbrett zeigte Viertel vor eins, trotzdem war die Ausfallstraße zum Offenbacher Kreuz immer noch stark befahren, und der Taxifahrer mußte immer wieder bremsen. Über der Schnellstraße blinkten die Positionslichter der zahllosen Verkehrsflugzeuge, die den Flughafen ansteuerten.

Kroonen überlegte sich, ob er zur nächsten Messe mit dem Flugzeug kommen sollte, statt wiederum die sechshundert Kilometer hin und zurück mit dem Wagen zu fahren. Er war froh, daß er nicht noch weiter in *Jimmy's Bar* saß, in der Stiller nach einer Reihe von Bourbon, schwitzend und grinsend und so, als ob sie verschworene Freunde seien, vorgeschlagen hatte, irgendeine Hilde oder Trudi zu besuchen, die, so versicherte er, für dreihundert DM alles tat, was man von ihr forderte. Kroonen hatte gezögert. Immer wieder war es vorgekommen, daß ein Geschäftsfreund in Frankfurt ihm vorgeschlagen hatte, in irgendeinen Sexclub zu gehen oder zu einer Frau, die bei sich zu Hause empfing. Die meisten seiner Kollegen sagten nicht nein zu so einem Angebot, das zu einem Bestandteil bei den geschäftlichen Verhandlungen geworden war, die kaum noch auf der Messe stattfanden. Dort stand man, um persönliche Kontakte zu Einkäufern und Verkäufern aus Dutzenden von Ländern zu knüpfen, zu Personen, deren Namen man vom Telefon oder vom Fernschreiber her kannte. Die Transaktionen waren in Wirklichkeit längst vor der Messe ausgeführt, höchstens wurden sie dort feierlich unterschrieben. Oder bei einem Essen, einer Cocktailparty, bei einem Callgirl. Alles abzugsfähig und einkalkuliert in die Repräsentationskosten. Aber Kroonen, der schon zum zehntenmal auf der Messe war, sieben lange Tage und sieben noch längere Abende und Nächte lang, hatte noch nie zugestimmt, wenn jemand ihn ins *Maison Claudia* oder *Die fröhliche Drillingsschwester* mitnehmen wollte.

Er lächelte müde seinem undeutlichen Spiegelbild in der Wagenscheibe zu und dachte an den glatzköpfigen Manfred Stiller, Vertreter vom BMW, Düsseldorf, der jetzt vermutlich teuren und schlechten Champagner trank und sich bei Hilde und Trudi wie ein König vorkam.

Warum tat *er* so etwas nicht? Das lag jedenfalls nicht an Heleen zu Hause. Sie fragte niemals nach solchen Sachen, wenn er von den ziemlich seltenen Geschäftsreisen – Lyon, Frankfurt, manchmal Birmingham oder Manchester – zurückkam, obwohl sie genau wußte, daß er dort mit anderen Frauen zusammengewesen war. Aber, Herrgott noch mal, das war lange vorbei. Wie lange? Jahre. Er versuchte sich daran zu erinnern, mit wem er Heleen zuletzt betrogen hatte, na ja, betrogen war vielleicht nicht das richtige Wort, aber es fiel ihm kein Name oder Gesicht ein. Jedenfalls keine Hure. Während ihrer fünfundzwanzigjährigen Ehe war er noch niemals zu einer Hure gegangen. Warum nicht? Falsche Scham? Seine strenge, reformierte Erziehung? Dummes Zeug, dann hätte er auch nicht mit anderen Frauen zusammensein dürfen. Nach dem, was er so von Kollegen gehört oder an Pornographie gesehen hatte, war das etwas ganz anderes als mit Heleen. Heleen in Netzstrümpfen und Strumpfbändern um die Schenkel! Er lächelte vor sich hin.

Er reichte sein vernickeltes Zigarettenetui mit dem eingravierten Opel-Zeichen über die Rückenstütze zu dem Fahrer.

«Holländische Zigaretten. Caballero. Sehr gut.»

Der Chauffeur sah ihn nicht einmal im Spiegel an, schüttelte nur mit dem Kopf und sagte:

«Nein, danke. Ich rauche nicht.»

«Das ist gut. Dann bleibt man länger gesund.»

Das war an der Messe in Frankfurt so trist, jedenfalls wenn man Holländer oder Belgier war. Immer ein Zimmer in einem Hotel außerhalb der Stadt, oft vierzig, fünfzig Kilometer weit weg. Und abends immer mit dem Taxi nach Hause. Er begriff nicht, warum er immer noch mit dem Auto herkam. Sechs Stunden Autofahrt, und dann stand der Wagen die ganze Messewoche über im Parkhaus auf dem Messegelände, weil man zu betrunken war, um den weiten Weg zum Hotel fahren zu können. Bei den Amerikanern war das etwas anderes, die Herren von General Motors, Chrysler oder Ford, die auf ihren fetten Ärschen mitten im Zentrum saßen, im *Frankfurter Hof* oder im *Savoy*. Die bestellten ihre Suiten bereits jetzt für das nächste Jahr, denn sie waren sicher, daß der Umsatz auf jeden Fall hoch sein würde. Und die Deutschen selbst natürlich, und die Japaner und sogar die Engländer. Die wohnten womöglich am Rande der Stadt, übernachteten aber bei irgendeinem Gretchen, das in Netzstrümpfen kam und ihnen das Frühstück im Bett servierte.

Vielleicht sollte er das auch einmal machen, mit den anderen in so eine Wohnung gehen. Wie funktionierte das? Mantel abgeben, rauf auf einen Barhocker, und dann kam eine Hure und setzte sich neben einen wie in den Fernsehserien? Ein junges Mädchen, vielleicht zwanzig Jahre alt, die einen fragte, ob man mit hinaufgehen wollte. Eine, die die eigene Tochter sein konnte. Vielleicht hinderte ihn das daran? Daß seine Tochter zwanzig Jahre alt war?

Oder vielleicht lag es daran, daß er wußte, daß ein solches Mädchen selbst *entschied*, ob sie mit jemandem für Geld schlafen wollte. Daß er zu klug war, um sich einzubilden, daß sie es ihm zuliebe tat. Daß er die ganze Zeit über an die vielen DM denken würde, die das kosten sollte.

Der Mercedes bog plötzlich scharf nach links ab, und er mußte sich festhalten, um nicht vom Sitz zu rutschen. Durch die Frontscheibe schimmerte die Abzweigung nach Aschaffenburg, und kurze Zeit darauf zeichnete sich die Silhouette des Hotels und das Neonschild *ATLANTA HOTEL* gegen den Nachthimmel ab. Das Taxi bog in die kurvenreiche Auffahrt ein. Der Fahrer lenkte routiniert mit der linken Hand, während er mit der rechten gleichzeitig die Quittung neben sich ausfüllte.

«Vierundsechzig Mark, bitte.»

Kroonen nahm vier Zwanzigmarkscheine aus der Tasche.

«Stimmt so.»

Der Fahrer stieg eilig aus dem Wagen, um die hintere Tür aufzureißen.

In einzelnen Fenstern war immer noch Licht, aber die meisten in dem fünfstöckigen Hotel waren schwarze spiegelnde Flächen.

Am Empfang reichte ihm ein junges hübsches Mädchen in tadellosem Kostüm seinen Schlüssel. Aus der Bar waren Stimmen zu hören, und einen Augenblick überlegte er, ob er hingehen und nachsehen sollte, ob noch Bekannte dort saßen. Das *Atlanta* war im Laufe der Jahre ein fester Punkt für Holländer und Belgier geworden, und nun hingen sicher einige von ihnen an der Bar und sprachen über Geschäfte und ihre Freundinnen, die um diese Zeit natürlich unübertrefflich waren. Obwohl der Gedanke an das viel zu große und unpersönliche Zimmer im dritten Stockwerk ihn deprimierte, entschloß er sich, ins Bett zu gehen.

«Gute Nacht, Herr Kroonen», sagte das Mädchen am Empfang, und er murmelte eine Antwort, während er auf die Fahrstühle zuging. Im Hinblick auf den morgigen Tag war es vernünftiger, einen Gutenachtschluck auf dem Zimmer zu nehmen und sich hinzulegen. Im Fahrstuhl zog er aus der Innentasche den schmalen Messekalender heraus und versuchte, die Eintragungen zu deuten. Bei jeder halben Stunde stand ein Firmenname oder ein Personenname. Um halb neun stand ein Horst Kraus eingetragen, aber er konnte sich trotz aller Mühe und bestem Willen nicht daran erinnern, wer der Mann war oder zu welcher Firma er gehörte. Er drückte die Zigarette in den Aschenbecher, als der Fahrstuhl im dritten Stock hielt. Sein Zimmer lag genau um die Ecke des Korridors, der in einem starken Licht erstrahlte. Das Zimmer war L-förmig, wobei das kurze Stück einen Flur mit einer luxuriösen Toilette auf der einen und einem ebenso luxuriösen Bad auf der anderen Seite ausmachte. Er schloß die Tür und trat in das Zimmer.

Auf den Tisch gegenüber dem Bett hatte das Personal wieder eine Schale mit drei Weinbrandkirschen gestellt und neben den protzigen Fernseher eine Flasche Asbach Uralt. Ein Fenster war offen, und Kroonen ging hin und schloß es. Er stand eine Weile da und beobachtete die beleuchtete Auffahrt. Dann ging er hinüber zum Kühlschrank mit dem Schild *Minibar* auf der dunklen emaillierten Tür. Auf der gedruckten Liste, in die die Gäste ihre Entnahmen eintragen sollten, standen schon drei Striche bei Scotch und zwei bei Coca-Cola. Kroonen öffnete den Kühlschrank, ging in die Hocke, und während er sich eine der Miniaturflaschen aussuchte, knipste er beinahe automatisch den Fernseher an, der schräg über dem Kühlschrank stand.

Er setzte sich mit einem Whisky auf das breite Bett und sah sich zwei deutsche Schauspieler an, die sich gegenseitig alles mögliche vorwarfen, aber obwohl sein Deutsch gar nicht so schlecht war, begriff er nicht recht, worum es sich da handelte. Er langte hinter sich und suchte nach der Fernbedienung, ließ ein Fußballspiel, eine Talk-Show, einen Krimi, noch ein Fußballspiel und eine türkische Sängerin an sich vorbeiblitzen, bevor er bei dem Bild einer halbnackten korpulenten Frau aufschreckte, die breitbeinig und mit geschlossenen Augen auf einem Sofa saß, während eine andere Frau, nur von hinten zu sehen, sich über sie beugte und mit einer enorm großen Penisattrappe ihre weitgeöffnete Vagina massierte.

«Verflucht noch mal», rief Kroonen entsetzt, bis ihm klar wurde, daß er einen der zwei Videokanäle eingeschaltet hatte, auf denen sie abends und nachts pausenlos weiche oder harte Pornographie zeigten. Die ersten Minuten waren gratis, die folgenden wurden auf die Rechnung gesetzt. Dies hier war zweifellos der harte Kanal.

Die Frau auf dem Sofa begann zu stöhnen, und Kroonen griff automatisch nach der Fernbedienung, um den Kanal zu wechseln.

So ein Mist, dachte er, goß sich den Rest seines Whiskys ins Glas, nahm einen Schluck und suchte in seiner Tasche nach dem Zigarettenetui.

Dann blickte er wieder auf die Mattscheibe und stellte fest, daß er den Kanal mit der weichen Pornographie eingeschaltet hatte. Was jetzt gezeigt wurde, war offenbar der Schluß eines Films. Zwei nackte Männer erhoben sich von einem Bett, in dem eine nackte, schlanke Frau mit langen, blonden Haaren lässig ausgestreckt auf dem Bauch lag. Die Männer bückten sich und nahmen ihre Overalls vom Fußboden auf, zogen sie an und stiegen durchs Fenster hinaus in einen Fahrkorb. Auf den Rücken der Overalls stand *Wir reinigen alles*. Die Frau auf dem Bett drehte sich um und winkte träge den Männern zu, die langsam aus dem Blickfeld verschwanden, während der Fahrkorb hinunterglitt. Die Frau streckte sich und lächelte ein wenig, und in diesem Moment zuckte Kroonen zusammen, als ob er einen elektrischen Schlag erhalten hätte. Wie versteinert saß er da, die Hand verkrampfte sich um die Fernbedienung, und sein Herz hämmerte gegen die Rippen.

Dann verschwand das Bild, und ein gelber Text auf schwarzem Grund verkündete, daß der Zuschauer dreißig Sekunden Zeit hatte, um sich zu entscheiden, ob er weiter eingeschaltet lassen wollte – gegen automatische Verbuchung auf seiner Zimmerrechnung.

Ohne daß er sich dessen bewußt war, hielt Kroonen die nächsten Sekunden lang den Atem an, seine Knie zitterten und auch die Hand, in der er die Fernbedienung hielt, während er auf den Bildschirm starrte, der jetzt grau geworden war.

Da erschien ganz überraschend das Bild einer Stadt. Alte Gebäude, eine Kirche, ein Park mit hellroten Blumen, im Hintergrund die Konturen von älteren Mietshäusern. Ein Mensch kam ganz allein ins Bild gegangen. Eine Frau in einem schwarzen Ledermantel. Es war nicht die Frau aus dem vorherigen Film. Sie blinzelte den Zuschauern zu, stieg über eine niedrige Hecke des Parks und zog den Ledermantel aus. Darunter hatte sie nichts weiter als ein Paar lange weiße Stiefel an, die ihr bis über die Knie reichten. Sie reckte sich wollüstig und legte sich langsam in die Blumen. Sie schien überhaupt nichts von einem pickligen Jüngling zu ahnen, der eine zu große Polizeiuniform anhatte und mit einem nervösen Grinsen durch das Gras auf sie zuschlich. Da drückte Kroonen auf den Knopf und stellte den Fernseher ab. Sein ganzer Körper zitterte, und sein Gesicht, die Achselhöhlen und der Rücken waren schweißnaß.

Er glaubte, seine Tochter gesehen zu haben. Daß die schlanke blonde Frau, die gelächelt und den beiden Fensterputzern zugewinkt hatte, Christine war.

«Nein», sagte er laut, «das kann einfach nicht sein. Das muß jemand anders gewesen sein. Nicht Chris.»

War es Chris? Er schloß die Augen und rief sich das Bild der Frau im Bett in die Erinnerung zurück. So langes Haar hatte Chris nicht. Aber es konnte ja eine Perücke sein. Und die Augen, die trotz des Lächelns diese kleine Härte im Blick hatten. «Kroonen-Augen», hatte seine Mutter immer gesagt. Er stand auf und ging an die Minibar, riß die Tür auf und nahm die erste beste Flasche aus dem Fach. Schraubte den Deckel ab, spürte, wie der Rum in seinem Gaumen brannte, begann zu husten. Er nahm den nächsten Schluck.

Chris! Herrgott, sie war es! Nein, er mußte sich geirrt haben, das war doch unmöglich...

Konnte diese Stadt auf dem Bild irgendwo in Schweden sein, denn dort befand sie sich ja dem Brief nach, den Heleen und er vor einigen Monaten bekommen hatten. Damals war sie in Stockholm, nachdem sie sich ein halbes Jahr lang in der Weltgeschichte herumgetrieben hatte. Sie hatte einen Freund gefunden, einen Freund mit gutem Einkommen, der vorhatte, ein Haus für sie beide zu kaufen.

Konnte die Stadt in dem Film Stockholm sein? Er ging zum Bett zurück und schaltete Kanal elf des Fernsehers ein. Die Frau in den weißen Stiefeln lag jetzt auf dem Bauch, und der ungepflegte Jüngling kniete hinter ihr. Die Kamera fuhr auf die entscheidenden Körperteile zu, und schließlich sah er nur noch Körper, die sich bewegten. Nach einer Großaufnahme der pickligen Schenkel des Jungen kam ein neuer Film.

Ein Motorboot älteren Baujahrs glitt auf einem stillen grauen Wasser dahin. Vor einer kleinen Kajüte lagen drei nackte Negerinnen und sonnten sich auf dem Vordeck. Das Boot war weiß gestrichen, hatte einen roten Streifen unter dem Schandeck, und am Bug stand der Name *Galatea* in roten Buchstaben. Eine der Negerinnen hatte sich ein weißes Handtuch wie einen Turban um den Kopf gelegt, so als ob sie sich gerade die Haare gewaschen hätte. Sie erhob sich auf alle viere und begann, zu den beiden anderen zu kriechen. Während sie eine von beiden in den Arm nahm und küßte, erhob sich die dritte auf die Knie. Kroonen schaltete den Fernseher aus und trank den letzten Schluck Rum. Das Zittern hatte aufgehört, und seine Müdigkeit war wie weggeblasen. Was er gesehen hatte, war ein Film mit pornographischen Episoden gewesen. Alle fünf Minuten eine neue Geschichte. Er mußte die erste wieder sehen. Er mußte sich vergewissern. Was sollte er jetzt tun? Sich vollaufen lassen, sich vormachen, daß er sich geirrt hatte? Auf der Messe ganz normal weiterarbeiten und im Unterbewußtsein ständig an sein einziges Kind denken, seine Tochter, die bereits seit einem Jahr ausgeflogen war, Chris, um die er und Heleen sich unausgesprochen Sorgen machten. Die kleine Christine, sein kleines Mädchen, der er in der Bodenkammer jeden Abend Märchen vorgelesen hatte, im gleichen Jahr, als er die Firma gegründet hatte. Der er mit Mathe geholfen hatte, weil sie da überhaupt nichts begriff. Die er jeden Sonnabend nachmittag zum Feldhockey gebracht und wieder abgeholt hatte, wenn die Spiele vorbei gewesen waren. Und die ganz plötzlich, während ihres letzten Jahres auf dem Gymnasium, ihr Sparkonto, das er bei ihrer Geburt eröffnet hatte, plünderte und losreiste. Nach Schweden. Und Chris am Telefon, gerade als er sich entschlossen hatte, mit seinem Anwalt darüber zu sprechen, ob man sie über Interpol suchen lassen konnte: «Papa, hier ist Chris!» und sie erzählte, daß sie in Stockholm war, daß sie in einem Hotel gearbeitet hatte, daß es ihr ganz prima ging und daß sie sich keine Sorgen machen sollten. Bald würde sie schreiben.

Wenn er sich nun geirrt hatte? Er rieb sich die Augen und schüttelte den Kopf. Auch wenn er die ganze Minibar leerte, würde er in dieser Nacht kein Auge zumachen können, nur daliegen und von der Ungewißheit geplagt werden. Er mußte es wissen. Jetzt. Sofort. Wie kam man an den Film heran?

Runter in die Rezeption gehen, ein angetrunkener Fünfzigjähriger mitten in der Nacht. «Entschuldigen Sie, Fräulein, aber da war auf dem Videokanal ein Film mit zwei Fensterputzern und einer nackten Frau.»

Verdammt noch mal, einen Drink.

Er ging wieder auf den Kühlschrank zu, drehte sich aber um und griff nach seinem Jackett, zwängte sich hinein und verließ das Zimmer.

Am Empfang stand ein freundlicher Mann mittleren Alters, was ihm die Sache sehr erleichterte. Als er sein Anliegen vorgetragen hatte, nickte der, so als ob er nur danach gefragt hätte, wann die Bar zumachte, und sagte:

«Kanal elf, stimmt's?»

Kroonen nickte zustimmend und spürte einen ziehenden Schmerz zwischen den Schulterblättern.

«Doch, das wird sich machen lassen, aber Sie können sich den nicht auf Ihrem Zimmer ansehen. Sie müssen in den Video-Raum gehen. Um diese Zeit hält sich da niemand mehr auf.»

«Danke.» Die Doppeldeutigkeit seiner Auskunft war dem Mann durchaus anzumerken. Während Kroonen verlegen und nervös hinter ihm den Flur langging, nahm er aus der Brieftasche einen Fünfzigmarkschein und hielt ihn in der Hand bereit.

Der Video-Raum lag ganz hinten im Hotel, am Ende eines langen Ganges, der zu den Garagen führte. Zu Kroonens Erstaunen sah er aus wie ein kleines Kino mit ungefähr zehn Sesseln, einer Filmleinwand für Sechzehn-Millimeter-Filme und einem großen, modernen Fernseher mit Videoplayer.

«Philips», sagte er zu dem Hotelangestellten, der den Apparat anstellte. Der Mann lächelte höflich, ging an einen Wandschrank, nahm ein Schlüsselbund aus der Jackentasche und öffnete den Schrank. In den Fächern standen Hunderte von Videokassetten, und auf der Innenseite der Tür klebte das gleiche Programm, das Kroonen auch auf seinem Zimmer liegen hatte.

«Kanal elf», sagte der Mann. «Montag, der Zwanzigste... Warten Sie mal, hier. Ja, Club Exotica... Nummer sechsundfünfzig.»

Einige Minuten später war Kroonen allein in dem Raum. Zusammengesunken saß er vor dem Fernseher. Ungeduldig hatte er darauf gewartet, daß der Mann aus der Rezeption verschwinden würde. Der hatte sich Zeit gelassen. Die Kassette mußte eingelegt werden, dann fragte der Mann, ob er etwas zu trinken haben wollte oder ob er den Raum zugeschlossen haben wollte, und als Kroonen auf beide Fragen mit nein geantwortet und ihm den Geldschein gegeben hatte, war dem Hotelangestellten nichts weiter eingefallen, als ganz trocken, so als ob es sich um einen Leihwagen oder Leihsmoking handelte, zu fragen, ob er weibliche Gesellschaft wünschte. Verrückte Deutsche! Fehlte noch, daß er fragte, ob er einen Jungen haben wollte und daß das zur vorgeschriebenen Dienstanweisung gehörte.

Er ließ den Film laufen, angespannt und wieder todmüde.

Er blickte ungeduldig auf den Titel und den Vorspann. Sah das erste Stück, das er vorhin versäumt hatte. Sah Christine in ein Badelaken gewickelt ins Zimmer kommen, zum Spiegel gehen, wo sie das Laken fallen ließ, und während sie sich im Spiegel betrachtete, begann sie sich zu streicheln. Die beiden Fensterputzer kamen mit ihrem Aufzug vor dem offenen Fenster langsam ins Bild. Sie sahen Chris vor dem Spiegel, und husch! waren sie im Zimmer und zogen ihre Overalls aus, unter denen sie völlig nackt waren. Chris drehte sich um, vom Spiegel weg und schenkte ihnen ein einladendes Lächeln.

Aber natürlich war das seine Tochter! Sicher war die schlanke hübsche Frau, die jetzt auf die beiden nackten Männer zuging, seine Tochter Chris.

Jetzt ging er ruhig und überlegt zu Werke. Er ließ das Videoband zurücklaufen, nahm seinen Messekalender und den Füllfederhalter heraus, startete das Band erneut und drückte auf die Pausentaste, als der Vorspann begann. Die Titel der verschiedenen Episoden interessierten ihn nicht, die brauchte er nicht mitzuschreiben. Titel wie *Eva wird von dem Polizisten genommen, Erotik im Schärengarten* und ähnliche. Und als die Namen der Schauspieler erschienen, notierte er sie sich, obwohl er davon ausging, daß es sich um Pseudonyme handelte. Eine Christine Kroonen kam dabei natürlich nicht vor. Schließlich stand der Name des Produzenten auf der Scheibe, und er schrieb auf die Innenseite des Kalendereinbandes sorgfältig: *NEREUS-FILM STOCKHOLM SWEDEN.*

Er schaltete das Videogerät und den Fernseher aus und verließ den Raum, ohne abzuschließen. Ging am Empfang vorbei und stellte fest, daß dort im Augenblick niemand war.

Als er ins Zimmer zurückkam, blickte er auf die Uhr und zögerte einen Moment, bevor er die dreizehn Knöpfe auf dem Telefon drückte.

Erst als es achtmal getutet hatte, meldete sich Heleens müde Stimme:

«Kroonen...»

«Heleen, ich bin's, Ab. Entschuldige, Liebling, daß ich so spät anrufe...»

«Ab!»

«Hör zu, Liebling. Ich wollte ja eigentlich morgen abend nach Hause kommen, aber daraus wird nichts...»

«Oh!...»

«Nein, verstehst du, es besteht die Möglichkeit, daß ich in den nächsten Tagen ein besonders gutes Geschäft machen kann. Hörst du mich?»

«Ja.»

Die Stimme hörte sich immer noch schlaftrunken an.

«Ist bei dir alles in Ordnung?»

«Ja. Und bei dir?»

«Doch, doch, müde bin ich, aber zufrieden.»

Er lächelte grimmig und streckte sich nach dem Zigarettenetui aus. Zögerte einen Augenblick.

«Hast du was von Chris gehört?»

«Von Chris?» Sie hörte sich ziemlich erstaunt an. «Wieso fragst du?»

«Tja... ich hatte gehofft...»

Sie schwieg einen Augenblick.

«Ist wirklich alles in Ordnung, Ab?»

«Aber natürlich, Liebling, leg dich hin und schlaf weiter. Ich werde jetzt auch schlafen gehen. Morgen abend rufe ich wieder an.»

Er lachte. Entspannt, hoffte er. «Zu einer christlicheren Zeit. Schlaf gut, Liebling.»

Er spitzte die Lippen und gab ihr einen Kuß ins Plastikmikrofon. Er war nicht sicher, ob das Geräusch, das er hörte, von ihr kam, sagte aber «Kuß» und legte auf.

Er steckte sich eine Zigarette an, saß eine Weile einfach da und starrte vor sich hin. Es zeigte sich, daß es dem Mann in der Rezeption trotz der späten Stunde keine Mühe bereitete, für den nächsten Tag einen Platz auf einem Direktflug nach Stockholm zu buchen.

III

Einige Minuten bevor die Maschine zur Landung ansetzte, erwachte Kroonen aus einem bleiernen Schlaf, und obwohl er die Ansage kaum wahrnahm, begriff er, daß sie sich Arlanda näherten und der Blick aus dem Flugzeug auf das umliegende Land sich lohnte. Er setzte sich zurecht, spürte, daß die Hosenbeine an der Haut klebten und lächelte ein wenig einfältig, während er aus dem kleinen Fenster blickte. Schräg unter dem Triebwerk erkannte er ein Wirrwarr von grünen Flecken, die sich über eine tiefblaue Wasserfläche hinzogen. Das Flugzeug stieg leicht und flog eine scharfe Kurve, so daß der Horizont plötzlich zu einer Diagonale im Fenster wurde.

Kroonen lehnte sich zurück und fühlte, wie sein Magen zu flattern begann. Er hatte eigentlich keine Angst vorm Fliegen, aber den Landeanflug mochte er nicht, vor allem weil sich dabei der Lärm der Motoren so steigerte. Als er das Gefühl hatte, daß die Maschine wieder waagerecht lag, blickte er wieder hinaus. Nicht weit entfernt unter ihm lagen Vororte von Stockholm in der Sonne, ein verworrenes Muster hauptsächlich roter Häuser, leerer Straßen, Gewässer und Seen.

Die Maschine ging über der Innenstadt weiter herunter. Kroonen entdeckte die mit Grünspan bedeckten Kuppeln und Türme der Kirchen, blickte auf das Wasser rund um die Stadt, die aus einer Vielzahl größerer und kleinerer Inseln zu bestehen schien. Es war nicht das erste Mal, daß er in Schweden war, aber Stockholm hatte er früher noch nie besucht. Er erinnerte sich an eine Automobilmesse vor vielen Jahren in Göteborg. Damals hatte er überlegt, ob er neben den deutschen Autos auch die Vertretung von Saab übernehmen sollte, aber die Bedingungen der Schweden waren nicht akzeptabel gewesen.

Unter ihm glitt ein prunkvolles, am Wasser gelegenes Gebäude vorbei und eine Brücke, unter der kleine Boote dahinsegelten. Irgendwo, Hunderte von Metern unter ihm, mußte sich Christine befinden. Er drückte die Nase an die Scheibe, um festzustellen, ob er da unten einen Park entdecken konnte, einen Park, in dem hellrote

Blumen wuchsen und in dem eine Frau einen schwarzen Ledermantel vor einer Filmkamera ausgezogen hatte.

Christine. Monate nach dem Telefonat, bei dem sie ihnen gesagt hatte, daß es ihr gutging, war ein kurzer Brief gekommen. Ein einziges hellblaues Blatt, einige wenige Zeilen. Sie schrieb, daß sie nicht mehr in dem Hotel arbeitete, daß sie sich zu einem Theaterkursus angemeldet hatte und daß sie einen Freund hätte, der ‹beim Film› arbeitete.

Natürlich hatte kein Absender auf dem Brief gestanden. Typisch für Chris. Oberflächlich, vergeßlich, egoistisch. Stockholm und das Datum hatte oben auf dem Bogen gestanden, das war alles gewesen. Die Stadt, die nun langsam unter ihm verschwand und einer bewaldeten Landschaft Platz machte, Nadelwälder und einige glitzernde Seen. Stockholm, eine Millionenstadt, in der er niemanden kannte. Er lehnte sich vornüber, stützte die Stirn gegen die Sitzlehne vor sich, konnte seine Nervosität nicht länger beherrschen.

Was sollte er tun, wenn er sie fand? Eine junge Frau, kaum älter als zwanzig Jahre. Er sah sie wieder vor sich, wie sie nackt auf die beiden Fensterputzer zuging. Er schüttelte den Kopf, um das Bild loszuwerden, und setzte sich aufrecht hin.

«Sind Sie alright?»

Er nickte dem Inder zu. Zeichnete mit der Hand das Auf und Ab der Maschine. Der Inder nickte ernst zurück.

«Sie sollten die Augen nicht schließen, davon wird es nur schlimmer.»

Zehn Minuten später stand er auf und holte seine Reisetasche aus dem Gepäckfach über seinem Platz. Die Stewardess nickte, als er an ihr vorbeiging.

«Vielen Dank, auf Wiedersehen.»

Sie glaubte wohl, daß er ein verdammter Deutscher sei.

In den Spiegeln bei der Zollkontrolle merkte er selbst, daß er sehr wohl für einen Deutschen gehalten werden konnte. Ein untersetzter Mann in den Fünfzigern, mit beginnender Glatze und grauem Kraushaar über den Ohren, dünne, graue Strähnen über der bronzefarbenen Stirn, grauer Anzug und moosgrüner Schlips, Mantel und eine Plastiktüte vom Frankfurter Flughafen mit einer Flasche Wodka drin.

Er ging an die Information, und dort half man ihm bei der Reservierung eines Hotelzimmers. Angesichts der Unannehmlichkeiten mit dem Hotel vierzig Kilometer außerhalb Frankfurts bat er um ein Zimmer im Zentrum. Er hätte Glück, sagte die Dame am Schalter, es gab noch ein freies Zimmer im Hotel *Gamla Stan*, und noch zentraler konnte er gar nicht wohnen.

Der Taxifahrer legte sein Gepäck in den Kofferraum, und als sie auf die Autobahn nach Stockholm gekommen waren, streckte Kroonen sein Zigarettenetui zwischen den Rückenlehnen nach vorn.

«Darf ich Ihnen eine Zigarette anbieten?»

«Nein danke, und ich wäre dankbar, wenn Sie in meinem Wagen nicht rauchen würden.»

Kroonen steckte die Zigaretten wieder in die Tasche und lehnte sich zurück. Er schaute sich die waldreiche Landschaft an. Schweden, dachte er. Ein merkwürdiges Land. Eine langgestreckte Landschaft mit einem gutausgebauten Straßennetz, wie geschaffen für einen Autohändler, andererseits aber eine Bevölkerung von weniger als zehn Millionen, die zusammengedrängt in einigen Städten wohnte. Dann schon lieber ein übervölkertes, kleines Gebiet wie bei den Niederländern, in dem die Motoren eine wesentlich kürzere Lebensdauer hatten.

Als sie sich der Stadt näherten, wurde der Verkehr dichter, und an Stelle der Wälder tauchten nun links und rechts der Straße Industriebauten, Motels, ein Bürokomplex von SAS und gräßliche Mietshäuser auf, wie sie jede Stadt entlang ihrer Ein- und Ausfahrten bauen ließ. Vielleicht wohnte Christine in einer solchen Steinwüste, obwohl er sich das nur schwer vorstellen konnte. Sie hatte immer eine Vorliebe für das ‹Alte› gehabt. Er erinnerte sich daran, wie sie rundheraus die Nase gerümpft hatte, als Heleen und er vor einigen Jahren neue Möbel gekauft hatten. Moderne für die damalige Zeit, schlicht, in hellen Farben. Eigentlich war es ja keine Respektlosigkeit gewesen, eher ein Gefühl der Blamage, so als ob sie sich wegen des Geschmacks ihrer Eltern schämte.

«Wie kannst du einen solchen Tisch vor den Kamin stellen? Siehst du denn nicht, daß sich das beißt, Papa?» hatte sie gefragt. Eigentlich hatte sie ja recht gehabt, er war von der neuen Einrichtung selbst nicht ganz begeistert, aber Heleen hatte es so haben wollen, und schließlich verbrachte doch sie die meiste Zeit in dieser Umgebung. Das Zimmer von Chris war mit Kuriositäten aus verschiedenen Perioden ausgestattet, und die eigentümliche Mischung hatte mehr Charme als die Möbel im übrigen Haus. Chris würde sich eher in einem älteren Haus oder einer Wohnung in einem älteren Stadtteil wohl fühlen, wo sie sich Möbel und Einrichtungsgegenstände in Secondhandshops oder auf dem Sperrmüll zusammensuchen konnte. Lebt sie denn eigentlich mit diesem Freund zusammen? Einem Freund, der beim Film arbeitete – an pornographischen Filmen? Zum erstenmal seit der vergangenen Nacht im *Atlanta Hotel* dachte er plötzlich an die reale Möglichkeit, daß sie sich selbst dazu entschieden hatte – zu dem, was sie da vor der Kamera tat. Was hatte er sich denn eingebildet? Daß sie dazu von jemandem gezwungen worden war? Oder daß die Umstände ihr keine andere Wahl gelassen hatten? Welche denn? Schulden, ein Kind, Rauschgift? Nein, das konnte er sich bei Chris nicht vorstellen. Dann tat sie es also doch freiwillig.

Das Taxi bog jetzt in eine schmale Gasse ein, mit einem Café oder einem Restaurant zwischen jedem zweiten oder dritten Geschäft. Als sie an einer Querstraße vorbeifuhren, sah er Boote auf einer grünen Wasserfläche und dahinter Häuser und mit Türmchen geschmückte Gebäude auf einer Anhöhe.

«Da wären wir», sagte der Fahrer und hielt vor dem Eingang eines alten restaurierten Hauses.

Eine Viertelstunde später saß Kroonen an einem Walnußtisch und blickte durch das Fenster auf die schmale Gasse, in der das Taxi ihn abgesetzt hatte. Das Zimmer war klein und nicht so luxuriös wie in Frankfurt, aber es war wohnlicher als das, in dem er die letzte Woche verbracht hatte. Hier gab es immer noch ein wenig Atmosphäre, auch wenn es renoviert und mit Standardmöbeln eingerichtet war – Bett, Tisch, Lehnstuhl und Sessel. Daß es im Erdgeschoß lag und er aus dem Fenster sehen konnte wie zu Hause aus seinem eigenen Wohnzimmer, machte die Sache noch angenehmer. Da war auch ein kleiner Fernseher und eine Badewanne, klein zwar, aber für eine oder zwei Nächte reichte es vollkommen. Auf dem Tisch stand ein Telefon, bei dem man selbst wählen konnte. Daneben stand die Wodkaflasche, die er geöffnet hatte. Aus Erfahrung wußte er, daß man für den Preis, der in Schweden für ein Glas Schnaps verlangt wurde, in Holland oder Deutschland eine ganze Flasche kaufen konnte, und nicht mal eine von der billigen Sorte. In der Minibar gab es übrigens keinen Alkohol, nur Erfrischungsgetränke, eine Flasche Leichtbier, eine hartgefrorene Tafel Schokolade und eine Tüte mit Erdnüssen.

Er nippte an dem Wodka und blätterte in den gelben Seiten, unter der Rubrik Filmproduktionen. Nereus-Film stand nicht drin. Zuerst hatte er im Teil A–M nach Kroonen gesucht. Es hätte ja sein können, daß da stand Kroonen, Chr. und eine Nummer. Aber in ganz Stockholm gab es keinen Anschluß mit diesem Namen. Das hatte er auch kaum erwartet, trotzdem spürte er eine gewisse Enttäuschung.

Es müßte doch irgendeine Vereinigung der Filmproduzenten geben, überlegte Kroonen. Er dachte nach, wie das schwedische Wort für Vereinigung wohl heißen mochte, und nahm sich das grüne Verzeichnis mit den Firmen vor. Ihm fielen seine früheren Kontakte mit Förenade Bil ein, und er schlug das Buch an dieser Stelle auf. Ganz richtig, auf der gegenüberliegenden Seite stand es: Föreningen Sveriges Filmproducenter. Er wählte die Nummer, und sofort meldete sich eine Männerstimme.

«Do you speak English?» fragte Kroonen.

«Yes.»

Nachdem er seine Frage nach Nereus-Film vorgetragen hatte, dauerte es einige Minuten, und während er wartete, blickte er aus dem Fenster und dachte an Heleen, die er heute abend anrufen mußte, um ihr einiges zu erklären. Sie glaubte ja, daß er sich noch in Deutschland aufhielt. Was hatte er ihr noch gestern abend gesagt? Irgendwas über ein eventuelles großes Geschäft. Er lächelte sein verschwommenes Spiegelbild in dem Fensterglas mißmutig an und hob das Glas, um den letzten Schluck von dem Wodka zu trinken, als er die Stimme des Mannes im Hörer vernahm. Seinen Angaben zufolge war Nereus-Film in Konkurs gegangen, und der Eigentümer der Firma, der Ole Bendix hieß, stand nicht mehr in ihren Karteien.

«Können Sie mir die letzte Adresse des Büros von Nereus-Film geben?»

«Na klar. Sveavägen zweiundsechzig.»

Kroonen schrieb mit, und obwohl er nicht sicher war, ob er den Straßennamen korrekt notiert hatte, bat er den Mann nicht um eine Wiederholung.

Er suchte Sveavägen auf dem kleinen Stadtplan, den er im Empfang erhalten hatte, und entdeckte, daß es sich um eine lange und breite Straße handelte, die vom Zentrum aus nach Norden verlief. Er blickte auf die Uhr und entschied sich, hinzugehen, obwohl er wenig Hoffnung hatte, an dieser Adresse jemanden anzutreffen.

Später würde er ins Polizeihaus gehen, das er auch schon auf der Karte gefunden hatte.

Er wanderte in mäßigem Tempo, mit der Karte in der Hand. Es war wärmer, als er vermutet hatte, und nach einer Weile zog er den Mantel aus und legte ihn zusammengefaltet über den Arm. Es wimmelte von Menschen in den engen mittelalterlichen Gassen, ungewöhnlich viele Touristen für diese Jahreszeit.

Er schlenderte durch Västerlånggatan, vorbei am schmalen, hohen Turm der Deutschen Kirche zu Stortorget, wo die Restaurants und Gaststätten trotz des frühen Nachmittags schon voll besetzt waren. Von da aus nahm er den nächsten Weg zu Riddarhuset, wo er einige Minuten lang stehenblieb und sich das prunkvolle Haus ansah, bevor er über Vasabron weiterging. Auch dort blieb er eine Weile stehen und sah sich Strömmen und die Boote an, die draußen auf Riddarfjärden und vor Stadshuset kreuzten. Nachdem er am Hauptbahnhof vorbeigekommen und durch eine belebte Geschäftsstraße und über einen Markt gegangen war, erreichte er Sveavägen, eine breite Straße mit Bäumen an beiden Seiten, die Kroonen irgendwie an die Boulevards in Paris erinnerte.

In einem steril eingerichteten Tagesrestaurant, wo er ein belegtes Brot aß und eine Tasse Kaffee trank, dachte er an damals, als er mit Heleen und Christine, die zu jener Zeit immer noch Chrisje genannt worden war, zu einem kurzen Besuch in Paris gewesen war. Chrisje war zehn Jahre alt gewesen, alt genug, um zu erreichen, daß sie auf den Eiffelturm stiegen und nach Montmartre gingen, wo sie so lange gequengelt hatte, bis sie die Erlaubnis bekam, ein Porträt von sich malen zu lassen. Das war nicht sehr ähnlich geworden, sie sah mindestens fünf Jahre älter aus, aber natürlich mußten sie es im

Wohnzimmer aufhängen. Nach einigen Jahren verschwand es, ein liebliches, aber schlecht gezeichnetes Mädchenporträt. Was war daraus geworden, überlegte Kroonen.

Er bezahlte die Rechnung, aber ohne richtig zu begreifen, was es gekostet hatte, wie jedesmal, wenn er zu Anfang in fremder Währung bezahlte. Ohne es zu zählen, steckte er das Wechselgeld ein und trat hinaus auf die Straße, wo die Luft nach Abgasen stank.

Die frühere Adresse von Nereus-Film lag schräg gegenüber von einem Friedhof und einer Kirche, aus deren offener Tür er Trompetenmusik hörte. Noch bevor er die Hausnummer lesen konnte, begriff er, daß es sich um ein Haus handelte, das renoviert wurde, denn gerade karrten zwei Männer in Overalls Sand hinein. Die Fassade war mit Gerüsten verstellt, an denen Schilder mit dem Namen des Bauunternehmers hingen.

Er drehte sich auf den Absätzen um und ging zurück in die Richtung, aus der er gekommen war, jetzt jedoch auf der anderen Straßenseite. Als er die Ecke Kungsgatan erreicht hatte, fühlte er sich plötzlich müde, und ihm war übel. So als ob sogar das kleine Glas Wodka im Hotel zuviel gewesen sei. Er blieb einen Augenblick stehen und betrachtete das Getümmel auf der Straße, ehe er ein freies Taxi entdeckte, das er auf sich aufmerksam machte, indem er auf die Fahrbahn trat und mit dem Stadtplan winkte.

Zusammengesunken auf dem Rücksitz des Taxis, überfiel ihn zum erstenmal in seinem Leben das überwältigende Bewußtsein der Ohnmacht, der Einsamkeit und des Versagens. Das war nicht nur er selbst, der sich absolut überflüssig und unbedeutend vorkam, sondern das galt auch für Heleen und Chris und sogar für den Mann, der da vorn hinter dem Lenkrad saß. Er rauchte mechanisch, starrte auf die Häuser und die Menschen, ohne sie eigentlich wahrzunehmen, und merkte nicht mal, daß das Taxi anhielt und der Fahrer sich umdrehte und ihn fragend ansah.

Erst als er ausgestiegen war und bezahlt hatte und den blauweißen Volvo mit dem Schriftzug *POLIS* vor dem massigen roten Gebäude stehen sah, spürte er, wie ein wenig Energie zurückkehrte. Er ging auf den Haupteingang zu und stieß die Glastür auf. Hinter einem Tresen saßen ein junger Mann und eine Frau in blauen Oberhemden.

«Do you speak English?»

Natürlich taten sie das, scheinbar sprachen alle Schweden Englisch.

«Ich suche meine Tochter», begann er. «Sie ist Holländerin und wohnt seit einigen Monaten hier in Stockholm, aber ich habe ihre Adresse nicht, und sie steht auch nicht im Telefonbuch.»

«Was macht Ihre Tochter hier?» fragte die Frau. Sie hatte ein typisch nordisches Gesicht, stellte Kroonen fest, hellblaue Augen, glatte rosige Haut und kräftige weiße Zähne, die sie einen Augenblick lang zeigte.

Er zögerte etwas, bevor er antwortete: «Irgendwas in der Filmbranche.»

«Oh... Schauspielerin?»

«Eh... ja.»

Die Frau vom Wachpersonal stand auf und kam heraus, um ihn zum Lift zu begleiten.

«Dann dürfte es nicht schwer sein, sie zu finden», sagte sie und trat vor ihm in den Fahrstuhl.

Sie hielten im zweiten Stock, und sie zeigte ihm den Weg durch einen Flur zu einer Tür, die sie öffnete, ohne vorher anzuklopfen.

Sie kamen in einen großen Raum mit Aktenschränken an den Wänden und großen grünen Pflanzen, die von Neonröhren an der Decke beleuchtet wurden. Links von der Tür saß eine Frau mittleren Alters und blätterte in einem Ordner, blickte aber auf, als sie sie kommen hörte.

«Dieser Herr kommt aus Holland...»

Soviel verstand Kroonen noch, der Rest der schwedischen Sätze rauschte an ihm vorbei. Die ältere Frau nickte, klappte den Aktendeckel zu, stand umständlich auf und gab ihm ein Zeichen, ihr zu folgen. Er nickte der Frau vom Wachpersonal, die ihm den Weg gezeigt hatte, dankbar zu, und sie verschwand wieder auf den Flur.

Kroonen folgte der Frau an den Aktenschränken entlang. Sie zog das linke Bein hinterher, und er mußte seine Schritte verlangsamen. Ganz hinten in dem großen Raum stand eine Reihe von Metalltischen und auf jedem Tisch ein Bildschirm, davor saßen Frauen und Männer. Alle Bildschirme waren eingeschaltet, und darauf flackerten grüne Zeichen.

Die Frau blieb bei einem Polizisten stehen, der sehr kurze Haare und eine Narbe im Nacken hatte, die Kroonen unwillkürlich an einen Messerstich erinnerte.

Die ältere Frau sagte etwas auf schwedisch, und der Polizist blickte zu Kroonen auf.

«Wie heißt Ihre Tochter?»

«Kroonen.» Er buchstabierte.

Der Bildschirmtext wurde gelöscht, und ganz oben links tauchte der Name Kroonen auf.

«Vorname?»

«Christine Marianne.»

«Geburtsdatum?»

Schließlich standen alle Angaben auf der linken Hälfte des Bildschirms, mit Ausnahme der *Adresse*. Weder die Frau noch der junge Mann hatten reagiert, als er als letzten bekannten Arbeitgeber Ole Bendix' Nereus-Film genannt hatte.

Der Polizist blätterte in einem Handbuch und tippte Ziffern in die rechte Hälfte des Bildschirms. Das nahm viel Zeit in Anspruch und schien zu keinem Resultat zu führen.

«Sie ist in Stockholm nicht gemeldet», erklärte er. «Und sie scheint eine Arbeitsgenehmigung weder beantragt noch erhalten zu haben.»

Die Frau sagte etwas zu ihrem Kollegen, was Kroonen nicht verstand. Er nickte und blickte in das Handbuch und tippte dann mehrere Codes in die Tastatur.

Plötzlich sah Kroonen den Namen seiner Tochter auf dem Bildschirm auftauchen. «Kroonen, Christine, NL, Wollmar Yxkullsgatan 5a, 116 50 STHLM, gemeldet von K. Andersson, Wollmar Yxkullsgatan 5a, 116 50 STHLM, 89 08 23.»

«Was heißt das?» fragte er.

Der Polizist blickte immer noch auf seinen Bildschirm, während er englisch antwortete.

«Am dreiundzwanzigsten August hat jemand, der K. Andersson heißt, gemeldet, daß Ihre Tochter vermißt wird.»

«Wie bitte?» fragte Kroonen, obwohl er sehr wohl verstand, was der Mann gesagt hatte.

«Das sind Informationen der Abteilung für vermißte Personen», erklärte die Frau. «Andersson und Ihre Tochter wohnten offenbar unter der gleichen Adresse. Sei so gut und schreib die für Herrn Kroonen auf.»

Der junge Mann schrieb die Angaben vom Bildschirm auf einen Zettel, den er Kroonen überreichte.

Bevor er ging, meinte die ältere Frau, gleichsam um ihn zu trösten:

«Sie ist vielleicht nur für ein paar Tage auf Urlaub gefahren und hat vergessen, Ihnen das zu sagen. Sie wissen ja, wie junge Menschen sind.»

Er saß am Walnußtisch mit dem Telefon vor sich. Im Fernsprechbuch hatte er K. Andersson in Wollmar Yxkullsgatan aufgeschlagen und während der letzten Stunde die Nummer sicher mindestens zehnmal gewählt, ohne daß sich jemand gemeldet hätte.

Er trank Wodka und sah sich die Häuser auf der anderen Straßenseite an. Er hatte gesehen, wie draußen die Dämmerung kam, wie die Straßenlaternen angingen und die Lichter in den großen bogenartigen Fenstern auf der anderen Straßenseite verloschen waren. Einige Autos hatten vor dem Hotel gehalten. Leute waren aus- oder eingestiegen. Er hatte beobachtet, wie eine Mutter ihrem kleinen Sohn eine ordentliche Tracht Prügel verpaßt und eine ältere Dame der jungen Mutter im Vorbeigehen gehörig die Meinung gesagt hatte.

Zweimal hatte er «Chris» auf das Löschpapier der Schreibunterlage geschrieben, und einmal hatte er «verschwunden» danebengekritzelt.

Er starrte auf das Telefon, hob den Hörer ab, wählte wieder die Nummer von K. Andersson, ließ es zehnmal klingeln, bevor er auflegte, den Hörer wieder abnahm und seine eigene Nummer in Holland wählte.

Heleen meldet sich sofort.

«Ich bin's, Ab.»

«Ab! Herrgott noch mal, wo bist du? Ich habe vor zwei Stunden in deinem Hotel angerufen, und da haben sie gesagt, du wärest...»

«Ich bin in Stockholm.»

«Was machst du denn da, um Gottes willen?»

«Ich suche nach Chris.»

Einige Sekunden Schweigen. Dann sagte sie, beinahe zaghaft:

«Ach so.»

«Heleen?»

«Ab, was ist denn?»

Er holte tief Luft, unterdrückte ein Husten.

«Sie ist nicht hier.»

«Was meinst du damit?»

«Ich war heute bei der Polizei. Sie ist als vermißt gemeldet worden.»

In der Leitung war es absolut still. Kroonen blickte auf die glühende Spitze seiner Zigarette. Stellte sich vor, wie sie sich auf den Rokokostuhl neben dem Sekretär unter der Jan-Steen-Kopie setzte. Wußte mit Sicherheit, woran sie dachte. Was sie ebenso wie er selbst sofort und gefühlsmäßig mit dem Wort «vermißt» verband.

«Heleen?»

Ein schwaches Rauschen war zu hören, dann ihre Stimme. Klar und deutlich.

«Ich komme hin. Zu dir.»

Müde lächelte er ein wenig, betrachtete sich selbst in dem spiegelnden Fenster, die Säcke, die sich in dem gedämpften Licht der Schreibtischlampe unbarmherzig unter seinen Augen abzeichneten.

«Nein, Liebling.»

«Ab, hör mal zu. Wenn du...»

«Werde nun nur nicht gleich unruhig, Liebling. Ich weiß, woran du denkst, aber das sollst du nicht. Ich habe mit der Polizei hier gesprochen, und die sagen, daß Hunderte von Menschen als vermißt gemeldet werden, aber fast alle tauchen wieder auf.»

Er wunderte sich selbst darüber, wie leicht ihm das Lügen fiel. «Besonders wenn es sich um Ausländer handelt, die keine feste Adresse haben. Und du weißt ja, wie Chris ist, sie kommt und geht, wie es ihr paßt. Die glauben, sie ist in Urlaub gefahren. Verstehst du? Dazu ist jetzt die richtige Jahreszeit, sie kann bei irgendwem auf dem Land sein oder zusammen mit dem Freund, von dem sie uns geschrieben hat...» Während er sprach, fielen ihm die Worte immer leichter, so als ob er selbst an das glaubte, was er sagte. «Sie ist jetzt erwachsen, Liebling, und du weißt, wie impulsiv sie ist. Wahrscheinlich ist sie einfach losgefahren, ohne jemand Bescheid zu sagen, wohin...»

Er machte einen Moment Pause, so als ob er eine Bestätigung dafür erwartete, daß das, was er gesagt hatte, wirklich plausibel und logisch klang.

«Heleen?»

«Ja?»

«Paß auf. Sie wohnt bei jemandem hier in Stockholm zur Untermiete. Verstehst du? Einem, der Andersson heißt. Ich habe schon mehrmals angerufen, aber der Kerl ist nicht zu Hause. Ich versuche es später am Abend noch mal, und wenn sich niemand meldet, versuche ich es morgen wieder. Okay?»

Sie sagte nichts, und das machte ihn unsicher.

Er fragte ein wenig ratlos: «Wie geht es sonst?»

«Rufst du heute abend noch mal an?»

«Ja, natürlich. Laß mich erst mal den erreichen, bei dem sie wohnt. Mach dir bloß nicht soviel Sorgen. Hörst du! Lauf nicht nervös im Haus hin und her. Nimm schlimmstenfalls eine Tablette, damit du schlafen kannst.» Er lachte. «Oder eine bessere Idee, trink den Portwein aus, den wir von Wim und Annie geschenkt bekommen haben.»

Es rauschte wieder in der Leitung, aber bevor er auflegte, hörte er sie noch wiederholen, daß er sie so bald als möglich anrufen sollte. Er meinte ein Schluchzen gehört zu haben.

Einen Moment saß er mit dem Hörer am Ohr regungslos da. Dann legte er auf, machte die Zigarette aus und verbarg sein Gesicht in den Händen.

IV

Ungefähr zur gleichen Zeit kam der Tagesbericht der Dienststelle für vermißte Personen bei der Sicherheitsabteilung der Reichspolizei an. Was völlig dem Normalfall entsprach, denn die alltägliche Polizeiarbeit ist nun einmal überall auf der Welt dem Sicherheitsdienst nachgeordnet, und nach Meinung dieser Organisation kann sogar die Anzeige eines Fahrraddiebstahls zur Festnahme staatsfeindlicher Personen führen.

Säpo an sich war nichts Besonderes. Dort waren ungefähr tausend Männer angestellt und schienen sich die Zeit mit zwei Dingen zu vertreiben, erstens dem Ausfindigmachen und der Festnahme ausländischer Spione und zweitens, den Organisationen und Gruppen das Handwerk zu legen, die eine Gefahr für die Sicherheit des Reiches darstellten. Im Laufe der Jahre war das alles zu einem Einheitsbrei zusammengeflossen, denn jedermann wußte, daß es die einzige Aufgabe von Säpo war, Leute mit sozialistischen Ansichten zu registrieren und zu schikanieren. Natürlich war das – gelinde gesagt – etwas erstaunlich in einem Land, in dem die Sozialisten oder diejenigen, die dafür gehalten wurden, Mal für Mal die Regierung stellten; außerdem entwickelte sich das langsam, aber sicher zu einem Anachronismus im Hinblick auf die Veränderungen im Ostblock und die Liquidation des Klassenkampfes. Aber irgendwie überlebte Säpo alles und alle, so wie die lächerlichen Scheinmanöver gegen die wie ein Loch-Ness-Ungeheuer auf- und untertauchenden russischen U-Boote innerhalb der schwedischen Gewässer, und Säpo überlebte sogar solche Schnitzer wie den Fall Lennart Berglind und den Mord an Olof Palme. Vielleicht war das auch ein Hinweis auf eine Machtposition, die noch viel größer war, als Kritiker behaupteten.

Der Mann, auf dessen Tisch der Tagesbericht für Montag, den sechzehnten September landete, hieß Bo Wester, und obwohl er seit drei Jahren einen hohen Posten bei Säpo innehatte, bedauerte er des öfteren, daß er die Versetzung von der Rauschgiftfahndung hierher akzeptiert hatte. Der Grund war seiner Auffassung nach einfach. Im Rauschgiftdezernat wußte man jedenfalls, wofür man arbeitete, und das war beim Sicherheitsdienst so ungefähr das letzte, was man erfuhr. Oder für wen man arbeitete. Oder *mit* wem.

Im Gegenteil, die Arbeit in einem Sicherheitsdienst wie Säpo war meistens ein Schattenspiel. Es gab wahrscheinlich niemanden, überlegte Wester oftmals dumpf, der genau wußte, wie das Spiel funktionierte oder nach welchen Regeln es gespielt wurde. Jeder bekam seine kleine spezielle Aufgabe zugeteilt, ohne recht zu wissen, was die Kollegen taten, und insofern war die Tätigkeit paradoxerweise beinahe ebenso aufgeteilt wie in den alten kommunistischen Zellen, die sie bekämpften. Oder bekämpft hatten, denn inzwischen konnte man beinahe davon ausgehen, daß es sich dabei um Luftblasen gehandelt hatte. Und daher motivierte ihn diese Arbeit erheblich weniger als seine Aufgabe damals bei der Rauschgiftfahndung; das Fehlen konkreter Resultate, das Wissen um den größeren Zusammenhang. Und was ihn vielleicht noch mehr frustrierte, war die totale Geheimhaltung, die in einem bis ins Absurde gehenden Ausmaß auch im Privatleben ihre Gültigkeit hatte. Nicht etwa, daß Bo Wester irgendein Privatleben gehabt hätte, jedenfalls nicht im eigentlichen Sinne, seit er sich vor einigen Jahren hatte scheiden lassen. Aber trotzdem, die meisten Menschen möchten über ihre Arbeit sprechen, und niemand kann über längere Zeit motiviert bleiben, wenn er ständig neue Notlügen über seine Berufstätigkeit erfinden muß.

Wie routinemäßig ein solcher Tagesbericht auch immer aussah, es drehte sich doch um konkrete menschliche Angelegenheiten, die Wester beinahe nostalgisch an Zeiten erinnerten, in denen er selbst solche Papiere auszufüllen hatte und nach denen er sich zurücksehnte.

Für Montag, den sechzehnten September waren zwei Personen als vermißt gemeldet worden. In beiden Fällen kam die Anzeige von den Eltern, und in beiden Fällen stand in den Berichten, daß es sich im Hinblick auf das Alter der Vermißten um Ausreißer handeln konnte, was sehr wahrscheinlich war in einer Stadt, in der das bei beinahe der Hälfte der zirka tausend pro Jahr vorliegenden Vermißtenmeldungen der Fall war.

Ein Mann war erschienen und hatte nach einer verschwundenen Frau gefragt. Sein Name war bereits angekreuzt worden, bevor Wester den Bericht in seinen Händen hielt. Hinter dem Namen Albert Kroonen stand als Adresse in Stockholm Hotel *Gamla Stan* und als Heimatort Phobosweg 15, Amsterdam, Niederlande. Niemand von all denen, die in den letzten Wochen an der Suche nach der einundzwanzigjährigen Christine Kroonen beteiligt gewesen waren, hätte sich gewundert, daß Wester obenauf war, als er das Telefon zu sich heranzog. Alles in allem hatte die Suche bis heute nichts eingebracht außer einer scharfen Zurechtweisung von seiten des Justizministers Sven Olsson.

«Verbinde mich mit Lars Hellström», sagte er und griff nach der Schachtel mit holländischen Zigarren.

Während er sich die dünne, helle Zigarre ansteckte, betrachtete er sein Spiegelbild in dem immer dunkler werdenden Fenster. Ein kleiner, kräftiger Mann mit dem Ansatz zur Korpulenz, ein rundliches, gerötetes Gesicht mit erstaunlich wenigen Falten für seine einundvierzig Jahre. Kurzgeschnittene, blonde Stoppelhaare. Er sah aus wie ein Handelsvertreter, überlegte er ein wenig zynisch, aber er hatte jedenfalls Humor und war selbstkritisch. Und, was er hoffte und wonach er strebte, Stil.

«Lars? Hallo, hier ist Bo Wester.»

Er gab die wenigen Angaben aus dem Tagesbericht weiter und ordnete an, mit Hilfe des Personals im Hotel *Gamla Stan* ein Auge auf Kroonen zu haben. Zwei Mann wurden als ständige Überwachung eingesetzt.

«Was meinst du, ist das ihr Vater?» fragte Hellström.

«Höchstwahrscheinlich», bestätigte Wester. «Ich werde mich in Holland telefonisch nach weiteren Angaben erkundigen.»

Was er unmittelbar nach dem Gespräch seine Sekretärin tun ließ, die er beauftragte, alle Informationen über den holländischen Staatsbürger Albert Kroonen, einundfünfzig Jahre alt und wohnhaft in Amsterdam, Phobosweg 15, heranzuschaffen.

Es war jetzt kurz nach sieben am Abend, und weil er sich für halb acht mit einer Frau verabredet hatte, die er in der letzten Woche kennengelernt hatte und von der er sich einiges versprach, fuhr er nach Hause, um zu duschen und sich umzuziehen.

Erst zwei Stunden später, als er die vielleicht nicht sehr hübsche, aber doch anziehende blonde Frau an der Hand hielt und im stillen über die Lügen fluchte, die er ihr über seinen Beruf aufgetischt hatte, wurde er ans Telefon gerufen und bekam von einem seiner engsten Mitarbeiter zu hören, daß der Holländer ausgegangen war, um ein Glas zu trinken, mit niemandem gesprochen hatte, danach ins Hotel zurückgekehrt war und daß er den Informationen von Interpol in Amsterdam zufolge Inhaber einer Opel-Vertretung war, verheiratet und Vater der einundzwanzigjährigen Christine Kroonen.

Als er den Hörer aufgelegt hatte, blickte er auf die Uhr und überlegte, ob er sich mit dem Holländer direkt in Verbindung setzen sollte, aber ein Blick auf die blonde Frau, die ihn über die Weinkaraffe hinweg anlächelte, überzeugte ihn davon, daß die mehr indirekte Methode der Beschattung die beste war, jedenfalls für diesen Abend und die kommende Nacht. Also ging er wieder hin, setzte sich und erzählte ihr weiter, wie er als Angestellter des Innenministeriums an der Dezentralisierung der Stadtverordnetenversammlung beteiligt war und wie sehr ihm die Bürokratie zum Hals heraushing.

Natürlich stimmte nur letzteres.

V

Nach dem Treffen mit Otto Blom ging Peter Hill die Geschichte von der geheimnisvollen Frau, die auf Hökensgatan verschwunden war, den ganzen Tag im Kopf herum. Am meisten weckte seine Neugierde die Rolle Sven Olssons bei der ganzen Sache. Während der letzten Jahre war er sich manchmal wie besessen vorgekommen bei dem Gedanken an diesen machthungrigen Mann und seinem Wunsch, ihn endgültig zu entlarven und zu Fall zu bringen. Der Samen, den Blom eingepflanzt hatte, begann zu wachsen, und er beschloß jedenfalls herauszufinden, wer die Frau war, die Olsson in so hohem Maße interessierte, daß er mehrere Männer mit ihrer Beschattung beauftragt hatte.

Als erstes stopfte er gleich den kaum angefangenen Roman in ein Schreibtischfach. Im gleichen Fach fand er eine Mappe mit zwei unveröffentlichten Kurzgeschichten, die er vor langer Zeit geschrieben hatte und die er nun wieder durchlas. Es war ihm zwar gelungen, den Inhalt des Nähkastens mit einigen Tausendern aufzufüllen, die er als Lizenzanteil für einige Artikel erhalten hatte, die an eine ausländische Zeitschrift verkauft worden waren, aber da er im Augenblick an Ideenmangel litt und keine Lust zum Schreiben empfand, mußte er aus einer Notlage heraus seine wirtschaftliche Situation aufbessern.

Eine der Kurzgeschichten hielt er für einigermaßen annehmbar und verwendete ein paar Stunden darauf, sie ins reine zu schreiben. Außerdem war eine gewisse Überarbeitung notwendig. Daß es länger als zwanzig Jahre her war, seit er sie geschrieben hatte, ging bereits aus der Einleitung hervor, die leicht an Strindberg erinnerte: «Es war ein Morgen Anfang April, und der Himmel war ebenso blau wie die Straßenbahn, die soeben an Slussen vorbeiratterte.» Seit 1967 waren keine Straßenbahnen mehr durch Stockholms Straßen gerattert.

Die Kurzgeschichte handelte von der Liebe, von seiner ersten köstlichen und schmerzlichen Verliebtheit in Anna, und während er schrieb, spürte er ein Ziehen in der Magengrube, das er lange nicht mehr empfunden hatte. Anna damals. Schön, begehrenswert und unerreichbar. Als er schließlich sicher sein konnte, daß sie seine Gefühle erwiderte, hatte es noch eine ganze Weile gedauert, bis er das begriffen hatte.

Anna jetzt. Sie hatte in letzter Zeit ungewöhnlich häufig angerufen. Neigte sich vielleicht das Verhältnis mit dem Architekten dem Ende zu? Hoffte er das? Er war nicht sicher. Anna jetzt wurde zur Anna damals, während er an der Kurzgeschichte arbeitete und einen Nachklang der Gefühle spürte, die er während des Schreibens damals gehabt hatte.

Als die Abschrift fertig war, rief er einen Freund an, der Chefredakteur einer Fachzeitschrift war, die zwar nicht so hohe Honorare anbot, dafür aber sofort bar zahlte, ohne Verzögerung durch die EDV. Außerdem setzten sie erstklassige Zeichner als Illustratoren ein.

«Eine Liebesgeschichte?» frage sein Freund, der Redakteur. «Ich hätte natürlich lieber eine Kriminalgeschichte gehabt, aber komm mal ruhig. Vielleicht haben wir Platz dafür in der Weihnachtsnummer.»

Peter Hill nahm die U-Bahn zur Redaktion der Zeitschrift, lieferte die Kurzgeschichte ab und unterschrieb die Quittung für drei Tausender an der Kasse.

Auf dem Weg nach Hause ging er ins Systembolaget in Folkungagatan, und die Angestellte lächelte ihn aufmunternd an, als er seinen Einkaufswunsch von einer ganzen Bell in vier Flaschen Beck's Bier änderte. Sie kannte vermutlich nicht nur seine, sondern die Trinkgewohnheiten von halb Stockholm.

Zu Hause angekommen, stellte er drei Flaschen in den Kühlschrank und nahm ein Glas und die vierte mit an den Schreibtisch.

Eigentlich gab es nur einen Faden aus Bloms Geschichte, den er aufgreifen konnte. Die Adresse in Wollmar Yxkullsgatan.

Er rauchte eine Zigarette und überlegte, während er an seinem Bier nippte und aus dem Fenster blickte. Einige Regentropfen fielen gegen die Scheibe, aber über den Hausdächern war der Himmel blau. Aprilwetter im September, und im April war es Sommer gewesen. Nichts war mehr so wie früher. Nicht mal das Wetter.

Peter Hill leerte sein Glas, steckte die Zigaretten in die Tasche und begab sich auf das, was sein Redakteur immer als das «Feld» bezeichnet hatte. «Hinaus aufs Feld, Peter», sagte er immer, und Hill antwortete darauf: «Ich bin verdammt noch mal kein Bauer.» Manchmal sehnte er sich nach der Redaktion, den dummen Witzen, den schlagfertigen Antworten, der Kameradschaft.

Er brauchte zehn Minuten, um zu Wollmar Yxkullsgatan zu kommen. Auf dem Weg dahin überlegte er, wie er in das Haus hineinkommen sollte, wenn es kein Türtelefon gab. Beinahe alle Haustüren in Stockholm waren abgeschlossen, die Namenstafeln waren im Hausflur, und man konnte die Tür nur öffnen, wenn man den vierziffrigen Code kannte. An einem Teil der Haustüren waren neben der Codetafel die Namensschilder außen angebracht. Peter Hill überlegte oft, wie langweilig das Leben der Kinder jetzt sein mußte, verglichen mit seiner eigenen Kindheit. Damals waren die Türen bis neun Uhr abends auf gewesen, und die meisten Spiele wurden auf den Höfen gespielt. Mit Hilfe der Teppichklopfstangen und Mülltonnen sprang man über die Mauern, man kannte die Abkürzungen und Durchgänge in den meisten Häuserblocks des Stadtteils, in dem man wohnte, und als besonders spannend empfand man, wenn man von wütenden Frauen mit Teppichklopfern gejagt wurde oder von bösen Hausmeistern. In den kinderreichen Häuserblocks wurde Krieg zwischen den verschiedenen Höfen geführt.

Niemals sah man jetzt eine Gruppe von Kindern, die plötzlich um eine Straßenecke rannten mit dem Ruf: «Weg, weg, sie kommen!»

Wollmar Yxkullsgatan 5 a war mit einem Türtelefon versehen.

Er drückte auf gut Glück auf einen der unteren Knöpfe, und als sich eine knisternde Stimme meldete, antwortete er nuschelnd mit dem Namen der Zeitschrift. Das Türschloß summte.

Als die Haustür hinter ihm zufiel, wurde eine Wohnungstür im Erdgeschoß aufgemacht, und eine ältere Frau kam heraus.

«Ich suche eine junge Dame, die hier im Haus wohnen soll», begann Peter Hill. «Leider weiß ich ihren Nachnamen nicht, aber...»

«Oh, ich glaube, ich weiß», unterbrach die Frau und schien erfreut darüber zu sein, den Postillon d'amour spielen zu dürfen. «Das muß eines der Mädchen fünf Treppen hoch sein. Ist es Fräulein Andersson, oder meinen Sie das ausländische Mädchen?»

Sie blickte ihn neugierig an.

«Fräulein Andersson», entschied er. «Fünf Treppen, haben Sie gesagt? Vielen Dank für den Hinweis.»

Die Frau blieb in ihrer Tür stehen und blickte ihm nach, als er zum Fahrstuhl ging.

Auf dem Weg nach oben überlegte er, daß es wohl eher das ausländische Mädchen war, das er suchte. Es war wahrscheinlicher, daß Säpo sich für eine Ausländerin interessierte als für ein Fräulein Andersson.

Hinter der Tür mit dem Namen *K. Andersson* auf einem blanken Messingschild war ein schwaches Murmeln von Stimmen zu hören. Eine kleine weiße Karte war unter dem Schild festgeklebt. Er beugte sich hinunter und las: *Ch. Kroonen.*

Ich versuche es, dachte er und klingelte an der Tür.

Die Frau, die ihm öffnete, hatte überhaupt keine Ähnlichkeit mit Greta Garbo und würde ihr auch in der allerschicksten Verkleidung nicht ähneln. Sie war ziemlich klein, eins zweiundsechzig, riet er, hatte eine Stupsnase, kurze schwarze Haare und lebhafte braune Augen. Sie sah ihn fragend an.

«Fräulein Andersson?» fragte er.

«Ja, das bin ich. Kiki.»

«Ich heiße Peter Hill und suche nach Fräulein Kroonen. Die wohnt doch hier?»

«Wohnte», antwortete Kiki Andersson. «Bist du ein Bekannter von Herrn Kroonen?»

«Herr Kroonen? Ist das ihr Mann?»

«Ihr Vater», erklärte Kiki. «Er sitzt da drin. Er sucht auch nach Chris. Du bist doch nicht von der Polizei?»

Peter Hill schüttelte mit dem Kopf.

«Nein», sagte er und lächelte. «Ich bin Journalist und hätte gern mit Chris gesprochen. Du kannst mir nicht sagen, wo ich sie finde?»

«Nein. Darüber sprechen wir gerade, ihr Vater und ich. Wir wissen nicht, wohin sie verschwunden ist. Weshalb willst du mit ihr sprechen?»

«Eigentlich bin ich nicht mal sicher, daß sie es ist, mit der ich reden will», sagte Peter Hill. «Hast du vielleicht eine Fotografie von ihr, die ich mir mal ansehen kann?»

Kiki Andersson sah ihn forschend an, zuckte mit den Schultern und ging in die Wohnung hinein. Sie kam nach wenigen Sekunden mit einer eingerahmten Fotomontage zurück. Die bestand aus mehreren Bildern, sowohl Porträts als auch Bildern, auf denen sie ganz zu sehen war. Die Bilder stellten eine schlanke, hübsche Frau Anfang Zwanzig dar. Die Montage der Bilder war ziemlich professionell gemacht, und die Frau konnte sehr gut die sein, von der Blom erzählt hatte.

«Na», wollte Kiki wissen, «ist es die, die du suchst? Und wenn ja, warum?»

«Das läßt sich hier so zwischen Tür und Angel nicht leicht sagen. Darf ich einen Moment hereinkommen, dann kann ich es vielleicht erklären.»

Kiki trat zur Seite und ließ ihn eintreten.

Sie ging vor ihm her durch einen Korridor, vorbei an der offenen Tür zur Küche, in der auf dem Tisch eine Wachskerze brannte und neben einem Teller ein halbvolles Rotweinglas stand. Sie war bei ihrer einsamen Mahlzeit unterbrochen worden.

Sie kamen an zwei weiteren Türen vorbei und traten ins Wohnzimmer.

Das war sparsam, aber geschmackvoll möbliert, Mittelpunkt war eine Sofagruppe in hellem Leder. Als sie hereinkamen, stand ein Mann aus einem der Sessel auf.

«Das hier ist Christines Vater», stellte Kiki vor. «Er ist Holländer, spricht aber Englisch. Er kam vor einer Weile her und wollte Chris besuchen.»

Sie sprach jetzt Englisch.

Der Mann war klein und rundlich und sah aus, als wäre er etwas älter als Hill. Er streckte eine braungebrannte Hand aus und sagte:

«Mein Name ist Albert Kroonen.»

«Peter Hill.»

«Ich suche meine Tochter, die hier wohnen soll. Wissen Sie, wo sie zu finden ist? Kennen Sie sie?»

«Nein, ich kenne sie nicht. Ich bin Journalist und suche sie in Zusammenhang mit einem Auftrag.»

«Was für einem Auftrag denn?»

«Ich arbeite an einer Artikelserie über ausländische Mädchen hier in Stockholm und bekam einen Hinweis auf Christine. Ich finde, es wäre interessant, ein Interview mit ihr zu machen. Aber jetzt, wo sie verschwunden zu sein scheint...»

«Vermißt!» unterbrach Kroonen. «Sie ist doch wohl nur für einige Zeit verreist. Oder zu ihrem Freund gezogen. Sie hat doch einen Freund?»

«Mats, ja», antwortete Kiki. «Von ihm habe ich auch nichts mehr gehört, seit Chris nicht mehr da ist.»

«Die sind vielleicht zusammen verreist», überlegte Kroonen.

«Warum hätte sie denn dann alle ihre Sachen hiergelassen? Nein, ich glaube, es ist ihr was passiert.»

Peter Hill fragte: «Warum nimmst du das an?»

«Das würde ich auch gern wissen», schloß sich Kroonen an. «Wie lange hat sie überhaupt bei Ihnen gewohnt? Und ab wann haben Sie sie als ‹vermißt› betrachtet? Ich wäre dankbar, wenn Sie mal ein bißchen erzählen würden, wie es ihr so gegangen ist. Es ist lange her, daß ich von ihr gehört habe, verstehen Sie?»

Kiki stand auf und sagte: «Ich will ein Glas Wein holen. Rotwein. Wollt ihr auch eins haben?»

Sowohl Hill als auch Kroonen nahmen dankend an, und Kiki verschwand in die Küche und kam mit ihrem Glas, das jetzt leer war, einer Flasche und zwei sauberen Gläsern zurück.

Als sie ihnen eingeschenkt hatte, sagte sie:

«Ja, wenn ich nun von Anfang an erzählen soll, da haben wir uns im Winter in einem Lokal hier in der Nähe kennengelernt, wo wir an dem gleichen Tisch zu sitzen kamen. Sie war damals mit Mats zusammen, den ich bereits kannte. Sie waren frisch verliebt, hatten sich wohl so eine Woche früher kennengelernt. Mats erzählte, daß sie in einem Hotel an Södertäljevägen wohnte, wo sie auch arbeitete, aber sie hätte vor, aufzuhören, und suchte eine Unterkunft. Bei ihm konnte sie nicht wohnen, seine Wohnung ist zu klein, und außerdem sagte er, daß er zu Hause arbeitete, er hatte sowohl die Dunkelkammer als auch das Atelier in der Wohnung. Er ist Fotograf. Mats wußte, daß ich ein Extrazimmer habe, das ich manchmal vermiete, aber nur an Mädchen, die ich kenne. Mats hat mir immer geholfen, und ich mochte Chris von Anfang an, daher war ich einverstanden, daß sie hier wohnte. Am nächsten Tag zog sie ein.»

«Hat sie gleichzeitig im Hotel gekündigt?» wollte Kroonen wissen.

«Ja, ich glaube, sogar am gleichen Tag. Sie sagte, sie wollte Schauspielerin werden, aber das war ja hier nicht ganz einfach, denn sie konnte doch kaum ein Wort Schwedisch.»

«Hat sie denn einen neuen Job bekommen?» fragte Peter Hill.

«Na ja», zögerte Kiki. «Nicht gleich. Es dauerte ein bißchen.»

Sie ließ sich Zeit und blickte Kroonen unschlüssig an. Peter Hill sah auch zu Kroonen hinüber, der mit dem Weinglas in der Hand vornübergebeugt auf seinem Sessel saß.

«Haben Sie ihr Geld geschickt?»

Kroonen schüttelte mit dem Kopf.

«Nein, wie hätte ich das denn machen sollen? Ich wußte nicht, wo sie war. Sie hat im Frühjahr einen Brief geschrieben, aber keine Adresse angegeben. Sie hat von ihrem Freund erzählt, und wir, meine Frau und ich, hatten den Eindruck, als ob sie bei ihm wohnte.»

«Aber sie hat Miete an dich bezahlt?» fragte Peter Kiki.

Sie nickte.

«Wie hat sie sich denn über Wasser gehalten?»

Kiki sah ein wenig unsicher und forschend zu Kroonen hin.

«Jaha, das ist schwer zu sagen.»

Kroonen blickte in sein Weinglas, das er langsam zwischen den Fingern drehte.

«Sagen Sie es ruhig. Ich glaube, ich weiß es.»

«Okay», überwand sich Kiki. «Sie war tatsächlich eine Art Schauspielerin. Und Fotomodell. Mats ist Fotograf, wie ich schon gesagt habe. Und er drehte Filme.»

Sie hob das Kinn und sah Kroonen unverwandt an.

«Meistens pornographische Filme», fuhr sie fort. «Ich habe auch manchmal mitgemacht.»

Kroonen stellte das Glas weg und strich sich mit beiden Händen kräftig übers Gesicht. Dann lehnte er sich zurück, legte die Hände auf die Knie und blickte verzweifelt erst Kiki und dann Hill an. Er nickte langsam und sagte:

«Ja, ich habe sie gesehen. Auf einem Video in Frankfurt. Ich wollte nicht glauben, daß sie es ist.»

Er schwieg einen Moment und sah dann mißtrauisch Peter Hill an.

«Wollten Sie sie deswegen interviewen?»

«Nein, absolut nicht. Es handelt sich da um eine seriöse Artikelserie. Und ein Interview mit Bildern könnte ihr ja bei ihrer Karriere als Fotomodell sogar hilfreich sein. Nein. Aber ich will Ihnen gern behilflich sein, sie zu finden, wenn ich kann.»

Kroonen schien seine Lüge zu akzeptieren und wandte sich wieder an Kiki.

«Was ist das für ein Mann, dieser Mats? Wenn er meine Tochter auf diese Weise ausnutzt.»

«Na also», entgegnete Kiki, «sie ist ja weiß Gott kein Unschuldslamm. Die wußte sicher, was sie tat. Und Mats ist ein feiner Kerl. Er ist noch ziemlich jung, dreiundzwanzig, glaube ich, aber nicht von gestern. Ich glaube, er hat es in seinem Leben nicht leicht gehabt.»

«War das nur diese Sache mit den Filmen? Ich meine...»

«Ja, ich verstehe, was Sie meinen. Tja, wie soll ich das sagen. Mats hat das Hostessen-Service genannt. Wir waren nicht viele. Chris und ich und noch ein paar Mädchen, glaube ich. Meistens waren es ausländische Geschäftsleute, die weibliche Gesellschaft haben wollten. Die bekamen die Telefonnummer von Mats von einem Bekannten oder von den Hotelportiers, also nur von den größeren und flotten Hotels natürlich, dann rief Mats eine von uns an.»

Kroonen sah schockiert aus.

«Callgirl?» fragte er. «Hure?»

Er tat Peter Hill leid. Er konnte sich gut vorstellen, wie er selbst reagiert hätte, wenn er so was über seine eigene Tochter erfahren hätte.

«Normalerweise gingen wir mit denen nur zum Essen. Gingen aus und tanzten und so. Begleiteten sie auf Festen», erklärte Kiki, aber man sah es Kroonen an, daß er sich damit kaum trösten ließ.

«Daran glaube ich soviel, wie ich will», sagte er bitter. «Na, was ist mit ihr geschehen? Wo ist sie jetzt?»

Kiki trank ihren Wein aus und füllte die Gläser von neuem. Sie schüttelte den Kopf.

«Weiß ich nicht, aber irgendwas muß passiert sein. Die Polizei war hier.»

«Die Polizei?» fuhr Kroonen auf. «Wann?»

«Ich kann mich nicht genau erinnern. Gleich nach dem Wochenende, an dem sie verschwand, glaube ich. Die kamen her und baten darum, ihr Zimmer sehen zu dürfen. Daran konnte ich sie ja nicht gut hindern. Dann gingen sie wieder, ohne irgendeine Erklärung. Es ist möglich, daß sie irgendwas mitgenommen haben. Ich habe zwischen ihren Sachen gesucht, und da gibt es keine Papiere oder Briefe, keinen Paß, Kalender und kein Telefonbüchlein. Aber das kann sie selbst mitgenommen haben. Die Kleider und ihre Schminksachen sind noch da. Ich war fast nie da drin, deshalb weiß ich auch nicht, was sie so gehabt hat.»

«Wird man in diesem Land von der Polizei schikaniert, wenn man als Hostess arbeitet? Haben die was gesagt? Darüber, was ihr passiert ist? Warum sie so interessiert an ihrem Zimmer waren?»

Kiki schüttelte mit dem Kopf.

«Ich habe natürlich gefragt, aber die sagten nur, daß sie hergeschickt worden seien, um sich ihr Zimmer anzusehen. Befehl von ganz oben, sagten sie.»

«Wieso?»

Kiki zuckte mit den Schultern.

Peter Hill fragte: «Was war denn, ehe sie verschwand? Was tat sie, als du sie zuletzt gesehen hast?»

Kiki steckte sich eine Zigarette an und runzelte die Stirn. Jetzt wandte sie sich an Peter Hill und antwortete:

«Irgendwas war los, zwei Tage davor. Ich kam in ihr Zimmer», sie nickte in Richtung auf den Korridor, «und sie saß vor dem Spiegel und schminkte sich. Sie hatte eine Perücke auf, das haben wir manchmal.»

Sie lächelte Kroonen entschuldigend zu und fuhr fort:

«Sie verstand es blendend, sich auf unterschiedliche Art und Weise zu schminken. Heute soll ich wie Greta Garbo aussehen, sagte sie. Wie findest du mich? Sie hatte den Mund schmaler gemalt und dünne hohe Augenbrauen, und die Perücke hatte die gleiche Frisur wie die der Garbo. Ziemlich ähnlich, gab ich zu, wenn man dich nicht kennt. Ich fragte, warum sie der Garbo gleichen wollte, und sie lachte nur und antwortete, daß es ihr Spaß machen würde. Sie hatte eine wichtige Verabredung mit einem Landsmann, sagte sie, und der Kerl würde sie und Mats reich machen. Wie denn, fragte ich. Das wirst du schon sehen, meinte sie. Und dann bat sie mich um meinen kleinen Kassettenrecorder. Ich selbst wollte übers Wochenende verreisen und hatte noch eine Menge zu tun, Bank und Post und so was, ich ging deshalb los, bevor sie fertig war. Das war mitten am Tag, ich hab im Kalender nachgeschlagen, es war wahrscheinlich der zehnte August. Als ich am Sonntag abend nach Hause kam, war sie nicht da, und es sah nicht so aus, als ob sie übers Wochenende hier gewesen war. Und der Kassettenrecorder war auch nicht da.»

«Passierte es öfter, daß sie tagelang unterwegs war?» fragte Kroonen.

«Ja, doch, manchmal schlief sie wohl bei Mats, möchte ich annehmen. Wir haben uns nicht gegenseitig kontrolliert und haben nur einige wenige Male zusammen gearbeitet. Eigentlich haben wir uns nicht sehr oft gesehen, wir kamen und gingen zu unterschiedlichen Zeiten. Öfter schläft man länger am Vormittag, in der Regel sind es lange Nächte.»

«Wann hast du dir ihretwegen Gedanken gemacht?» wollte Peter Hill wissen.

«Ich überlegte ja, wo sie abgeblieben sein konnte, und von Mats hatte ich auch die ganze Zeit lang nichts gehört. Ich habe seine Nummer nicht, aber er rief öfter an und fragte nach Chris oder weil er eine Arbeit für uns hatte. Ich dachte, sie hätten sich ganz plötzlich entschieden, irgendwo hinzufahren, weil sie nicht nach Hause gekommen war und gepackt hatte. Die Perücke war auch nicht mehr da.»

«Du meinst also, sie ist an dem Tag verschwunden, an dem sie diesen Landsmann treffen wollte?»

«Ja, wahrscheinlich. Nach zwei Wochen bin ich jedenfalls ernsthaft unruhig geworden. Da bin ich zur Polizei gegangen und habe Chris als vermißt gemeldet.»

«Und was haben die bei der Polizei gesagt?»

«Nichts. Die haben nur meine Meldung aufgenommen und gesagt, sie würden von sich hören lassen, wenn sie sie gefunden hätten, und daß ich mich auch melden sollte, wenn sie wiederauftauchen würde.»

Kroonen sah verzweifelt aus.

«Sie muß sich doch irgendwo aufhalten», stellte er fest. «Dieser Mats ist ja offenbar auch weg, es ist also klar, daß sie mit ihm zusammen ist. Kannst du dir überhaupt nicht vorstellen, wo er zu finden sein könnte?»

«Nein. Es war immer er, der angerufen hat. Und er hat eine geheime Telefonnummer.»

«Wie heißt er mit Nachnamen?»

«Berggren.»

«Kennst du keine Freunde von ihm? Oder vielleicht wissen die anderen Mädchen, wo er sich aufhält?»

«Nein», antwortete Kiki. «Von denen kannte ich nur die Vornamen. Und seine Freunde... das waren für mich nur oberflächliche Bekanntschaften, die traf man ab und zu in einem Lokal. Ich kenne niemanden, den man fragen könnte...»

Sie überlegte, kaute am Nagel ihres kleinen Fingers, runzelte die Stirn.

«Wartet mal... Doch, er hat eine Mutter. Chris war irgendwann im Frühjahr dort. Danach sagte sie: Ich glaube, er liebt mich ernsthaft, wenn er mich seiner Mutter vorstellt, die er offensichtlich nicht so häufig besucht. Chris mochte seine Mutter. Sie wohnt in Brandbergen. Die Adresse weiß ich natürlich nicht und auch nicht, wie sie heißt.»

«Brandbergen», überlegte Peter Hill, «da wohnen vor allem Gastarbeiter.»

«Sie wohnt jedenfalls dort. Daran kann ich mich gut erinnern, denn ich habe auch daran gedacht. Dort wohnen nur Finnen und Zigeuner, dachte ich.»

Kroonen trank sein Glas aus und reckte sich.

«Wie fühlte sie sich in der Zeit, während sie bei dir wohnte?» fragte er. «War sie zufrieden mit ihrem...» Er suchte nach Worten. «Mit dem eigenartigen Leben, das sie lebte?»

Kikis Lachen war kurz und hörte sich eher wie ein Schnauben an.

«Zufrieden», wunderte sie sich. «Ich weiß es nicht, aber sie schien sich nicht direkt unwohl zu fühlen. Sie verdiente Geld, sie war verliebt, und ich glaube nicht, daß sie sich vorstellte, ihr ganzes Leben lang so weiterzumachen. Sie wollte Mats heiraten, sich ein Heim schaffen und Kinder kriegen. Schwedisch lernen und eine Ausbildung machen. Jedenfalls war das so ungefähr das einzige, von dem sie sprach, wenn wir selten genug gleichzeitig zu Hause waren und hier saßen und miteinander redeten. Geld, sagte sie immer, wenn wir nur genug Geld zusammenkriegen, Mats und ich, dann kaufen wir uns ein Haus und heiraten. Ich habe sie dann meistens ausgelacht und sie altmodisch genannt. Ja doch, ich glaube, sie war ziemlich glücklich, denn sie hatte einen Traum, einen Traum von der Zukunft. Das war es wohl, wofür sie arbeitete.»

«Arbeitete», brummte Kroonen verächtlich.

«Ja. Nachdem sie Mats kennengelernt hatte, wollte sie um jeden Preis in Schweden bleiben, und als Ausländerin konnte sie kaum einen guten und besser bezahlten Job kriegen. Putzfrau, Kellnerin, Krankenpflege, klar, aber sie hatte höhere Ansprüche und...»

Kiki zuckte mit den Schultern.

«So schlimm ist das nun auch wieder nicht», wandte sie sich Verständnis heischend an Kroonen. «Sie trank nicht, sie nahm kein Rauschgift, und sie hatte einen Freund, zu dem sie hielt, stimmt's?»

Kroonen schüttelte mit dem Kopf.

«Mir ist egal, was sie gerade tut, wenn ich nur herausbekomme, wo sie ist und daß es ihr gutgeht.»

Kiki hob ihr Glas und erklärte:

«Mehr kann ich nicht erzählen. Ich kann euch leider nicht helfen. Natürlich bin ich auch sehr daran interessiert zu erfahren, was mit ihr los ist. Aber jetzt muß ich euch bitten zu gehen, denn in einer halben Stunde habe ich zu arbeiten.»

Sie merkte Kroonens Blick und fügte hinzu:

«Nicht was Sie denken. Ich muß babysitten!»

Kroonen stand auf und bat:

«Falls sie sich melden sollte...»

«Sicher», sagte Kiki, «klar, daß ich dann von mir hören lasse.»

Sie stand auf und holte einen Block und einen Stift, die am Telefon auf dem Fensterbrett lagen.

«Schreibt eure Nummern auf, dann rufe ich an, wenn ich irgendwas höre.»

Peter Hill und Kroonen fuhren zusammen im Fahrstuhl nach unten. Vor der Haustür blieben sie stehen. Kroonen war einen Kopf kleiner als Hill, und der Schein der Straßenlaterne spiegelte sich wie poliertes Mahagoni auf seiner Stirn unter den zurückgekämmten dünnen, grauen Haaren. Er blickte zu Peter Hill auf und sagte:

«Ich werde zu Fuß zu meinem Hotel in Gamla Stan zurückgehen. Haben wir den gleichen Weg?»

Peter Hill war müde und wollte eigentlich auf dem kürzesten Weg nach Hause, antwortete aber:

«Okay, ein Stückchen können wir zusammen gehen.»

Auf dem Weg erzählte Kroonen von Christine. Davon, wie lieb sie als Kind gewesen war, wie tüchtig in der Schule, und wie sie plötzlich vor einem Jahr die Schule geschmissen hatte und auf eigene Faust losgefahren war. Kroonen und seine Frau waren beunruhigt gewesen, es hatte lange gedauert, bis sie von sich hören ließ, und dann nur in einem kurzen Telefonat und viel später in einem ebenso kurzen Brief.

Als sie auf Södermalmstorg ankamen, sagte Peter Hill:

«Hier muß ich abbiegen. Das Hotel können Sie von hier aus beinahe sehen. Es ist nicht weit.»

Sie schüttelten sich die Hand, und Kroonen bat beinahe schüchtern:

«Könnte ich... Könnten wir uns morgen noch mal treffen und

miteinander reden? Ich kenne mich in Stockholm überhaupt nicht aus, und ich weiß eigentlich nicht, was ich als nächstes machen soll.»

Er schwieg einen Augenblick, und als Hill nicht antwortete, fuhr er fort:

«Ich weiß, daß das für Sie keine Bedeutung hat. Ich meine, Sie können sich ja ein anderes Mädchen für Ihren Artikel suchen, aber...»

Er schwieg wieder.

Hill lächelte, trotz eines gewissen Schuldgefühls, das er nicht unterdrücken konnte.

«Natürlich können wir uns wiedersehen. Wir könnten in Ihrem Hotel zusammen frühstücken. Ich wohne nicht weit davon entfernt.»

«Fein. Sollen wir sagen um elf?»

Sie schüttelten sich noch mal die Hand, und Peter Hill ging in Richtung Götgatsbacken los. An der Ecke von Stadsmuseet drehte er sich um, genau im richtigen Moment, denn Kroonen verschwand gerade durch die Tür des Restaurants *Gamla Eken* in dem neuerbauten Scandic-Crown-Hotel.

Er kann jetzt einen ordentlichen Schluck brauchen, dachte Peter Hill und freute sich auf die drei kalten Beck's in seinem Kühlschrank.

VI

Hatte er geschlafen?

Er war sich nicht sicher. Ebenso unklar war ihm, ob die wirren Gedanken, die ihm während der Nacht durch den Kopf geschossen waren, nun Realität oder Traumbilder gewesen sein mochten.

Aber er wußte, daß er etwas getrunken hatte, ja sogar eine ganze Menge an einem Ecktisch in einem Restaurant, wo blaue und grüne Eisenbahnzüge unter ihm aufgetaucht und verschwunden waren. Nachdem er ins Hotel zurückgekehrt war, hatte er versucht, Heleen anzurufen, aber die Verbindung war unterbrochen worden, noch ehe sie den Hörer abgenommen hatte. Was hätte er ihr sagen können?

Er stand auf, preßte beide Hände gegen die schmerzenden Schläfen. Ging mit unsicheren Schritten ins Bad. Durch die Vorhänge hörte er die Geräusche von der Straße, das Brummen eines Automotors im Leerlauf, Lachen, eine Bootspfeife. Er blickte auf die Uhr. Es war beinahe halb elf. Einen Moment lang versuchte er sich vorzustellen, was um diese Uhrzeit an seinem Arbeitsplatz im Industrieweg in Amsterdam zu erledigen war. Donnerstag morgen, wahrscheinlich nichts Ungewöhnliches. Der übliche Alltagstrott, in Zahlung genommene Wagen waren zu schätzen, Inspektion von Auslaufmodellen, vielleicht waren die Prospekte der neuen Modelle eingetroffen. Er müßte anrufen. Vermutlich kamen sie ganz gut ohne ihn zurecht. Vielleicht hatte Heleen ihnen Bescheid gegeben. Er mußte sie danach fragen, wenn er sie heute abend anrief.

Was konnte er tun, wenn sich dies hier noch länger hinzog? Es brachte ihn nicht viel weiter, wenn er hierblieb, das sah er ein, aber einfach nach Hause zu fahren war auch keine Lösung.

Er wusch sich ein wenig, rasierte sich und versuchte dabei sein Spiegelbild so wenig wie möglich anzusehen. Er trank zuviel. Aber er war kein Alkoholiker. Gott sei Dank machte ihm die Arbeit immer noch Freude, und er war ehrgeizig genug, zu begreifen, daß es eine Grenze gab. Aber Tatsache war, daß er sich dieser Grenze mehr und mehr näherte.

Kiki Andersson war zu der Dienststelle gegangen, die sich um vermißte Personen bemühte, und weil sie dort keine Angaben machen konnten, hatte sie Anzeige erstattet. Er schnaufte und trocknete mit dem Handtuch die Stellen, an denen er sich beim Rasieren geschnitten hatte. Zwang sich dazu, lange die Zähne zu putzen, und zog dann den gleichen Anzug an wie am Tag zuvor. Schob die Vorhänge zur Seite, öffnete das Fenster und atmete tief die Seeluft ein, die vom Wasser durch die Gassen heraufwehte.

Er steckte die erste Zigarette des Tages an, beobachtete eine Gruppe sommerlich gekleideter Touristen, zwei Männer und zwei Frauen, offensichtlich Ehepaare, die sich gegenseitig auf die Fassade über seinem Kopf aufmerksam machten. Als eine der Frauen ihn am Fenster entdeckte, nickte er ihr zu. Sie lachte verlegen und drehte sich um.

Während er das Geld in seiner Brieftasche durchzählte, erinnerte er sich plötzlich an die Verabredung, die er am Abend vorher mit dem Journalisten getroffen hatte. Gespannt und gleichzeitig nervös trat er aus dem Zimmer, schloß die Tür ab und ging durch den kitschig eingerichteten Korridor ins Frühstückszimmer. Dort war niemand außer einer Bedienung, die ihn über einen Kaffeebecher hinweg erstaunt anblickte. Er war nicht hungrig, goß sich aber ein Glas Grapefruitsaft ein und nahm sich pflichtschuldigst einen Apfel. Trotz des Katers versuchte er eine Tasse Kaffee zu trinken. Während er den Apfel in vier Teile schnitt, die er danach sorgfältig schälte, überlegte er, ob es nicht das vernünftigste war, noch einmal zur Polizei zu gehen. Oder zur Botschaft? Dort mußten sie doch, verdammt noch mal, einem Landsmann Beistand leisten! Wandte er sich an die Polizei, würde er sicher wieder an die Vermißtenstelle verwiesen werden. Er hätte früher an die Botschaft denken sollen. Die dort wurden dafür bezahlt, daß sie Landsleuten in Notfällen halfen, und würden sich bestimmt intensiver bemühen.

Als er aufstand, um sich eine zweite Tasse Kaffee zu holen, betrat Hill zögernd den Raum. Er wirkte recht ausgeruht und lächelte, als er Kroonen so stehen sah.

«Sie haben doch nicht etwa unsere Verabredung vergessen, Mr. Kroonen?»

«Oh... nein, nein...» Kroonen drückte auf den Knopf des Kaffeeautomaten. «Kaffee?»

Der Journalist nickte.

Sie gingen hintereinander an den Tisch, jeder mit einer Kaffeetasse in der Hand.

«Ich habe die Mutter von Mats gefunden und sie angerufen», erzählte Hill. «Das war ganz einfach, das Sozialamt da draußen hatte sie in der Kartei.» Er trank einen Schluck Kaffee. «Ebenso wie achtundneunzig Prozent aller Leute, die da draußen wohnen.»

Kroonen nickte. Er überlegte, ob er seine Absicht, zur Botschaft zu gehen, erwähnen sollte.

«Sie fragte, ob ich von der Polizei sei», fuhr Hill fort.

Kroonen blickte erstaunt auf.

«Ja, sie sagte, daß die Polizei schon mal dagewesen sei und nach Mats gefragt hätte.»

«Was haben Sie gesagt?»

«Ich habe ihr erzählt, daß Sie hier sind.»

«Äh...» Kroonen zögerte. «Hat sie was von Chris gesagt?»

«Sie hat seit Wochen nichts von ihrem Sohn gehört. Das war alles. Und das hatte sie auch der Polizei gesagt.»

«Wochen?»

«Ja, aber sie fand das nicht ungewöhnlich. Er scheint sehr häufig in irgendwelchen Angelegenheiten unterwegs zu sein. Sie glaubte, daß die Polizei ihn wegen Schulden oder so suchte. Sie meinte, er sei wohl nicht zu Hause anzutreffen.» Er hustete. «Er hatte eine geheime Telefonnummer, die sie mir nicht geben wollte. Ich habe ihr jedenfalls gesagt, daß wir sie gemeinsam besuchen kommen, dann können Sie selbst mit ihr reden.»

Kroonen nickte langsam und sagte:

«Ich kann ja allein hinfahren, wenn Sie lieber hierbleiben wollen.»

«Nein.»

Sie schwiegen eine Weile.

Dann fragte Kroonen:

«Warum machen Sie sich so große Mühe, meine Tochter zu finden?»

Hill hustete wieder, und Kroonen war sich nicht sicher, ob er nur Zeit gewinnen wollte, bevor er die Frage beantwortete.

«Entschuldigung», murmelte Hill. Er war rot im Gesicht. «Verdammte Zigaretten. Tja, es ist wohl am besten, wenn ich jetzt ehrlich bin, nicht wahr?»

Hill lachte auf, entschuldigend sozusagen. «Also, von einem pensionierten Polizisten habe ich eine Geschichte gehört, bei der Ihre Tochter beteiligt gewesen sein soll.»

«Was meinen Sie?»

«Ich weiß noch viel zuwenig darüber...» Hill steckte sich ohne zu husten eine Zigarette an. «Aber was ich erfahren habe, macht mich doch sehr nachdenklich...» Er blickte Kroonen an. «Wenn ich mich mal so ausdrücken darf. Ich meine... das ist ein harter Job, den ich habe, Mr. Kroonen. Ich suche nach Fakten, und die meisten von uns Journalisten vergessen in ihrer Überheblichkeit, daß sich hinter diesen Fakten menschliche Gefühle verbergen. Das ist einer der Gründe, weswegen ich mich entschlossen habe, aufzuhören. Aber, also, es gibt gute und schlechte Kerle unter uns.» Er schielte auf die Uhr. «Ich werde es Ihnen unterwegs erklären. Wir nehmen ein Taxi, es ist ziemlich weit bis Brandbergen.»

«Wie alt ist Ihre Tochter eigentlich?» fragte Hill, als sie es sich auf dem Rücksitz des Taxis bequem gemacht hatten. Keiner von beiden bemerkte den Mann in dem Saab, der hinter ihnen auf die Fahrbahn rollte.

«Einundzwanzig.»

Hätte ihm jemand diese Frage einige Tage vorher gestellt, so hätte er erst einen Augenblick nachdenken müssen.

«Haben Sie noch mehr Kinder, Mr. Kroonen?»

Er schüttelte den Kopf.

«Und Sie, Mr. Hill?» fragte er. «Haben Sie Kinder?»

«Ja», antwortete Hill. «Zwei mit meiner geschiedenen Frau, einen Sohn, der fünfundzwanzig ist, und eine Tochter, zweiundzwanzig. Ich glaube, ich kann mich gut in Ihre Situation hineinversetzen. Warum ist sie nach Stockholm gekommen?»

«Keine Ahnung», gab Kroonen ehrlich zu. Er hätte jetzt gern geraucht, aber der Fahrer hatte sofort darauf hingewiesen, daß das im Taxi verboten war. «Sie hatte keine Lust mehr, zur Schule zu gehen und... tja...»

«Hat sie geschrieben oder mal angerufen?»

«Nicht oft. Im Frühjahr haben wir einen Brief bekommen.»

Als Hill nicht weiterfragte, fuhr Kroonen fort:

«Darin hat sie von einem Freund erzählt, der beim Film arbeitet.»

«Mats wahrscheinlich.»

Sie saßen eine Weile schweigend da, jeder blickte an seiner Seite aus dem Fenster.

Hill begann wieder: «Der Polizist, von dem ich erzählt habe, sagte, daß er den Auftrag gehabt hätte, sie zu beschatten.»

«Warum?»

«Das wußte er nicht. Er arbeitete bei der Schutzpolizei, und manchmal wird die bei Fahndungen mit eingeschaltet. Er setzte jedenfalls zwei Mann an, um sie dort in der Wohnung bei Kiki Andersson zu beobachten. Die haben gesehen, wie sie aus dem Haus kam und zu einem Platz in der Nähe ging. Dem Polizisten zufolge sollten die Leute von der Sicherheitspolizei dort übernehmen.»

«Sicherheitsdienst?» Kroonen sah ihn erstaunt an.

«Ich weiß nicht, warum. Ich weiß nur, daß die vorhatten, sie festzunehmen, aber es gelang ihr, ihnen in einem Auto zu entwischen.»

«Aber warum wollten sie sie denn festnehmen? Sie ist zwar Holländerin, aber keine Mata Hari. Was glaubten die denn, was sie getan hätte?»

«Keine Ahnung.» Hill blickte aus dem Fenster. Sie waren bis Farsta gekommen. «Ich weiß nur, daß es sich wahrscheinlich um Geldangelegenheiten gehandelt haben muß.»

«Geldangelegenheiten?»

«Ja. Um viel Geld, dem Polizisten nach.»

Kroonen schüttelte den Kopf und strich sich mit den Händen über die Augen. Seine Stimme war ein wenig heiser, als er fragte: «Gestohlenes Geld?»

Hill spitzte den Mund. «Das hab ich zuerst auch geglaubt, aber nach dem Gespräch mit der Andersson scheint das wenig wahrscheinlich.»

Er schien einen Moment nachzudenken. Dann sprach er weiter: «Ich finde es eigenartig, daß sie einen Kassettenrecorder brauchte. Die Perücke kann ja noch angehen...» Er blickte Kroonen fragend an, so als ob er Zustimmung erwartete. «Viele Frauen in diesem Gewerbe tragen die, damit sie nicht erkannt werden oder weil die Kunden bestimmte Wünsche haben.»

Jetzt erst nickte Kroonen. Ihm fiel das Videoband in Frankfurt ein. Einige der Frauen hatten ganz deutlich Perücken getragen. Chris ebenfalls.

«Aber ein Tonband...»

Beide Männer schwiegen, versuchten sich vorzustellen, wozu ein Tonbandgerät erforderlich gewesen war.

«Und Kiki zufolge war sie aufgeregt, weil sie mit einem Landsmann ausgehen wollte», erinnerte sich Hill. «Einem Landsmann, der sie reich machen sollte. So hat sie es gesagt: reich! Also kein Extra-Trinkgeld oder wie so was in dem Gewerbe genannt wird, sondern reich... Viel Geld. Verstehen Sie das, Mr. Kroonen?»

«Ja», gab Kroonen zu. Ihm wurde schwindelig vor Augen, und er nickte mechanisch.

Hill fuhr fort: «Jener Polizist sagte, daß gleich danach Anweisung vom Justizminister kam, die ganze Sache zu stoppen.»

«Oh?»

«Ich bin lange genug Journalist gewesen, da weiß ich, daß das Justizministerium keinen Fall zu den Akten legt, mit dem Säpo sich befaßt, und insbesondere dann nicht, wenn es dem Betreffenden gelungen ist, unterzutauchen. Blom zufolge kamen die Anweisungen gerade in dem Augenblick, als sie mit der Sache zu tun hatten.»

«Blom?»

«Der Polizist.»

Kroonen überlegte, daß er eigentlich gar nicht schockiert gewesen war, als er die Geschichte von den Hostessen gehört hatte, nicht mehr, nachdem er den Film in Frankfurt gesehen hatte. Es war ihm nur peinlich gewesen, sich das in Hills Anwesenheit anhören zu müssen. Der hatte selbst Kinder. War geschieden. Das hörte man ja immer, daß jeder Schwede sich irgendwann scheiden ließ. Der Preis für die sexuelle Toleranz. Wie war sie an das Geld gekommen? Falls sie wirklich wegen Geld hinter ihr her waren. Als Hill vorhin erklärt hatte, daß es sich um Geld handelte, hatte er sofort an Rauschgift gedacht. Ein Landsmann, der sie reich machen sollte.

«Ein Holländer, der ihr Rauschgift abgekauft hatte?» fragte er Hill.

«Daran habe ich auch gedacht, aber dann würde sich Säpo kaum dafür interessieren. Eigentlich wäre das doch ein Fall für die Kriminalpolizei, Rauschgiftdezernat, gewesen.»

Sie waren dicht vor dem Ziel der Fahrt. Peter Hill war nie in Brandbergen gewesen, aber er erinnerte sich an einige Betonklötze auf einem Hügel, an denen er vorbeigekommen war, als er vor einigen Jahren mit dem Auto nach Dalarö gefahren war. Jetzt hielt das Taxi vor einem der Hochhäuser.

Sie stiegen aus, und Kroonen bestand darauf, zu bezahlen. Peter Hill war ohne großen Protest einverstanden.

Den Saab, der ihnen den ganzen Weg von Gamla Stan hier heraus gefolgt war, hatten sie immer noch nicht entdeckt. Er hielt unten am Hügel an, aber der Mann stieg nicht aus.

Das Schloß an der Haustür war kaputt, und sie kamen in ein schmutziges Treppenhaus, dessen Wände vollgeschmiert waren. Auf der Tafel neben der Tür standen nur wenige schwedische Namen, vor allem Finnen schienen in diesem Gebäude zu leben. Berggren wohnte im achten Stockwerk.

Die Frau, die ihnen aufmachte, war klein und zartgliedrig, sie hatte müde Augen und einen bitteren Zug um den Mund. Die Farbe ihres blonden Haares, das sie zu einem losen Knoten im Nacken gebunden hatte, war so hell, daß man kaum entscheiden konnte, ob es angefangen hatte, grau zu werden. Peter Hill schätzte, daß sie ebenso alt war wie er selbst.

Sie ging vor ihnen durch die Diele in ein helles Wohnzimmer, das so mit Möbeln vollgestellt war, daß es ihnen viel kleiner vorkam, als es tatsächlich war.

Peter Hill stellte sich selbst und Kroonen vor und sagte: «Entschuldigen Sie, daß wir einfach so herkommen und stören, aber Mr. Kroonen ist sehr daran gelegen, seine Tochter Christine zu finden. Er bleibt nicht lange in Stockholm, und wenn sie mit Ihrem Sohn zusammen ist, möchten wir gern wissen, ob Sie uns vielleicht sagen können, wo die beiden eventuell zu finden sind.»

«Ich habe Ihre Tochter nur ein einziges Mal getroffen, aber mir war sie sofort sympathisch. Ein sehr nettes Mädchen. Und hübsch. Oder schön, kann man sogar sagen.»

«Sie sieht ihrer Mutter ähnlich.»

Frau Berggren fragte, ob sie einen Kaffee haben wollten, und als sie gerne annahmen, verschwand sie in der Küche.

In der Zwischenzeit sahen sie sich in dem eigenartig vollgestellten Zimmer um. Peter Hill erkannte, daß sein Gefühl der Enge vor allem von der Größe der Möbel herrührte. An der fensterlosen Seite befand sich eine Bücherwand mit eingebauten Schränken. Auf den Regalen standen nicht nur Bücher, sondern auch Vasen, Gläser und andere Ziergegenstände. Die Sofagruppe war klein, und über einem der Sessel lag eine Decke ausgebreitet. Ein Sekretär in einer Ecke, eine viel zu große Stehlampe, eine hohe Kommode und eine kleinere, ein Beistelltisch und ein Ohrensessel, auch der mit abgenutztem Bezug. Keine Bilder an den Wänden, aber einige große, gerahmte Fotos. Arbeiten des Sohnes, vermutete Peter Hill.

Frau Berggren kam mit dem Kaffee. Sie stellte das Tablett auf den Couchtisch und goß ein. Als sie die Sahne und den Zucker reichte, sagte sie: «Ich konnte die Zuckerzange leider nicht finden.»

Sie ging noch einmal in die Küche und kam mit einer Schale mit Teekuchen zurück.

«Den habe ich gerade gebacken», erklärte sie.

Sie setzte sich in den Sessel mit der Decke und beobachtete, wie sie sich jeder ein Stück Teekuchen nahmen.

«Hoffentlich schmecken sie.»

Ihr Englisch war beinahe fehlerfrei. Besonders imponierte Peter Hill, wie sie das Wort «sugartongs» aussprach.

«Wenn ich Sie am Telefon richtig verstanden habe, so helfen Sie Mr. Kroonen, der hergekommen ist, um seine Tochter zu besuchen. Und in ihrer Wohnung haben Sie sie nicht angetroffen? Und Sie glauben, daß sie irgendwo mit Mats zusammen ist?»

Peter Hill nickte.

«Ja. Genau. Und wir dachten, daß Sie uns vielleicht helfen könnten, Mats zu finden?»

«Also, wie ich Ihnen schon gesagt habe, als Sie anriefen, habe ich seit über einem Monat nichts mehr von Mats gehört. Aber das ist nicht ungewöhnlich. Nachdem die Polizei hiergewesen war und nach ihm gefragt hatte, habe ich mehrere Tage hintereinander bei ihm angerufen, aber er war nicht zu Hause. Ich bin natürlich unruhig geworden und wollte wissen, warum die Polizei ihn sucht. Die haben mir selbstverständlich nichts gesagt. Nur daß sie mit ihm reden wollten. Er hat ziemliche Schwierigkeiten finanzieller Art gehabt, da wird es wohl etwas mit Schulden oder Bußgeldern zu tun gehabt haben. Tja, danach habe ich hin und wieder angerufen, ihn aber nicht erreicht. Mir ist so, als ob er was von einer Reise gesagt hat, aber ich bin nicht sicher, wie lange er fort sein wollte. Er verreist manchmal und arbeitet auswärts, und dann kann es lange dauern, bis er sich wieder meldet.»

Sie machte eine Pause und wandte sich dann an Kroonen:

«Ich weiß also leider nicht, wo er sich zur Zeit aufhält. Aber Ihre Tochter ist sicher zusammen mit ihm irgendwohin gefahren. Die scheinen sehr ineinander verliebt zu sein. Und das ist auch ganz ungewöhnlich, daß er mich einer Freundin vorstellt.»

Sie trank ein wenig von ihrem Kaffee, und als sie die Tasse wieder hingestellt hatte, fuhr sie mit leiser Stimme fort:

«Ich weiß nicht, ob er sich meinetwegen schämte.»

«Weshalb sollte er...» wunderte sich Peter Hill, und sie sah erst ihn und dann Kroonen an, bevor sie weitersprach:

«Vielleicht nicht direkt meinetwegen, aber weil es hier jetzt so aussieht.»

Sie machte eine Handbewegung durch das Zimmer.

«Mir ist es nicht immer so wie jetzt gegangen. Ich habe nicht in dieser kleinen Wohnung in diesem gräßlichen Vorort wohnen müssen. Mats war ein ganz anderes Milieu gewöhnt, als er aufwuchs. Damals ging es uns sehr gut, Mats, mir und meinem Mann. Mats' Vater», fügte sie hinzu und wandte sich wieder an Kroonen.

«Na, Sie wissen ja, wie das ist, wenn man Kinder hat, Mr. Kroonen. Nur das Beste ist gut genug für sie.»

Kroonen nickte.

«Ja, das ist schon richtig», gab er zu. «Aber sie werden ja groß und gehen ihre eigenen Wege.»

«Wie alt ist Mats?» fragte Peter Hill.

«Dreiundzwanzig. Da hat er, wie Sie sagen, schon einige Jahre sein eigenes Leben gelebt. Es ist ja nicht so, daß er mich noch braucht.»

«Und Ihr Mann?»

«Der ist tot.»

Sie strich sich den Rock über dem Knie glatt, bevor sie aufblickte und sie ansah. «Darüber spreche ich selten, aber Ihnen kann ich es wohl erzählen. Also das, was passiert ist.»

Peter Hill stellte fest, daß sie sich hauptsächlich an Kroonen wandte, während sie weitersprach. So als ob sie und Kroonen bereits zur gleichen Familie gehörten.

«Sie sind ja Christines Vater, und es ist das erste Mal, daß Sie in Stockholm sind, stimmt's?»

Kroonen nickte.

«Dann haben Sie Christine lange nicht gesehen? Und Sie wollen sicher wissen, was das für ein Junge ist, mit dem Christine zusammen ist. Ich finde, für uns Eltern bleiben die Kinder immer Kinder, egal, wie alt sie sind.»

Sie lachte ein wenig geniert und blickte zu Peter Hill.

«Vielleicht sind es vor allem wir Mütter, die so empfinden. Vor allem, wenn man wie ich das Kind allein erzogen hat. Seit Mats sechzehn war.»

Sie erhob sich und goß die Kaffeetassen wieder voll. Kroonen fühlte sich verschwitzt und zittrig nach all dem Kaffee und sehnte sich nach einem kalten Bier. Er nahm die Zigaretten und das Feuerzeug heraus und sah sich nach einem Aschenbecher um. Auf dem Couchtisch stand keiner.

«Macht es Ihnen etwas aus, wenn wir rauchen?» fragte Peter Hill, der auch festgestellt hatte, daß es keinen Aschenbecher gab, nachdem er bereits eine Zigarette aus der Packung geschüttelt hatte.

Frau Berggren stand wieder auf und ging zum Bücherregal, dort holte sie zwei Aschenbecher, stellte sie vor sie hin und sagte:

«O nein, rauchen Sie nur. Aber Sie dürfen mir auch eine anbieten, denn ich habe es nicht mehr geschafft, rauszugehen und mir welche zu kaufen. Eigentlich wollte ich auch aufhören, denn sie sind ja so teuer geworden.»

Hill und Kroonen streckten ihr beide ihre Packungen hin. Sie blickte mißtrauisch Kroonens Mantano an und nahm eine Prince aus Hills Schachtel.

«Aber es ist ein angenehmes Hobby, wenn man keine anderen hat», bemerkte sie mit einem kleinen Lächeln, als sie Feuer bekommen hatte. «Meistens sind es ja die Männer, die ein Hobby brauchen. Mein Mann sagte immer, seine Arbeit sei sein Hobby.»

«Was machte er denn beruflich?» fragte Peter Hill.

«Er war Ingenieur, hatte sich auf die Elektronik spezialisiert. Er war auch Erfinder und Konstrukteur, unter anderem für Haushaltsmaschinen und Geräte für Behinderte. Eine Zeitlang hatte er eine eigene Firma, aber die Verwaltung und die Buchführung lagen ihm nicht, da hat er sich mit einigen anderen zusammengetan und die Firma erweitert und eine Fabrik daraus gemacht...»

Sie nahm einen tiefen Zug aus der Zigarette und sprach weiter.

«Und das wurde der Anfang vom Ende, kann man sagen. Eriks Teilhaber betrogen ihn, ich will nicht ins einzelne gehen, aber praktisch haben sie ihn um seine Patente und alles Geld, das er in die Fabrik gesteckt hat, betrogen, und schließlich war er total ruiniert, ohne eigentlich zu wissen, wie das alles gekommen war. Er versuchte, sie zu verklagen, aber die waren mit allen Wassern gewaschen, und er verlor den Prozeß. Daraufhin waren wir gezwungen, fast alles, was wir besaßen, zu verkaufen, die Autos, das Haus in Viggbyholm, ja eben alles, und ein halbes Jahr später hat Erik sich das Leben genommen. Er schaffte es nicht, mit der Niederlage und dem Unrecht zu leben. Er fühlte sich so gedemütigt und verbittert, und obwohl es ja nicht sein Fehler gewesen war, machte er sich Vorwürfe. Er war über fünfzig und schaffte es nicht, noch mal von vorn anzufangen. Er hatte keinen Schwung mehr. Das war natürlich ein harter Schlag für Mats und mich. Unser Leben hatte sich im Laufe eines einzigen Jahres total verändert.»

«Und als Sie das Haus verkauft hatten, sind Sie hierher gezogen?» fragte Peter Hill.

«Nicht gleich. Erst hatten wir eine Wohnung in Östermalm, aber als Erik starb, kam heraus, daß wir die Miete für das letzte Quartal nicht bezahlt hatten. Da wurden wir also rausgesetzt. In unserer Familie hatte sich mein Mann immer um die Geldsachen gekümmert, ich bin so ahnungslos in diesen Dingen und hatte keinen blassen Schimmer, wie schlecht wir tatsächlich dran waren. Das war eigentlich auch einer der Gründe, warum Erik aufgab. Er konnte uns nicht länger versorgen.»

Sie klopfte die Asche von ihrer Zigarette und blickte mit einem leicht verbitterten Lächeln Peter Hill an.

«Ich nehme an, Sie fragen mich, warum ich nicht das Geldverdienen übernehmen konnte, aber ich war beinahe fünfzig Jahre alt und seit unserer Heirat vor damals fünfundzwanzig Jahren nicht berufstätig gewesen. Erik meinte, ich hätte es nicht nötig, Geld zu verdienen. Er war ein sehr stolzer Mann, stolz und verantwortungsbewußt.»

Peter Hill überlegte, ob Kroonen es zuließ, daß seine Frau berufstätig war. Er hatte nicht danach gefragt, war einfach davon ausgegangen, daß sie Hausfrau war. Er selbst und Anne hatten niemals daran gedacht, daß sie aufhören sollte zu arbeiten, sie war immer berufstätig gewesen, und die Arbeit hatte ihr Freude gemacht. Sie war nur zu Hause geblieben, solange die Kinder klein waren. Und jetzt arbeitete sie im gleichen Architektenbüro wie ihr neuer Mann.

Kroonen, der kaum ein Wort gesagt hatte, seit sie gekommen waren, meinte einfühlsam:

«Das muß eine schwierige Umstellung für Sie gewesen sein. Aus einem eigenen Haus in so einen Block umzuziehen.»

Er sah sich im Zimmer um, so als ob er sich die sperrigen Möbel in einem großzügigen Raum eines gutbürgerlichen Hauses vorstellte.

«Ja, das war es. Und dann sind wir hier gelandet, Mats und ich. Mats lehnte alles hier ab. Er hatte die neunte Klasse noch nicht beendet und war gezwungen gewesen, erst von der Schule in Viggbyholm abzugehen, wo er sich wohl gefühlt hatte und wo alle seine Freunde waren, dann von der Schule in Östermalm auf die hiesige Schule, die zum überwiegenden Teil von Gastarbeiterkindern besucht wird oder von solchen, deren Eltern soziale Probleme haben. Es kam, wie es kommen mußte, er fing mit dem Schwänzen an, kam in eine Gruppe, die sich meist herumtrieb, hier oder in der Stadt. Er begann, spät in der Nacht nach Hause zu kommen, und ich wußte nie, wo er sich gerade aufhielt. Ich konnte nicht mit ihm fertig werden und war ständig beunruhigt. Die Jungen in dieser Gruppe waren kleine Kriminelle, machten Einbrüche, randalierten, und schließlich landete Mats in der Jugendfürsorgeschule. Für mich war es beinahe eine Erleichterung, die Verantwortung abgeben zu können.»

Sie blickte Kroonen mit einem entschuldigenden Lächeln an und fuhr fort:

«Sie wundern sich vielleicht, warum ich das alles erzähle. Das ist nicht, weil ich Sie ängstigen und Ihnen klarmachen will, Ihre Tochter sei mit einem Gangster zusammen. Mats hat diese Phase schon lange überwunden, und er war eigentlich auch kein jugendlicher Verbrecher. Er hatte eine schwierige Zeit und haßte manchmal alle und alles. Darüber kann man sich kaum verwundern. Und dann landete er in schlechter Gesellschaft, gerade als er sich in einer sehr labilen Periode befand. Aber er hat nie zu trinken angefangen und kein Rauschgift genommen, und an richtigen Verbrechen ist er auch nie beteiligt gewesen. Einbrüche in Kioske oder so. Als er aus der Jugendfürsorgeschule entlassen wurde, bekam er eine Stelle in der Dunkelkammer eines großen fotografischen Ateliers. Er hatte immer Fotograf werden wollen und bekam die Chance, den Beruf von

Grund auf zu lernen. Er ist sehr tüchtig. Alle Bilder, die ich hier hängen habe, stammen von ihm.»

Sie stand auf und holte eines der Bilder von der Wand. Es war eine Schwarzweißfotografie, mit einem Filter oder bei diesigem Wetter aufgenommen, die eine junge Frau zeigte, die unter einer Trauerweide saß und über eine glatte, stille Wasserfläche blickte. Ganz unten am Rand stand «Melancholie» Mats Berggren – 85 *Für Mama von Mats.*

«Er gewann den ersten Preis bei einem Fotowettbewerb mit diesem Bild, als er gerade neunzehn war. Und jetzt geht es mit ihm voran, glaube ich. Er arbeitet viel beim Film, reist oft herum und verdient Geld. Vielleicht nicht sehr viel, aber genug, um mir hin und wieder einen Schein abgeben zu können. Es schmerzt, daß ich von ihm Geld annehmen muß, aber ich habe nur meine Witwenrente, da ...»

Sie zuckte mit den Schultern und hängte das Bild wieder an seinen Platz.

«Wo reist er denn so hin?» fragte Peter Hill.

«Das weiß ich auch nicht genau. Hauptsächlich wohl im Inland. Er spricht nicht viel über seine Arbeit.»

«Begleitet Chris ihn normalerweise, wenn er unterwegs ist?» erkundigte sich Kroonen.

«Das weiß ich auch nicht, aber ich nehme es doch an. Er setzt sie wohl manchmal auch als Modell ein, jedenfalls bekam ich den Eindruck, als sie damals hier waren. Eigentlich ist es ja schade, daß die beiden gerade verreisen mußten, als Sie herkamen.»

«Ja», stimmte Kroonen nachdrücklich zu, «und ich habe auch nicht die Zeit, noch viel länger hierzubleiben. Es wäre nett von Ihnen, wenn Sie Chris bitten würden, mich anzurufen, sobald Mats von sich hören läßt. Ich wohne im Hotel *Gamla Stan*, werde aber in den nächsten Tagen nach Hause fahren. Wenn sie mich verpaßt, kann sie ja Mr. Hill anrufen.»

«Außerdem wäre es gut, wenn wir Mats' Telefonnummer und seine Adresse bekommen könnten», ergänzte Peter Hill. «Dann können wir selbst versuchen, ihn zu erreichen.»

Frau Berggren sah ihn unsicher an.

«Wie ich schon am Telefon gesagt habe, hat er eine geheime Telefonnummer, und ich habe versprochen, sie niemandem zu geben. Aber die Adresse können Sie wohl bekommen.»

Sie ging hinüber zu dem Sekretär und schrieb die Adresse auf ein Stück Papier, das sie zusammenfaltete und es Peter Hill gab, der seinerseits seine eigene und die Telefonnummer von Kroonens Hotel auf ihren Block schrieb.

Kroonen stand auf, nahm eine Visitenkarte aus der Brieftasche und legte sie neben den Block.

«Meine Nummer in Amsterdam», erklärte er. «Es ist vielleicht ganz gut...»

Er stockte, beugte sich vornüber und blickte auf eines der eingerahmten Amateurfotos, die auf dem Sekretär standen. Peter Hill folgte seinem Blick und entdeckte das Foto ebenfalls. Es stellte ein Motorboot dar, das an einem Anleger vertäut lag. Das Bild war ein wenig unscharf, aber man konnte den Namen *GALATEA* am Bug, einen Mann mit einer Seglermütze am Steuer und einen zehnjährigen Jungen in kurzer Hose erkennen, der oben auf dem Vordeck unter blonden Ponys hervor in die Sonne blinzelte.

Frau Berggren nahm das Foto, schaute es an und sagte:

«Ja, das sind Erik und Mats in unserem Boot. Mats liebt dieses Boot, und obwohl wir uns eigentlich nicht leisten konnten, es zu behalten, haben wir es nicht übers Herz gebracht, es zu verkaufen. Mats hat es immer noch, es ist das einzige Stück von Wert, das er von seinem Vater geerbt hat. Ich habe einige Möbel behalten und Mats das Boot. Aber das ist auch alles, was wir von unserem alten Zuhause übrigbehalten haben.»

«Vielleicht ist er jetzt mit dem Boot unterwegs?» fragte Kroonen.

«Tja, das ist vielleicht nicht ganz abwegig. Aber dann kommt er bald in die Stadt zurück. Das ist nämlich kein Boot, mit dem man längere Ausflüge machen kann. Wie Sie sehen, ist es nicht besonders groß. Wir haben es nur für Transporte und für Tagestouren benutzt.»

«Wissen Sie, wo er sein Boot liegen hatte?» fragte Kroonen.

«Nein, das weiß ich wirklich nicht. Früher hatten wir es in einem Bootsklub in der Nähe des Hauses, aber dort hat er es sicher nicht mehr. Vielleicht in einem anderen Bootsklub oder bei guten Freunden, die einen Liegeplatz haben. Ich weiß es nicht.»

«Haben Sie der Polizei von dem Boot erzählt?»

«Nein, das habe ich nicht getan. Denen habe ich überhaupt nichts erzählt, ich sagte nur, daß ich nicht wüßte, wo Mats ist. Die erklärten ja nicht mal, warum sie Mats suchten, warum hätte ich ihnen dann irgendwas sagen sollen?»

Kroonen steckte seine Zigaretten in die Tasche und blickte fragend zu Peter Hill. Der nickte und ging zum Couchtisch, steckte seine Schachtel Prince in die Tasche, überlegte es sich dann anders, legte die Schachtel wieder auf den Tisch und sagte:

«Ich lasse die Zigaretten hier liegen, dann brauchen Sie nicht gleich hinauszugehen und welche zu kaufen. Ich besorge mir neue. Und dann brauchen Sie auch nicht gerade heute mit dem Rauchen aufzuhören. Sie haben wirklich recht, es *ist* ein schönes Hobby.»

Er erntete ein dankbares Lächeln von Frau Berggren, und Kroonen griff nach ihrer Hand und verbeugte sich:

«Danke, daß wir kommen durften, und für Ihre Offenherzigkeit. Ich hoffe, daß ich Mats bald kennenlernen kann.»

«Und danke für den Kaffee und den Kuchen», ergänzte Peter Hill und fuhr fort, als er ihre Hand nahm: «Ich hoffe, Sie rufen an, wenn Mats sich meldet.»

«Ja, ich verspreche anzurufen. Sie oder Mr. Kroonen. Und ich werde Chris natürlich bitten, anzurufen, wenn ich etwas von den beiden höre.»

Auf dem Weg nach Handens Centrum, von wo aus sie ein Taxi nehmen konnten, fragte Kroonen:

«Sie haben das Boot gesehen, nicht? Das kam in dem Videofilm vor, von dem ich gestern bei Kiki erzählt habe.»

«Welchem Film?»

«Dem Film, den ich in Frankfurt gesehen habe. Dem Pornofilm mit Chris. Deswegen bin ich doch hergekommen. Um festzustellen, was sie hier eigentlich macht.»

«Und das war das gleiche Boot?» wunderte sich Peter Hill. «Na, vielleicht ist das gar nicht so abwegig, wenn das Boot Mats gehört und er diese Filme dreht.»

«Nein, und das ist sogar beinahe der Beweis dafür, daß Mats sie in diese Branche hineingezogen hat. Sie können mir glauben, es ist überhaupt nicht witzig, die eigene Tochter in so einem Film zu sehen. Sie haben ja selbst eine Tochter...»

«Ja, ich verstehe Sie sehr gut», gab Peter Hill zu. «Die Hauptsache ist also, Chris zu finden. Vielleicht liefert dieses Boot uns ja einen Hinweis.»

Sie fanden ein Taxi, setzten sich auf den Rücksitz. Schwiegen eine Weile. Dann begann Peter Hill:

«Dieser Film da. Was zeigte er für eine Umgebung? Ich meine, weil das Boot ja eine Rolle spielte.»

«Es sah wie eine Insel aus. Mit Klippen und einem kleinen Strand mit Schilf.»

«Draußen im Schärengarten, nehme ich an. Ich würde den Film gern sehen, ist das möglich?»

Kroonen blickte an seiner Seite aus dem Fenster, und es dauerte eine Weile, bis er antwortete.

«Ich weiß nicht. Das war einer dieser Videofilme, wie man sie in Hotels gegen Bezahlung sehen kann. Ich kann versuchen, die dazu zu bringen, daß sie den Film herschicken. Eigentlich ist es mir gar nicht recht, Sie den Film anschauen zu lassen, aber ich verstehe, daß das Boot und die Insel vielleicht ein Anhaltspunkt sein können.»

Als sie in dem Hotel in Gamla Stan ankamen, bezahlte Peter Hill den Fahrer.

«Ich glaube, ich muß mich ein wenig ausruhen», erklärte Kroonen. «Und am Nachmittag werde ich ein bißchen in der Stadt spazierengehen. Mal sehen, ob ich ein Mitbringsel für meine Frau finde.»

Er spürte seinen Kater immer noch und dachte im stillen, daß er sich ein nettes Lokal suchen würde, wo er ein kaltes Bier trinken konnte. Bekam man in diesem Land ein Heineken?

«Okay», sagte Hill. «Versuchen Sie, den Film herzubekommen? Ich glaube, es wird uns weiterhelfen, wenn ich ihn ansehen kann.»

«Na klar. Ich werde gleich das Hotel in Frankfurt anrufen. Kann ich Sie heute abend telefonisch erreichen?»

Sie trennten sich vor dem Eingang des Hotels, und Peter Hill wanderte nach Hause.

Der Saab, der um die Ecke an Kornhamnstorg auf ihn wartete,

hatte keine Probleme, ihm zu folgen, bis er durch seine Haustür in Högbergsgatan getreten war.

Bo Wester versuchte gleichzeitig, sich eine Zigarre anzuzünden und zu telefonieren, das gelang ihm nicht.

«Einen Augenblick mal, Lars», sagte er, und erst als er die zweite Rauchwolke in die Luft geblasen hatte, nahm er den Hörer wieder in die Hand.

«Da bin ich wieder.»

«Tja», sagte Hellström am anderen Ende. «Peter Hill, also. Einundfünfzig Jahre alt, geschieden. Wohnt Högbergsgatan 32a. Linksorientiert, kein Mitglied irgendeiner Partei, aber bekannt als Sympathisant.»

Er lachte auf, ein kurzes rasselndes Geräusch. «Du kennst ihn vielleicht nicht, er war Kriminalreporter...»

«Doch. Hatte er nicht diese Spalte da?»

«Ja. Verbrechen und Strafe. Ein bißchen zu anspruchsvoll für so einen kleinen Scheißjournalisten.» Er lachte wieder, jetzt weniger rasselnd. «Na, das ist er jedenfalls.»

Wester brummte vor sich hin, rauchte. Versuchte sich daran zu erinnern, wie der Mann aussah, aber obwohl er sicher war, daß er Hill irgendwann gesehen hatte, konnte er sich kein Bild in Erinnerung rufen.

«Wie lange waren die in Brandbergen?»

«Eine Stunde lang, sagt Melin...»

«Und?»

«Sie kamen wieder heraus. Sie hatten nichts Auffallendes mitgenommen. Fuhren in die Stadt zurück, der Holländer in sein Hotel und Hill in seine Wohnung.»

«Aha», sagte Wester.

«Und heute abend hat der Holländer in einem Ort angerufen, der Aschaffenburg heißt, in Deutschland.»

«Wie bitte?» fragte Wester erstaunt.

«Ja. Der liegt nicht weit von Frankfurt entfernt. Von dort ist er doch gekommen, oder?»

«Ja klar», antwortete Wester, jetzt munterer. «Und?»

«Er rief dort das Hotel *Atlanta* an. Da hat er während der Automobilmesse in der vorigen Woche gewohnt. Er bat darum, daß man ihm vom Hotel einen Film in sein Hotel in Gamla Stan schicken sollte.»

Wester schwieg.

«Bist du noch dran?» wunderte sich Hellström.

«Ja. Was denn für einen Film?»

«Das wissen wir noch nicht. Was, meinst du, sollen wir jetzt tun?»

Wester stellte fest, daß die Zigarre ausgegangen war. Er blickte auf seine Uhr. Noch war es zu früh am Abend, und es bestand die Möglichkeit, daß der Journalist wieder weggehen würde.

«Wen hast du jetzt zur Verfügung?»

«Für Hill?»

«Ja.»

«Kindvall.»

«Gut. Laß ihn bis Mitternacht auf Hill aufpassen.»

«Klar, Chef.»

«Und fahr du jetzt nach Hause, sonst bekommst du noch Ärger mit Eva.»

Hellströms Lachen war ohne Freude. «Das fehlte gerade noch.»

«Und komm morgen früh hierher, laß uns sagen gegen neun.»

Er wartete, bis der andere den Hörer aufgelegt hatte. Steckte die Zigarre wieder an und lehnte sich im Stuhl zurück, so daß er aus dem Fenster die parkenden Autos sehen konnte, die mit den Kühlern vor einer langen Hecke standen, wie Schafe in einer langen Box. Über den Häusern gegenüber war der Himmel tieflila. Er hörte das gleichförmige Motorengeräusch eines kleineren Flugzeugs, konnte die Maschine aber nicht entdecken.

Eva, dachte Wester, aber nicht an das schmale vergrämte Gesicht, das Hellströms Frau gehörte, sondern an die Blondine von gestern, die auch Eva geheißen hatte und die er mit in seine Wohnung genommen hatte. Erinnerte sich mit einem verlegenen Lächeln daran, wie er angetrunken und nackt ein Blatt vom Gummibaun abgerissen, es sich vor den Sack gehalten und ihr, die sie ebenfalls nackt gewesen war, einen Apfel angeboten hatte. Bo und Eva, das hörte sich gut an.

Er lächelte vor sich hin. Hier saß er, einundvierzig Jahre alt, vielleicht zukünftiger Chef der Säpo, mit einem Flattern im Bauch wie ein Teenager, nur weil er eine Nacht mit einer Frau verbracht hatte.

Er hob den Hörer wieder ab und wählte eine Nummer im Haus. «Ich will so schnell wie möglich mit dem Bundeskriminalamt in Wiesbaden in Deutschland verbunden werden.» Dann legte er wieder auf.

Er überlegte eine Weile, ob es geschickt war, Olsson anzurufen und ihn über die neue Entwicklung zu informieren. Olsson würde auf die neuen Erkenntnisse sicher gespannt sein.

Das ging ihm in gewisser Weise ebenso. Bis jetzt hatte er geglaubt, daß es sich ausschließlich um einen Freundschaftsdienst handelte. Normalerweise hätten sie sich nur halb totgelacht über einen dämlichen Holländer, der sich danebenbenommen hatte und sich erpressen ließ, aber weil es sich um einen persönlichen Freund eines Mannes handelte, der an der Macht saß und Chef eines Ministeriums war, verhielten sie sich so, als ob es sich um einen Staatsstreich handelte. Und dabei hatten sie wohlgemerkt den Film zurückbekommen, der den Holländer in äußerst prekären Situationen zeigte. Vorsichtig ausgedrückt, war es lächerlich gewesen, vier Mann ständig einzusetzen, nur weil es jemandem gelungen war, mit drei Millionen Kronen zu verschwinden, aber wenn man an Olssons Erregung dachte, war das schon eine ernste Angelegenheit.

Er zog eine Grimasse. Das war die altbekannte Geschichte. Die ließen einen exakt soviel wissen, wie man für die Arbeit brauchte, aber niemals genug, damit man sich ein vollständiges Bild davon machen konnte, was eigentlich vor sich ging. Natürlich nicht! Der Kreis da oben an der Spitze hatte kein Interesse daran, mehr rauszulassen, als absolut notwendig war. Und Olsson hatte vermutlich allen Grund, auch weiterhin zu diesem Kreis gehören zu wollen.

Er fluchte, als er feststellte, daß die Zigarre schon wieder ausgegangen war. Während er sie ansteckte, streckte er die andere Hand nach dem Telefonhörer aus, hob ihn aber nicht ab.

Wenn alles zusammenkam, war es ein angenehmes Gefühl, Informationen zu haben, die der Auftraggeber noch nicht kannte, dachte Bo Wester.

VII

Das Videoband wurde am Nachmittag durch einen Boten aus Arlanda am Empfang des Hotels abgegeben.

Danach dauerte es noch eine Viertelstunde, bis Kroonen das Paket entgegennahm und es auf sein Bett legte. Aus irgendeinem Grund konnte er sich jetzt, nachdem der Film da war, nicht gleich dazu durchringen, Hill anzurufen und mit ihm zu besprechen, wann und wo sie ihn ansehen sollten. Absurd, daß es Bilder von Chris so in Papier eingewickelt geben sollte, überlegte er.

Einen Augenblick lang zweifelte er daran, daß es wirklich so war, aber er machte keine Anstalten, das Päckchen zu öffnen. Er dachte daran, daß die Deutschen, was immer man gegen sie haben mochte, ein effektiver Menschenschlag waren. Außerdem hatte er ja auch genaue Angaben aus seinem Kalender geliefert, und die Frau am Empfang hatte seine Worte am Telefon wiederholt. Der Anruf war für ihn natürlich peinlich gewesen, aber als er am Telefon nach dem Film gefragt hatte, war in der Stimme der Dame an der Rezeption des *Atlanta-Hotel*s keine Spur von Ironie oder Erstaunen gewesen. Ganz im Gegenteil, es war eine völlig sachliche Angelegenheit gewesen, und erst als er den Hörer aufgelegt hatte, begriff er, daß es vielleicht gar nicht so ungewöhnlich war, daß Männer, die einen Film im Hotel gesehen hatten, ihn auch kaufen wollten.

Es fiel ihm schwer, sich so etwas bei einer Frau vorzustellen. Aus irgendeinem Grund war er der Ansicht, daß Pornographie etwas war, das nur Männer interessierte. Heleen war jedenfalls nicht interessiert. Ein einziges Mal hatte er einen pornographischen Film mit nach Hause gebracht. Versehentlich, denn Umschlag und Titel hatten nicht verraten, wovon der Streifen handelte. Heleen hatte gelacht und sich köstlich unterhalten, und als er sie fragte, ob die Bilder sie erregt hätten, hatte sie ihn erstaunt angesehen. «So was? Nicht die Bohne. Das sieht doch absolut idiotisch aus. Darüber kann man doch bloß lachen.» Trotzdem erinnerte er sich daran, daß in den ersten Jahren ihrer Ehe, auch nachdem Chris geboren war, meistens sie die Initiative ergriffen hatte, wenn sie sich liebten.

Er drückte die Zigarette aus, zog das Telefon heran, schaute auf dem Löschpapier nach der Auslandsvorwahl und wählte. Malte zerstreut Kreise um Chris' Namen. Niemand meldete sich, und während er nach Hills Nummer suchte, überlegte er, wo sie wohl sein konnte. Was war heute eigentlich für ein Tag? Er bekam einen Schreck, als er in seinem Kalender nachsah. Donnerstag, der neunzehnte September. Am Sechzehnten hatte er aufgeschrieben: *Stockholm*. Wann hatte er sie zuletzt angerufen? Gestern? Vorgestern?

Er rief in der Firma an, warf ärgerlich den Hörer auf die Gabel, weil besetzt war, und wählte die Nummer seines eigenen Büros in der Hoffnung, daß jemand dort sein könnte. Aber das war nicht der Fall.

Dann rief er Hill an.

Es dauerte eine ganze Weile, ehe jemand sich meldete.

«Hier ist Kroonen.»

Hill sagte schläfrig etwas auf schwedisch.

«Der Film ist gekommen.»

«Oh...»

«Kann ich nachher mal zu Ihnen kommen? Hier gibt es keinen Videorecorder.»

Einen Moment war es still. Dann fragte Hill:

«Was ist es denn für ein System?»

«Wie bitte?»

«Wissen Sie, was das Band für ein System hat? VCC oder VHS?»

«Ach so... Einen Moment.»

Er legte den Hörer zur Seite und suchte nach einer Schere. Fand einen Brieföffner und pulte den Knoten damit auf. Er wickelte das Papier aus, und Christine blickte ihn auf dem Titelbild verführerisch an, mit nacktem Oberkörper und der Zunge an den weißen Vorderzähnen. Er war nicht einmal besonders schockiert. Auf der Rückseite des Bandes stand mit goldenen Buchstaben VHS.

Er nahm den Hörer wieder in die Hand.

«VHS», sagte er, «funktioniert das?»

«Ja. Finden Sie hierher?»

«Ja. In einer Stunde?»

«Das paßt gut.»

Obwohl er die Kassette wieder in das Papier eingeschlagen hatte, steckte er sie in die Aktentasche, so als ob die Scham ihn nun doch gepackt hätte. Es war schönes Wetter, eine milde Luft, und die meisten Menschen, die er traf, hatten sich danach angezogen. Er ging über die Straße und am Kai entlang auf den höher gelegenen Stadtteil zu. Blickte auf das große sonnenüberflutete Wasser, auf das Wirrwarr aus größeren und kleineren Booten und auf das Grün drüben auf Skeppsholmen, all das zusammen machte auf ihn in der spätsommerlichen Wärme den Eindruck einer Hafenstadt am Mittelmeer. Es war doch ein eigentümliches Gefühl, wenn er daran dachte, daß Christine die gleiche Aussicht viele Male bewundert haben mußte und er jetzt und hier in ihren Fußspuren umherlief.

Als er zum Scandic Crown hinaufging, bildete er sich plötzlich ein, sie auf der anderen Seite der Fahrbahn entdeckt zu haben. Einige Sekunden lang kam es ihm vor, als ob er einen elektrischen Stromstoß erhalten hätte. Unbewußt klammerte er sich an dem Brückengeländer vor sich fest und starrte mit ausdruckslosem Gesicht und schwer atmend auf die junge, schlanke Frau, die sich plötzlich zur Seite drehte und auf die endlose Kette der Autos blickte.

«Ist irgendwas mit Ihnen?»

Eine rotbackige Frau mit zwei Einkaufstüten sah ihn besorgt an.

Er nickte, atmete jetzt wieder ruhiger.

«Nein, nein, es war nichts.»

Die Frau blickte ihn forschend an, aber als er lächelte, ging sie weiter.

Er blieb eine Weile stehen und spürte, wie das Zittern der Hände und der Knie abnahm. Die junge Frau war in Richtung Gamla Stan verschwunden. Er zwang sich dazu, ruhig und langsam weiterzugehen. Zwang sich zu einem Gedankenspiel, um nicht an andere Dinge denken zu müssen: A = Anglia, B = Buick, C = Chevrolet, D = Dodge, E = Escort, F = Ford...

Als er auf Södermalmstorg angekommen war, zog er den Stadtplan heraus, um Högbergsgatan zu suchen. Er ging durch eine belebte Einkaufsstraße den Hügel hinauf und bog schließlich nach links ab in der Hoffnung, daß sich die Hausnummer auf dieser Seite der Straße befand.

Neben Hills Haustür hing eine Namenstafel, und Kroonen

drückte auf einen Klingelknopf bei dem Namen *Peter Hill*. Das Haustürschloß summte, und er betrat einen geräumigen Flur. Hill wohnte im zweiten Stock. Er wartete an der Wohnungstür.

«Sie haben es also ohne weiteres gefunden, wie ich sehe. Kommen Sie herein, Mr. Kroonen.»

Kroonen nickte. Er überlegte im stillen, ob er vorschlagen sollte, daß sie sich mit Vornamen anredeten, entschloß sich aber, die Entscheidung Hill zu überlassen. Er wußte ja auch gar nicht, was in dieser Hinsicht in diesem Land üblich war.

Die Wohnung, die er jetzt betrat, schien ihm typisch für einen Junggesellen zu sein. Es herrschte ein gewisses Durcheinander, und auf Kleinigkeiten wurde kein Wert gelegt. Eine Mischung aus neuen Möbeln, die wahrscheinlich in einem Möbelcenter eingekauft worden waren, und älteren, vielleicht Erbstücken oder Dingen, die andere Leute nicht mehr haben wollten und die in Secondhandshops erstanden worden waren. Im Wohnzimmer stand nur das Nötigste: ein Tisch und drei Stühle, eine Stehlampe, ein großer Schreibtischstuhl mit schwarzem Bezug, ein durchgesessenes Sofa auf Rollen, ein übervoller Papierkorb, ein Fernseher mit dem Videorecorder darunter, ein hohes Regal voller Bücher, die nach keinem erkennbaren System sortiert zu sein schienen. Auf dem Fußboden lagen einige Zeitungen. Neben dem Schreibtischstuhl ein Haufen zerknülltes Papier und neben der Schreibmaschine eine verbeulte Bierbüchse. Es roch nach Zigarettenrauch. So fremd ihm die Einrichtung auch war, Kroonen mußte zugestehen, daß sie eine gewisse Identität, ja Wohnlichkeit, jedenfalls Persönlichkeit ausstrahlte.

Er ging ans Fenster und blickte hinaus. Am hinteren Ende einer kurzen Straße befand sich ein kleiner Park mit einem großen Baum und zwei niedrigen, rot angestrichenen Holzhäusern mit grünen Fensterläden und Ziegeldach.

«Kaffee?» fragte Hill.

«Gern», antwortete Kroonen, stellte die Tasche auf den Tisch und nahm das Paket mit dem Videoband heraus.

«Hier ist der Film.»

«Ja», sagte Hill. «Das ist schnell gegangen. Deutsche Effektivität.»

Er verließ das Zimmer, und Kroonen folgte ihm durch einen Flur in die Küche. Auf dem Herd stand eine Kaffeekanne.

«Der ist ganz frisch aufgebrüht», bemerkte Hill und goß Kaffee in zwei Becher. «Zucker und Milch?»

Kroonen nickte. Mit ihren Bechern in der Hand gingen sie ins Wohnzimmer zurück.

«Schön wohnen Sie hier.»

«Ich habe Glück gehabt.» Hill setzte sich auf einen der Stühle am Eßtisch. «Die Wohnung gehörte meiner Großmutter, und ich durfte sie nach ihrem Tod übernehmen.» Er rührte in seinem Kaffee und fügte hinzu: «Nach meiner Scheidung.»

Kroonen setzte sich und zog seine Zigaretten heraus.

«Treffen Sie sich noch mit Ihrer früheren Frau?»

Hill blickte erstaunt auf, so als ob er diese Frage von dem anderen nicht erwartet hätte.

«Nein, aber wir telefonieren manchmal. Meistens geht es um praktische Sachen oder um die Kinder...»

Er trank einen Schluck Kaffee.

«Sie lebt seit einigen Jahren mit einem Mann zusammen. Einem Architekten in Malmö. Das ist natürlich viel besser. Ein Mann mit festen Einkünften und einer eigenen Firma.»

Kroonen steckte sich eine Zigarette an. Er war sich nicht sicher, ob der leicht ironische Kommentar nur dem Architekten in Malmö galt oder auch ihm selbst.

«So wie ich», sagte er.

Peter Hill sah ihn ein wenig verwundert an, bevor er begriff.

«Ich hab das wirklich so gemeint, Albert. Bist du verheiratet?» Er stockte, fuhr dann fort. «Hast du etwas dagegen, wenn ich Albert sage? Und du mich Peter nennst?»

«Nein, ganz im Gegenteil. Aber nenn mich Ab. So sagen meine Freunde zu mir. Ich wollte das schon selbst vorschlagen, aber ich weiß ja nicht, was üblich ist. Hier.»

«Wie schön», sagte Peter Hill und lächelte. «Mir ist es bei dir ebenso gegangen.» Er blickte auf das locker eingeschlagene Paket auf dem Tisch. «Wollen wir...»

Ohne Kroonens Reaktion abzuwarten, stand er auf, ging hin und ließ die Vorhänge vor den Fenstern herunter.

«Ich brauche deine Tochter nicht zu sehen, wenn du es nicht willst. Sie ist in dem Abschnitt, wo man dieses Boot sieht, ja nicht dabei, wenn ich dich richtig verstanden habe?»

Kroonen nahm das Papier weg und schob mit bittender Geste die Kassette zu Hill hinüber. Er sah, daß Hill die Frau auf dem Umschlag sofort erkannt hatte, und war dankbar dafür, daß er keine Bemerkung machte.

«Ich lasse sie mit doppelter Geschwindigkeit durchlaufen», sagte Peter Hill, nachdem er sich vor dem Videogerät hingehockt hatte. «Weißt du, wo sich dieser Abschnitt ungefähr befindet... am Anfang, in der Mitte oder am Schluß?»

«Nein, ich erinnere mich, daß davor eine Szene in einem Park kam, irgendwas mit einem Polizisten.»

Hill schob die Kassette in den Apparat, stellte den Fernseher an und suchte auf der Fernbedienung nach dem richtigen Kanal.

Dann kam er an den Tisch zurück und setzte sich, drückte auf einen Knopf, und auf dem Schirm wurde es hell.

«Ich lasse ihn einfach durchlaufen, bis du stop! sagst.»

Obwohl die Bilder sehr schnell vorbeiflimmerten, erkannte Kroonen sie wieder.

«Da sieh mal die Deutschen an!» sagte Peter Hill, während der Film weiterlief. «Ihre Kultur hörte plötzlich irgendwann gegen Ende des neunzehnten Jahrhunderts auf, und ein besonderes Gefühl für Humor haben sie wohl niemals entwickelt. Dies ist eines der Resultate davon. Pay-Video.»

Kroonen überlegte, ob er erzählt hatte, daß er Opel-Verkäufer war. Er konnte sich nicht daran erinnern.

«Tja, also», widersprach er. «Ich kenne eine ganze Reihe, mit denen man gut auskommen kann.»

«Aber klar. Ich auch. Außerdem ist dieser Film von meinen Landsleuten gedreht worden.»

Der Filmabschnitt mit dem Park und der Frau im Ledermantel kam ins Bild, und obwohl es sehr schnell ging, sagte Peter Hill: «Das sieht ja verdammt nach Humlegården aus.» Ein Gebäude schimmerte durch die Bäume, gerade als die Frau ihren Mantel auszog. «Na klar, das ist die Königliche Bibliothek. Man fragt sich wirklich, wann sie solche Szenen aufnehmen.»

Im nächsten Augenblick kam der Schenkel der Frau ins Bild mit 1 DM quer darüber in goldener Schrift.

«Wenn ich mich richtig erinnere, kommt es nach diesem hier.»

Kroonen war aufgestanden und machte einen Schritt auf den Fernseher zu, während Hill nach der Fernbedienung griff, um den Film mit normaler Geschwindigkeit weiterlaufen zu lassen.

Das Boot hieß wirklich *GALATEA*, und es war ohne Zweifel das gleiche Boot wie auf dem Foto in der Wohnung bei Mats' Mutter. Ein älteres Motorboot mit einem kleinen Aufbau, vor dem drei nackte Negerinnen lagen und sich sonnten. Kroonen konnte sich deutlich an das Bild erinnern, denn danach hatte er in Frankfurt den Film abgeschaltet, der Streifen, auf dem das rot und weiß angestrichene Boot wendete und auf eine niedrige, graue, zum Wasser hin abfallende Insel zufuhr. Danach hatte die Kamera die Frauen in Großaufnahme gezeigt, wie sie lässig aufeinander zukrochen. Eine von ihnen hatte sich ein weißes Badehandtuch um den Kopf gewickelt.

Während sich zwei von ihnen küßten, glitt die Kamera weiter zu der dritten, die sich auf die Knie erhoben hatte und auf den Aufbau zurutschte. Zwischen ihrem glänzenden Körper und dem Aufbau sah man graue Klippen, Schilf und kerzenartige Blumen.

«Das muß im Schärengarten sein», stellte Hill fest. Seine Stimme hörte sich jetzt anders an. Etwas milder, aber auch angespannter. Er lehnte sich über den Tisch nach vorne, beide Hände hatte er um den Kaffeebecher gelegt.

«Verdammt schade, daß das kein Naturfilm ist», sagte er.

Das einzige Geräusch, das zu hören war, kam vom Wasser, aber dann war ein prasselnder Laut zu hören, und die Kamera schwenkte auf denjenigen, der das Boot steuerte, einen mageren dunkelhaarigen Mann in Shorts. Trotz seiner schmächtigen Statur hatte er kräftige Schultern, die einen starken Gegensatz zu seinem vogelartigen Profil bildeten. Seine dunklen Augen wandten sich der Negerin zu, die sich hinter ihn stellte und ihre Hände über seinen Bauch und in seine Hose hineingleiten ließ.

Kroonen saß regungslos da und starrte auf den Bildschirm, er scheute Hills Blick. Als die Frau auf die Knie sank, blieb das Bild einige Sekunden stehen, und wieder stand da die Aufforderung, 1 DM zu bezahlen.

«Eine DM für eine halbe Minute», brummte Hill.

Die Negerin sank weiter hinunter, die Shorts des Mannes verschwanden mit einem Ruck nach unten, denn Hill drückte auf schnellen Vorlauf. Schweigend blickten sie auf die vorbeirasenden Bilder, bis die Kamera wieder einen Hintergrund aufnahm. Das Boot legte nicht bei der Insel an, sondern es sah aus, als ob es sie umrunden wollte. Peter Hill drückte die Pausentaste. Jetzt durchschnitt die rot gestrichene Reling des Bootes das Bild ungefähr in der Mitte. Im oberen Teil des Bildes, ungefähr zwanzig Meter hinter dem Boot, war ein Teil der Insel zu sehen, eine kahle Granitklippe und eine rot gestrichene Hütte, die durch einige Kiefern hindurch zu erkennen war.

Hill schüttelte den Kopf und ließ den Film wieder weiterlaufen, aber die Totale war offenbar auch die letzte Aufnahme des Films, denn direkt danach wurden die Filmemacher auf schwarzem Hintergrund namentlich aufgeführt.

«Verdammter Mist», fluchte Hill. «Willst du auch noch mehr Kaffee haben?»

«Gern.» Kroonen kam mit hinaus in die Küche, wobei er sich eine Zigarette ansteckte.

«Na, sagt dir das etwas?»

«Ja klar, das ist der Schärengarten, aber...» Hill zog eine Grimasse. «Wir gehen rein.»

Er gab Kroonen dessen wieder gefüllten Becher, und der fragte:

«Was denn? Was meinst du?»

Er blieb in der Anrichte stehen.

«Es ist sinnlos, da zu suchen. Skärgården besteht aus mehreren tausend Inseln, die sich auf einer Küstenstrecke von mindestens zweihundert Kilometern verteilen.»

Er ging voraus zurück ins Wohnzimmer.

«Es ist unmöglich, zu sagen, wo gerade diese Insel liegt. Es ist zwecklos, Ab.»

Kroonen war beinahe gerührt, daß Hill ihn jetzt Ab nannte, aber er fragte:

«Wieso sinnlos? Das ist doch nicht unmöglich. Wir können uns ein Boot mieten und zwischen den Inseln umherfahren. Die Leute müssen sie doch gesehen haben, sie oder das Boot. Die müssen doch

Lebensmittel und andere Sachen eingekauft haben, man kann nicht wochenlang auf einer Insel sitzen, ohne daß jemand darauf aufmerksam wird.»

«Wie kommst du darauf, daß sie überhaupt da sind?» Peter Hill schüttelte mit dem Kopf. «Das Boot hat nichts zu sagen... Sicher, es ist Mats' Boot, aber das heißt doch nicht, daß er jetzt mit dem Boot draußen in Skärgården ist. Es geht nicht, daß man sich einfach auf so einer Insel aufhält. Da kann nicht jeder einfach rauf. Um diese Jahreszeit muß man auch ein Dach über dem Kopf haben. Man muß ein Haus haben, und längst nicht jeder hat das Glück, ein Haus in Skärgården zu besitzen.»

Er lächelte, und Kroonen spürte, wie das Mitgefühl in diesem Lächeln bei ihm Kraftlosigkeit auslöste. Als ob Hill begriff, was er fühlte, legte er eine Hand auf Kroonens Arm und sagte:

«Wenn nun Säpo hinter ihnen her ist? Oder die Polizei. Meinst du nicht, daß die schon lange daran gedacht haben? Wenn Chris sich mit Mats da aufhalten würde, wären sie schon längst gefunden worden. Bei solchen Dingen ist Säpo verdammt effektiv, darauf kannst du dich verlassen.»

Er zog die Hand zurück und trank etwas Kaffee.

«Aber niemand hat sie gefunden.»

Kroonen rauchte schweigend und vermied es, Hill anzublicken. Er starrte aus dem Fenster, die Bilder aus dem Film immer noch vor Augen. War Mats der Kameramann gewesen? Und war Chris dabeigewesen? Hatte sie auf einem anderen Boot gestanden, während er solchen Mist filmte?

Hill unterbrach seine Gedanken.

«Mir ist eine Idee gekommen, Ab. Du mußt wahrscheinlich bald nach Amsterdam zurück?»

Kroonen sah ihn verständnislos an.

«Paß auf, Ab. Sie sprach von einem Holländer, der sie reich machen würde, stimmt's?»

Kroonen nickte, und Hill nickte begeistert zurück.

«Ja, und wir sind die ganze Zeit davon ausgegangen, daß das hier geschehen sollte, nicht wahr?»

«Was meinst du?» Kroonen zögerte.

Hill fuhr eifrig fort:

«Wovon hat uns Kiki Andersson erzählt? Als sie sie das letzte Mal gesehen hat, war sie dabei, sich als Greta Garbo zu verkleiden, nicht?»

Peter Hill war aufgestanden und lief im Zimmer auf und ab.

«Und sie sprach von einem Treffen mit einem Landsmann... also einem Holländer...»

Er drehte sich um und blickte Kroonen an.

«Es scheint doch naheliegend, daß dieses Treffen hier stattfinden sollte, in Stockholm, genau wie wir geglaubt haben, aber nimm mal an, daß eben das nicht geplant war. Vielleicht war die Verkleidung nur gewählt, um unbemerkt aus dem Land zu verschwinden? Daß das Treffen mit dem Landsmann in Holland stattfinden sollte? Und daß Mats später nachkommen sollte? Daß sie hingeflogen ist und sich vielleicht jetzt dort aufhält?»

«Aber wozu brauchte sie den Kassettenrecorder?»

Hill war eine Weile lang still. Dann zuckte er mit den Schultern.

«Keinen blassen Schimmer. Wozu braucht man so einen Kassettenrecorder? Um irgendwas aufzunehmen, um sich irgendwas anzuhören? Vielleicht hat sie hier was aufgenommen, was sie in Holland vorspielen wollte...»

Peter Hill zog eine zerknüllte Zigarettenpackung aus der Hosentasche, stellte fest, daß sie leer war und nahm eine Zigarette aus dem Paket, das Kroonen ihm über den Tisch schob.

«Und wie du dich erinnerst, hat Kiki gesagt, daß Chris nichts dagelassen hat. Keine persönlichen Papiere, keinen Paß. Und sie ist ja tatsächlich so spurlos verschwunden, daß nicht mal Säpo sie finden kann.»

«Aber warum sind die dann immer noch an ihr interessiert?»

Peter Hill nahm einen tiefen Zug aus seiner Zigarette, ehe er antwortete.

«Ich weiß es nicht. Wahrscheinlich haben die inzwischen sowohl die holländische Polizei als auch Interpol kontaktet, wenn sie sie wirklich haben wollen. Aber ich finde, du solltest nach Hause fahren und sie bei der Polizei in Amsterdam als vermißt melden. Das kann doch einen Versuch wert sein, auch wenn sie hier zuletzt gesehen wurde. Es scheint doch absurd, daß sie sich länger als einen Monat lang hier im Land versteckt hält, oder nicht? Ich glaube, nicht mal in Skärgården kann sich jemand so lange unbemerkt aufhalten.»

«Nein», bestätigte Kroonen, «wahrscheinlich hast du recht.»

Er dachte an Heleen und daß sie sich wahrscheinlich Sorgen machte, weil er so lange fortblieb, und daß es erheblich einfacher für ihn war, ihr all das über Chris zu Hause zu erzählen statt am Telefon. Außerdem mußte er auch an die Firma denken. Hier in Stockholm konnte er sowieso nicht mehr viel tun, und er hatte ja Hill, als Kontaktperson. Hill blickte Kroonen an und verstand, daß seine Argumentation ihm geholfen hatte, einen Entschluß zu fassen.

«Willst du einen Drink?» fragte Peter Hill.

Kroonen nickte.

Hill lächelte verlegen. «Dann muß ich mal eben rausgehen und einkaufen», gab er zu. «Das war das letzte, was ich im Haus hatte.» Er nickte zu der verbeulten Bierdose neben der Schreibmaschine hin.

Kroonen nickte wieder. «Darf ich mal telefonieren?»

«Selbstverständlich. Willst du deine Frau anrufen?»

«Nein. Den Flughafen. Es ist wohl das beste, wenn ich nach Hause reise.»

Hill blickte ihn schweigend an.

«Am liebsten noch heute abend», sagte Kroonen.

«Natürlich, Ab. Klar. Ich verstehe.»

VIII

«Ein Videoband», sagte Bo Wester nachdenklich. «Warum läßt er sich aus Frankfurt einen Film nachschicken, noch dazu für soviel Geld. Was hat das eigentlich gekostet?»

«Beinahe tausend Kronen», antwortete Hellström. Er war ein Mann Mitte Dreißig und imponierend groß. Er trug ein gestreiftes Oberhemd und eine offene Lederweste, die Platz genug ließ für den Bierbauch.

«Ein Pornofilm», fuhr er fort. Nach Aussage des Hoteldirektors heißt er ‹Mädchen, die es schwedisch machen›. Kannst du dir vorstellen, was die tun?»

«Und die hatten keine weitere Kopie?»

«Nein. Der Film gehörte zum Grundbestand des Hotels an Videofilmen. Du weißt, wenn man nachts aufwacht und keine Lust hat, auszugehen. Man bezahlt eine DM für jede halbe Minute.»

Wester schwieg und blickte aus dem Fenster. Über den Dächern strahlte die Sonne von einem tiefblauen Himmel, und obwohl das Fenster geschlossen war, bildete er sich ein, den kühlen Duft des Herbstes zu spüren.

«Hast du jemanden bei Hills Haus?»

Hellström nickte zustimmend. «Ja. Pettersson.»

«Und?»

«Der Holländer verließ um halb fünf das Hotel. Kurz vor fünf kam er in Högbergsgatan an. Zehn Minuten später zog jemand die Vorhänge zu. Also...»

«Ja», sagte Wester nachdenklich und streckte die Hand nach der Zigarrenkiste aus. Er wollte sich gerade eine Zigarre anstecken, als das Telefon klingelte. Er nickte Hellström zu, der sofort den Hörer abnahm.

«Ja?»

Hellström hörte zu, während seine wasserblauen Augen Wester gleichgültig musterten.

«Ja... Arlanda?»

Wester blickte erstaunt von der Flamme auf, die um die Spitze seiner Zigarre flackerte.

«Einen Moment.»

Hellström blickte jetzt fragend, er nahm den Hörer an das andere Ohr und machte mit der rechten Hand Schreibbewegungen. Wester schob einen Schreibblock und einen Stift zu ihm hinüber.

«SAS 714 nach Amsterdam ... Business-class ... okay. Wie bitte? Einen Moment...»

Die große Hand schloß sich um das Mikrofon des Telefonhörers.

«Der Holländer hat eben einen Flug nach Amsterdam gebucht, noch heute abend. Pettersson will wissen, was er machen soll. Nach Arlanda fahren oder in Högbergsgatan bleiben?»

Wester zog die Stirn in Falten und blickte wieder aus dem Fenster. Dicht über den Dächern flog ein Flugzeug lautlos vorbei.

«Wann?» fragte Wester.

«Wann?» fragte Hellström in den Hörer.

«Abflug zweiundzwanzig Uhr fünfzehn», sagte er und hielt den Hörer wieder zu.

Wester blickte auf seine Uhr und zog an seiner Zigarre, die schief abbrannte.

«Sag ihm, er soll da bleiben, wo er ist.»

Hellström hob die Augenbrauen und sagte in den Hörer: «Stefan? Bleib du da stehen... Ja... Ja...»

«Falls Hill ausgeht», erklärte Wester. Er stand auf und machte eine Runde durch das Zimmer, mit der Zigarre im Mundwinkel. «Er soll aufpassen, ob dieser Holländer das Videoband mitnimmt. Und sonst, sobald Hill auch rausgeht, will ich diesen Film so schnell wie möglich hierherhaben.»

Hellström nickte und gab ins Telefon weiter, was Wester gesagt hatte. Währenddessen öffnete Wester die Tür und wies eine Sekretärin an: «Lena, ich will heute abend eine Viertelstunde vor neun einen Wagen für eine Fahrt nach Arlanda haben.»

Seine Sekretärin blickte von der Schreibmaschine auf.

«Mit oder ohne Fahrer?»

Wester überlegte einen Moment.

«Ohne», antwortete er dann. «Und sieh zu, daß ich in Arlanda ein Zimmer zur Verfügung habe.»

«Hier», sagte Kroonen und gab Hill seine Karte. «Es war nett von dir, daß du mich begleitet hast.» Er blickte auf das Taxameter und gab dem Fahrer mehr als das Doppelte des angezeigten Preises. «Das wenigste, was ich für dich tun kann, ist, die Rückfahrt in die Stadt zu bezahlen.»

Peter Hill wollte protestieren, aber der Fahrer sagte: «Ich fahre ein Stück vor und warte dort», schlug die Tür zu und rollte ein Ende weit vor.

Kroonen ging mit seinem Schweinslederkoffer vor ihm her in die Abfertigungshalle. Dort war es ungewöhnlich still und leer.

«Da drüben», sagte Peter Hill und nickte zu dem langen Schaltertisch hin. «Business-class, nicht wahr?»

Hill wartete an dem Zeitungskiosk und las die Überschriften, bis Kroonen eingecheckt hatte. Er kam ihm entgegen, und gemeinsam gingen sie langsam durch die große Halle, Kroonen mit seiner Aktentasche und seiner Bordkarte in der Hand.

«Was wirst du jetzt tun?» fragte er.

«Nach Hause fahren», antwortete Peter Hill.

Kroonen lachte. «Tatsächlich?»

«Ehrlich gesagt, weiß ich es nicht.» Er zuckte mit den Schultern. «Ich möchte gern versuchen, irgendwie...»

Kroonen schwieg.

«Wenn Blom recht hat, handelt es sich um etwas Wichtiges», fuhr Hill fort. «Und laut Kiki Andersson sprach deine Tochter von einem bedeutenden Landsmann. Einem Holländer. Hier gibt es nur wenige Holländer und kaum einen berühmten darunter. Vielleicht kann ich bei der Zeitung ein wenig forschen.»

«Wonach eigentlich?»

«Tja, weiß ich auch nicht. Kiki sagte doch, sie hätte Christine zuletzt am zehnten August gesehen. Vielleicht steht an diesem Tag etwas über einen Holländer in der Zeitung. Was weiß ich. Vielleicht kann auch Blom mit einigen zusätzlichen Angaben weiterhelfen. Über alte Kollegen. Oder so was.»

Sie waren an der Kontrolle angekommen, wo eine Gesellschaft aus kunterbunt gekleideten Inderinnen stand und wartete.

Kroonen streckte die Hand aus.

«Du rufst doch an?»

Hill nahm Kroonens Hand. Die fühlte sich warm an.

«Natürlich!»

«Und... ich möchte mich bei dir bedanken...»

Es sah so aus, als ob Kroonen noch mehr sagen wollte, aber plötzlich zog er seine Hand zurück, nickte, drehte sich um und ging an den Frauen vorbei zur Kontrolle.

Hill drehte sich ebenfalls um. Steuerte auf den Ausgang zu. Draußen zögerte er einen Moment und überlegte, daß er sich vielleicht hätte umdrehen und Kroonen zuwinken sollen, der ihm möglicherweise nachschaute. Dann ging er zum Taxi.

Kaum eine Minute später kam ein rotgesichtiger Mann mit Stoppelhaaren durch die Eingangstür und ging mit schnellen Schritten direkt auf die Paßkontrolle zu. Dort war Kroonen schon vorbei, aber die Frau am Schalter nickte nachdrücklich, als er nach ihm fragte, und er ging durch den schmalen Gang weiter.

Wester beschleunigte seine Schritte. Er wußte, daß es noch fünfundvierzig Minuten dauerte, bis die Maschine nach Amsterdam startete, aber er wollte Kroonen erwischen, ehe der in die Abflughalle ging. Er sah ihn hinten an der Bar, einen breitschultrigen Mann im Anzug und mit dem zusammengefalteten Mantel über einem Arm und der Aktentasche in der anderen Hand.

«Mr. Kroonen?»

Der Mann, der ihn erstaunt ansah, glich der Person auf den Polaroidbildern, die Hellström gezeigt hatte, nicht sehr, aber es war zweifellos Kroonen. Für Wester war es keine ungewöhnliche Situation, jemanden, der keine Ahnung hatte, wer er war, davon zu überzeugen, daß der Betreffende ihm zu folgen hatte. Er wußte, daß jede erfundene Geschichte nur Mißtrauen wecken würde, daher zog er sofort seinen Dienstausweis heraus und zeigte ihn.

«Ich heiße Wester, wie Sie unten links sehen», sagte er. «Das Foto ist leider schon etwas veraltet.» Er wußte auch, daß nicht das Foto, sondern das Wort *POLIZEI* den Blick des anderen fesseln würde.

«Was wollen Sie?»

«Ich möchte nur ein wenig mit Ihnen sprechen, Mr. Kroonen.»

«Worüber?»

Kroonens Miene, die zuerst nur Verwunderung ausgedrückt hatte, zeigte jetzt Mißtrauen. «Ich bin auf dem Weg nach Amsterdam», erklärte er.

«Das weiß ich. Sie haben noch fünfundvierzig Minuten Zeit.»

«Aber was soll das denn, verdammt noch mal. Ich bin auf dem Weg nach Hause.»

Bo Wester dachte beinahe zufrieden daran, daß Wut oftmals ein Zeichen von Angst war.

«Es dreht sich um Ihre Tochter Christine.»

Einige Sekunden lang blickten sie sich schweigend an.

«Oh», sagte Kroonen dann, und seine Stimme klang deutlich milder. «Wissen Sie... Wissen Sie, wo sie ist?»

«Wenn Sie mir bitte folgen würden, Mr. Kroonen.» Wester nahm scheinbar zufällig Kroonens Arm. «Hier läßt sich schlecht darüber reden.»

«Aber meine Maschine...»

«Das geht schon klar, Mr. Kroonen.»

Kroonen folgte Wester durch die Halle zu einer Treppe, die zu einer Empore über der Halle führte. Wester ging weiter zu einer Tür, wo er anklopfte. Die Tür wurde beinahe sofort von einer Frau in schwarzem Rock und hochgeschlossener weißer Bluse geöffnet. Wester nickte und ging durch einen kurzen Flur auf eine weitere Tür zu.

Dahinter befand sich ein kleines Büro mit einem Schreibtisch, einigen Stühlen und ein paar Sesseln an einem niedrigen Glastisch.

«Bitte nehmen Sie Platz», sagte Wester und setzte sich selbst in einen der Sessel. «Wollen Sie etwas zu trinken haben?»

«Nein, danke.»

Kroonen setzte sich. «Woher wissen Sie, wie ich heiße?» fragte er.

Er stellte die Aktentasche neben sich auf den Fußboden, behielt aber den Mantel im Arm.

Wester zog eine Schachtel mit Zigarren aus der Tasche seines Jacketts und hielt sie Kroonen hin.

«Holländische», sagte er. «Die besten, die es gibt. Aus Sumatra. Vorteil einer Kolonialmacht.»

Kroonen schüttelte mit dem Kopf und wartete auf eine Antwort.

«Vor einigen Tagen sind Sie zum Polizeihaus gegangen, stimmt's?»

Er rollte die Zigarre zwischen dem Daumen und dem Zeigefinger, bevor er sie zwischen die Lippen steckte und anzündete. «Sie wollten sich nach Ihrer Tochter erkundigen.»

Er blies etwas Rauch in die Luft und blickte Kroonen freundlich an.

«Und dann sind Sie in Kontakt mit einem hiesigen Journalisten gekommen. Mit Peter Hill.»

Kroonen sah ihn schweigend an.

«Warum suchen Sie nach meiner Tochter?» fragte er nach einer Weile.

«Wissen Sie das nicht?»

«Nein, das weiß ich nicht. Ich weiß nicht mal, wo sie sich aufhält. Was hat sie getan?»

Wester pustete Rauch gegen die Zimmerdecke.

«Nichts.»

«Aber...»

«Mr. Kroonen, ich will, soweit es mir möglich ist, mit offenen Karten spielen. Ich will Ihnen erzählen, was ich weiß, aber Sie müssen verstehen, daß ich selbst auch nicht alles über diese Sache weiß. Leider. Wollen Sie uns helfen?»

«Uns?»

«Der Polizei.»

Im Zimmer wurde es still, aber von draußen hörte man das Geräusch einer Maschine, die gerade landete.

«Peter Hill», fragte Wester. «Wie gut kennen Sie ihn?»

«Ich kenne ihn kaum», antwortete Kroonen.

Er sah plötzlich sehr müde aus. Verzweifelt, überlegte Bo Wester. Bleich und viel älter, als er eigentlich den Angaben nach, die er erhalten hatte, war.

«Von der Polizei habe ich erfahren, daß meine Tochter mit einer Frau zusammen wohnt, die Kiki Andersson heißt. Als ich dort war, kam Hill. Er sagte, daß er meine Tochter in Zusammenhang mit einer Auftragsarbeit suchte.»

«Auftragsarbeit?»

«Ja, das hat er gesagt.»

Wester lachte leise, und Kroonen sah ihn fragend an.

«Herr Hill *hat* keinen Auftrag, Mr. Kroonen», erklärte Wester.

«Aber das können Sie ja nicht wissen.» Er beugte sich vornüber. «Ich will Ihnen sagen, wer Hill ist. Also er *war* tatsächlich früher Journalist. Und nicht mal ein schlechter. Er hatte sogar einen guten Ruf bei den Lesern.»

In Westers kurzem Lachen war auch ein ironischer Klang mitzuhören, und Kroonen fragte:

«Was meinen Sie?»

«Peter Hill ist, wenn man so sagen will, gegen das Establishment, Mr. Kroonen. Oder, besser gesagt, er ist ein Mensch, der selbst zu nichts gekommen ist und seine Erfolglosigkeit mit großem Geschick auf diejenigen projiziert, die es geschafft haben. Verstehen Sie, was ich meine?»

«Was denn? Daß er geschieden ist und allein lebt?»

Wester zog erstaunt die Augenbrauen hoch. «Nein, das war nicht ganz das, was ich meinte. Er ist geschieden, das stimmt, und daß seine Frau ihn verlassen hat, hat wiederum mit seiner Mentalität zu tun. Einer Mentalität, die unter anderem die Überzeugung einschließt, daß das Eheleben nicht gut ist. Daß man allen Institutionen mißtrauen muß. Daß unsere demokratisch gewählten Politiker korrupt und verdorben sind, daß Menschen, die zwischen neun und fünf arbeiten und ihr regelmäßiges Einkommen haben, Dummköpfe sind...» Wester unterbrach sich einen Moment. «Sie besitzen ein Unternehmen in Holland, nicht wahr?»

«Ja», antwortete Kroonen verwundert. «Eine Autofirma.»

Er drehte sich in dem unbequemen Sessel hin und her und wünschte sich, daß er um etwas zu trinken gebeten hätte.

«Ich nehme an, Sie arbeiten hart für Ihre Firma, und das befriedigt Sie auch. Aber in Hills Augen sind Sie ein Mensch der Mittelklasse, der nur an seinen eigenen Gewinn denkt. Ich will Ihnen etwas erzählen, Mr. Kroonen.» Wieder rückte er näher heran, und seine Knie stießen gegen die Kante des Glastisches. «Hill ist bei seiner Zeitung entlassen worden, weil er Klatsch und die Unwahrheit über Personen in hohen Positionen verbreitete.»

Wester lehnte sich zurück und nahm einen tiefen Zug aus seiner Zigarre. Er sah die Verwirrung in Kroonens Blick. Aber das brachte ihm keine Befriedigung. Er faßte es nur als eine logische Folge auf.

«Hat Hill Ihnen erzählt, warum er so an Ihrer Tochter interessiert ist?»

Kroonen starrte auf seine Hände. Er antwortete nicht.

«Mr. Kroonen, Hill nutzt Sie nur aus... Doch, sicher», sprach er weiter, als Kroonen mit einem Ruck aufblickte. «Das stimmt wirklich! Es mag sein, daß Hill nicht länger als Journalist arbeitet, aber er hat es nicht verlernt, im Dreck herumzustochern. Was hat er Ihnen gegenüber zur Begründung angegeben?»

Westers Stimme hörte sich schärfer als beabsichtigt an, aber Kroonen schien das nicht zu bemerken.

«Er hatte etwas von einem Polizisten gehört», sagte er tonlos.

«Einem Polizisten im Ruhestand, der Blom heißt. Laut Hill hatten meine Tochter und ihr... ihr Freund irgend etwas getan, was mit Geld zu tun hatte...»

«Mats Berggren?»

«Ja.»

«Und gestern sind Sie zu seiner Mutter nach Brandbergen gefahren.»

Kroonen blickte ihn an. «Sie wissen ja alles, warum fragen Sie dann?»

Wester schüttelte mit dem Kopf. «Leider weiß ich nicht alles, Mr. Kroonen. Sonst wäre ich nicht hier. Sie haben meine Frage immer noch nicht beantwortet. Warum ist Hill so an Ihnen und Ihrer Tochter interessiert?»

Da Kroonen schwieg, sprach Wester nach einer Weile weiter:

«Weil er Sie braucht, Mr. Kroonen. Er arbeitet mit Ihnen zusammen, und er ist besonders freundlich zu Ihnen, aber sein einziges Ziel ist sein eigener Gewinn.» Er schwieg einige Sekunden und fuhr dann fort: «Verstehen Sie?»

Diesmal war er befriedigt darüber, daß der andere zögernd nickte. Er beugte sich vor und legte eine Hand auf Kroonens Knie.

«Ihre Tochter hat nichts Schlimmes getan. Wir suchen Mats Berggren. Das ist die alte bekannte Geschichte. Ein junges verliebtes Mädchen, wie klug sie auch immer sein mag, wird blind gegenüber den tatsächlichen Beweggründen des Geliebten. Sie wissen, daß Berggren sich mit Pornographie beschäftigt?»

«Ja.»

Wester runzelte wieder die Stirn vor Verwunderung. Er sagte: «Berggren hat einen Film gedreht, der für jemanden kompromittierend ist.»

In Kroonens Augen blitzte es.

«Jemanden, der nicht kompromittiert werden dürfte. Es handelt sich um Erpressung.»

«Um Gottes willen», flüsterte Kroonen. «Und Chris...»

«Entschuldigung?»

«Ist... ist meine Tochter da hineingezogen worden?» Kroonens Stimme stieg beinahe um eine Oktave, und er fummelte nervös an dem Mantel auf seinem Knie.

«Nein. Ich habe schon gesagt, daß sie unschuldig ist.» Wester legte wieder seine Hand auf Kroonens Knie. «Sie brauchen sich nicht aufzuregen, wir finden sie.»

«Und was will Hill dabei?»

«Was ich gesagt habe. Er ist auf die eine oder andere Weise dahintergekommen. Sie haben heute einen Film aus Deutschland bekommen.»

Kroonen war verblüfft und nickte unfreiwillig.

«Und Sie haben den bei Hill angesehen, warum?»

Kroonen schwieg und schüttelte mit dem Kopf.

«Haben Sie mit Ihrer Tochter gesprochen, Mr. Kroonen?»

«Nein.»

Wester lächelte.

«Ich glaube Ihnen, aber ich will den Film sehen, Mr. Kroonen, verstehen Sie?»

«Das ist nicht der gleiche Film.»

«Lassen Sie ihn uns trotzdem ansehen.»

Kroonen stand plötzlich auf, und Wester blickte ihn erstaunt an.

«Nein», erklärte Kroonen. «Daran habe ich überhaupt kein Interesse. Ich bin holländischer Staatsbürger und werde jetzt nach Hause fliegen. Es tut mir leid, aber es liegt mir viel daran, dieses Flugzeug zu erreichen.»

Wester sagte gar nichts. Er blickte zu Kroonen, der jetzt nervös und ohne ersichtlichen Grund anfing, seinen Mantel anzuziehen.

«Außerdem habe ich diesen Film gar nicht», sprach er weiter. «Sondern Hill.»

«Sie irren sich», entgegnete Wester. Er legte die halb aufgerauchte Zigarre in den Aschenbecher und stand auf.

«Der Film ist bei Säpo. Sagt Ihnen das was? Säpo?»

Kroonen stand regungslos da, einen Arm hatte er halbwegs durch den Ärmel des Mantels geschoben.

«Wenn wir uns den Film angesehen haben, können Sie morgen mit dem Flugzeug nach Hause reisen», sagte Wester. Er wies auf die Tür. «Kommen Sie mit?»

IX

Sein Traum war schlagartig zu Ende, als eine Stimme «Mir geht es schlecht» direkt in sein rechtes Ohr brüllte. Ach du heiliger Strohsack, was war denn jetzt los? Es dauerte einige Sekunden, ehe er begriff, und weitere, bis er den richtigen Knopf fand.

Peter Hill hatte den Radiowecker von seinen Kindern zum Geburtstag bekommen, ihn aber jetzt zum erstenmal als Wecker benutzt. Er bezweifelte, daß er das Experiment jemals wiederholen würde, und streckte sich im Bett aus, während er sich vergeblich an den Traum zu erinnern suchte, der seiner Ahnung nach angenehm gewesen sein mußte. Er konnte sich vorstellen, von einem Klavierstück geweckt zu werden – Chopin oder Satie –, aber der neueste Hit von Magnus Uggla war wie ein Schock mitten im schönsten Schlaf.

Die leuchtenden Digitalziffern zeigten 09.03.

Er zog sich mühsam den Morgenrock über, der achtlos auf den Fußboden geworfen worden war, ging hinaus in die Küche und schüttelte zwei Treo-Kopfschmerztabletten in ein Cocktailglas, das er dann mit Wasser auffüllte. Während er darauf wartete, daß die Tabletten sich auflösten, kochte er Kaffee. Das Glas leerte er stehend an der Spüle, und den Kaffee nahm er mit und trank ihn, während er sich anzog und rasierte.

Durch das offene Fenster kamen Verkehrslärm und Abgase, aber auch ein milder Luftzug, und als er den Kopf hinausstreckte, stellte er fest, daß der Himmel blau war und die Leute unten auf der Straße immer noch Sommerkleidung trugen. Ein Feuerwehrauto näherte sich mit heulenden Sirenen, und als er das Fenster schloß, fiel ihm ein, was sein alter Lehrer auf der Journalistenschule immer gesagt hatte: «Ein echter Reporter, der im Bett liegt und mitten in der Nacht die Feuerwehr vorbeifahren hört, steigt in seine Kleider, schwingt sich auf sein Fahrrad und begibt sich zur Brandstelle.»

Er lächelte vor sich hin und dachte an den alten Redakteur und daran, wie idyllisch Stockholm damals gewesen sein mußte, als der ein junger Journalist gewesen war. Er selbst besaß weder ein Fahrrad noch ein Auto, und als er in die milde Luft hinaustrat, entschloß er sich, zu Fuß zur Zeitung zu gehen.

Ein Landsmann, der Christine und Mats reich machen sollte. Peter Hill wußte genau, an wen er sich mit der Frage wenden mußte, ob sich an dem aktuellen Tag ein prominenter Holländer in Stockholm aufgehalten hatte. Lindström war derjenige Journalist in der Redaktion, der sich über alle renommierten Besucher am besten informiert hielt, unabhängig davon, ob es sich um Politiker, Staatsmänner, Topleute aus der Finanzwelt oder bekannte Namen aus dem Showbusiness handelte.

Es war beinahe elf, als er ankam und den Fahrstuhl hinauf in die Zentralredaktion nahm. Er grüßte einige Kollegen, als er auf der Suche nach Lindström an ihren Tischen vorbeikam, und zwei von ihnen sagten: «Tag, Hill, hast du denn nicht aufgehört, hier zu arbeiten?»

Lindström telefonierte, und als Hill zu seinem Schreibtisch kam, hob er eine Hand und zeigte mit der Handfläche an, daß er jemandem zuhörte. Hill steckte sich eine Zigarette an und wartete. Nach einer Weile beendete Lindström das Telefonat und sagte im gleichen Moment:

«Du mußt entschuldigen, aber ich habe jetzt keine Zeit für dich. Ich hab jede Menge zu tun.»

«Was machst du denn gerade?» wollte Hill wissen.

Lindström hatte bereits den Hörer abgehoben und begonnen, eine Nummer zu wählen.

«Dieser Mord in Göteborg vor vier Wochen. Direktor Gunnar Lundström, du weißt ja. Die Polizei kommt nicht weiter, und wir nehmen die Sache jetzt wieder auf. Ich habe viele Telefonate zu führen. Und einen Artikel zu redigieren. Tut mir leid, aber wir müssen uns ein andermal unterhalten.»

Er winkte Hill entschuldigend zu und sprach wieder ins Telefon.

Peter Hill hatte von dem Mord in Göteborg gelesen. Ein ihm nicht bekannter, aber in Westschweden offenbar angesehener Direktor war in dem Waldstück, in dem er zu joggen pflegte, erschossen aufgefunden worden. Peter Hill hatte die Zeitungen in der letzten Zeit nur oberflächlich gelesen, und es war ihm nicht weiter aufgefallen, daß der Fall nicht aufgeklärt worden war.

Nun ja, wenn Lindström ihm nicht half, mußte er wohl oder übel selbst an die Arbeit gehen.

Er fuhr mit dem Fahrstuhl hinunter ins Archiv, bat um den Band mit der ersten Augusthälfte und ließ sich mit dem großen schwarzen Ordner an einem Tisch nieder.

Zuerst las er die Nummer vom Zehnten sorgfältig durch, dem Tag also, an dem Kiki gesehen hatte, wie Christine sich als Greta Garbo verkleidete, und gehört hatte, daß sie sich mit einem Landsmann treffen wollte. Er fand nichts über einen holländischen Besuch.

Er blätterte zurück. Am Neunten stand nichts über einen Holländer drin, auch nicht am Achten. Er begann die Hoffnung aufzugeben, machte aber weiter und fand endlich den Hinweis. Am siebten August stand in einer Mitteilung auf Seite fünfzehn, daß eine holländische Handelsdelegation mit Staatssekretär Onno Rüter an der Spitze sich in Stockholm befand, um unter anderem mit dem Handelsminister zusammenzutreffen und Fragen der wirtschaftlichen Zusammenarbeit zwischen beiden Ländern zu diskutieren. Die Delegation würde im Laufe der Woche auch diejenigen Konzerne und Unternehmen besuchen, die an dieser Zusammenarbeit beteiligt waren.

Konnte einer dieser Holländer derjenige sein, der Christine Kroonen reich machen sollte? Und wenn das der Fall war, wie? Und wodurch?

Er las auch die Nummern mit Datum nach dem Zehnten durch, fand aber nichts mehr über die holländische Delegation.

Er gab den Band zurück, ging hinüber zum nahegelegenen Archiv des Konkurrenzblattes und schlug in dessen Bänden nach. Auch da fand er eine Notiz gleichen Inhalts. Mit dem Unterschied allerdings, daß man hier erwähnte, daß die Delegation auch den Industrieminister treffen würde und daß einige der Konzernchefs, die besucht werden sollten, namentlich aufgeführt wurden.

Peter Hill ließ die Zeitungsgebäude hinter sich und begann, in Richtung Zentrum zu gehen, dabei überlegte er.

Mitglieder einer Delegation von sechs Personen von solch hohem Rang mußten doch wohl als VIP angesehen werden. Und sehr bedeutende Personen, die Stockholm besuchten, wurden üblicherweise im *Grand Hôtel* untergebracht. Und im *Grand Hôtel* hatte Peter Hill einen alten Bekannten. Wenn sie nicht den Portier gewechselt hatten, seit er zuletzt dort gewesen war, und das war ziemlich lange her.

Der Portier, der Bodin hieß, und er waren an einem feuchtkalten

Februarabend vor zwölf Jahren Freunde geworden, damals als Peter Hill ein Jahr lang Filmkritiker seiner Zeitung gewesen war. Ein Regisseur aus Hollywood hatte im Hotel eine Pressekonferenz gegeben, und als Peter Hill nach dem Empfang auf dem Weg zu dem Wagen war, über den er damals verfügte, traf er vor dem Eingang auf Bodin. Bodin war nach der Arbeit auf dem Heimweg, die Luft hing voller großer, nasser Schneeflocken, die sich auf der Straße in dicken, naßkalten Matsch verwandelten, weit und breit war kein Taxi zu sehen, und Peter Hill erbot sich, Bodin in sein kleines Dreizimmerhäuschen in Enskede zu fahren. Bodin hatte ihn hereingebeten, was dazu geführt hatte, daß Hill spät in der Nacht nach vielen gemeinsamen Drinks ein Taxi nach Hause nehmen mußte und Bodin bat, den Wagen am nächsten Nachmittag wieder mit in die Stadt zu bringen. Seit der Zeit waren sie gute Freunde gewesen, auch wenn sich das Trinken und lange nächtliche Gespräche nicht wiederholt hatten.

Peter Hill hatte von dem langen Spaziergang genug und nahm den Bus zum Karl XII. Platz.

Draußen vor dem *Grand Hôtel* warteten zwei lange, weiße Limousinen, und die Chauffeure, die auf dem Bürgersteig standen und sich unterhielten, sahen mit ihren braungebrannten Gesichtern, dem blonden, elegant geschnittenen Haar und den dunklen Anzügen wie Zwillinge aus. Weiße Limousinen gehörten heutzutage einfach dazu, immer mehr davon konnte man im Stockholmer Verkehr beobachten. Zu beobachten waren aber auch immer mehr Menschen, die in Papierkörben und Müllbehältern herumsuchten, mit mehreren Plastiktüten in den Händen, in denen leere Flaschen, Dosen und Abfall gesammelt wurde. Die Klassengegensätze in Schweden wurden immer deutlicher, überlegte Peter Hill. Die Wirtschaft des Landes war in Schwierigkeiten, die Löhne stiegen nicht im gleichen Maße wie die Preise, die Steuern wurden angehoben, aber die Restaurants waren voller Champagnertrinker, und die Reichen hatten ihre Freude daran, mit ihrem Reichtum zu prahlen. Im Zentrum der Stadt sah man nicht so viel von der Armut, unter der ein großer Teil der Einwohner litt; diejenigen, die am unteren Ende der sozialen Skala standen, hatte man erfolgreich in die abgelegenen Vorortghettos abgeschoben.

Der Türsteher kam hinter seinem Pult neben der Eingangstür hervor und machte den beiden Chauffeuren ein Zeichen, die daraufhin schnell hinter ihren Lenkrädern verschwanden. Als Peter Hill die Treppe hinaufging, kam ihm eine Gruppe von Männern entgegen, die vermutlich die Fahrgäste der Limousinen waren. Alle trugen sie tadellose dunkle Anzüge und glänzende Aktentaschen.

Bodin saß auf seinem Platz hinter dem prächtigen Schreibtisch links in der Lobby und telefonierte. Am kurzen Ende des Tisches lehnte ein Hausmeister in einer eleganten Variante eines Overalls.

Peter Hill blickte sich um. Es war Lunchzeit und viel Betrieb in der Halle. Er bekam Bruchstücke von Unterhaltungen mit, Schwedisch schien nicht gerade die dominierende Sprache unter den Gästen zu sein.

Bodin hatte ihn entdeckt und winkte ihm zu, während er gleichzeitig den Hörer auflegte. Er schrieb etwas auf einen Zettel, gab ihn dem Hausmeister, der ihn in seine Brusttasche steckte und davonging.

Bodin stand auf und schüttelte Peter Hill die Hand.

«Schön, dich zu sehen. Ist 'ne ganze Weile her. Ist alles in Ordnung?»

«Na ja», sagte Peter Hill. «Im großen und ganzen geht's ganz gut. Ich wollte mal hören, ob du ein bißchen Zeit für mich hast.»

«Jetzt?» fragte Bodin. «Jetzt habe ich keine Zeit für einen Plausch. Um diese Tageszeit ist es hier ein bißchen hektisch.»

«Und später?»

«Ja, da paßt es ganz gut. Ich wollte sowieso eine kleine Pause machen. Können wir uns dann zusammensetzen?»

«Aber klar», antwortete Hill. «Wann immer du willst.»

Bodin blickte auf seine Uhr.

«In einer Stunde. Wir können uns irgendwo in der Nähe treffen. Ich muß für ein Weilchen hier raus.»

«Das kann ich gut verstehen», stimmte Peter Hill zu. «Opera-Bar?»

«Nein, lieber nicht, da erkennen mich zu viele. Was hältst du denn von *Lyktan*? Wenn du was essen willst, kann ich dir die Küche empfehlen. Aber warte mit dem Essen nicht auf mich, ich esse hier. Personalkantine.»

«Okay, in einer Stunde im *Lyktan.*»

Peter Hill ging zum Kiosk des Hotels und kaufte sich *Newsweek*, bevor er zum *Lyktan* wanderte, einem früher drittklassigen Restaurant, das schick renoviert worden war, seine gemütliche Atmosphäre aber nicht verloren hatte. Es lag ein wenig versteckt auf Teatergatan hinter dem *Grand Hôtel.*

Die Hauptlunchzeit war vorbei, und die meisten der noch anwesenden Gäste waren bereits beim Kaffee oder beim Bezahlen oder auf dem Weg hinaus. Peter Hill bestellte das Tagesgericht, gebratenen Speck mit Zwiebelsoße. Er trank ein Bier und las in seiner Zeitung, während er wartete.

Als Bodin erschien, hatte Peter Hill das meiste, das ihn in *Newsweek* interessierte, gelesen und sein zweites Bier getrunken. Sie tauschten die üblichen Phrasen aus, erkundigten sich nach dem gegenseitigen Befinden und erzählten in großen Zügen, was geschehen war, seit sie sich das letzte Mal gesehen hatten. Der Kellner kam, und Bodin bestellte Kaffee und Kuchen, und Hill schloß sich dem an, verzichtete aber nach kurzer Überlegung auf den Kuchen. Bodin aß Hills Kuchen auch noch auf, während er sich in dem Lokal umschaute.

«Hier hat sich auch manches verändert, und es ist fesch geworden, verglichen mit der Zeit in den Fünfzigern, als ich anfing, hierher zu gehen. Damals bekam man nur fünfzehn Zentiliter in den Restaurants serviert.»

«Ja, und man war gezwungen, Erbsenpastete zu bestellen, um überhaupt Schnaps ausgeschenkt zu bekommen. Und die mußte man in Schlips und Kragen essen, sonst wurde man vor die Tür gesetzt», ergänzte Peter Hill. «Wir sind wirklich ein seltsames Volk, wir Schweden. Nehmen klaglos alle möglichen Demütigungen hin.»

Bodin gluckste. Es war ein gutmütiges und ansteckendes Lachen.

«Ja, damit hast du wahrscheinlich recht. Aber wir meckern auch gern über Ungerechtigkeiten, von denen wir andererseits meinen, daß wir sie über uns ergehen lassen müssen.»

«Na, dann lassen wir mal das Mosern und kommen zum Wesentlichen. Ich habe ein Problem und hatte überlegt, ob du mir bei der Lösung helfen kannst.»

«Ich bin ganz Ohr», sagte Bodin.

«Es geht um eine Frau, genauer gesagt ein Mädchen, hinter dem ich her bin. Einundzwanzig Jahre alt, Holländerin, hat aber schon ein Jahr lang in Schweden gewohnt. Sie hat manchmal als Callgirl gearbeitet, oder wie man das nun nennen mag, und kann eventuell einen der Gäste in deinem Hotel besucht haben, vor etwas mehr als einem Monat. Der Gast müßte Holländer gewesen sein. Sagt dir das was?»

«Aber sicher. Wir hatten Anfang August mehrere Holländer als Gäste, einen Staatssekretär mit Gefolge. Ich muß in den Unterlagen nachsehen, wann das war.»

«Siebten bis zehnten oder elften August», ergänzte Peter Hill.

«Kann sein. In der Gruppe gab es einige Aufregung wegen einer Frau, die vielleicht die gewesen ist, die du suchst. Die sah allerdings älter als zwanzig aus.»

«Was war denn los?» fragte Peter Hill.

«Soweit ich das mitgekriegt habe, ist folgendes passiert», erzählte Bodin. «Der Staatssekretär erwartete den Besuch eines Journalisten, und diese Frau kam in seine Suite unter dem Vorwand, sie sei von der Zeitung, der das Interview versprochen worden war. Da tauchte der richtige Journalist auf, und als die Frau begriff, daß sie entlarvt war, haute sie dem engsten Mitarbeiter des Staatssekretärs, der sich auch in dem Zimmer befand, eine runter. Dann verschwand sie. Es gab einen Riesenkrach, und unser Personal suchte nach ihr, aber ohne Erfolg. Am Tag danach zeigte sich, daß sie eine Verkleidung benutzt hatte. Einer der Hausmeister fand eine Tasche mit ihren Sachen in einer Kammer. Daraufhin kam die Polizei, verhörte einige vom Personal und nahm die Tasche mit.»

«Aber warum hat sie sich als Journalistin ausgegeben?»

Bodin zuckte mit den Schultern.

«Was weiß ich. So was ist auch schon früher vorgekommen, aber da ist es ein Filmstar oder eine andere Art von Idol gewesen, bei dem sich jemand einschleichen wollte. In solchen Fällen, wenn es sich also um Frank Sinatra oder so jemanden handelt, sind wir sehr sorgfältig bei der Kontrolle der Presseausweise und prüfen in jedem einzelnen Fall, ob der Betreffende eine Verabredung hat.»

Bodin zuckte wieder mit den Schultern und fuhr fort:

«Aber dieser Holländer, Richter oder wie er nun hieß, gehörte kaum zu dem Kreis der Idole.»

«Rüter», verbesserte Peter Hill.

«Genau. Rüter. Aber du suchst ja nach einem Callgirl, und ich glaube, Rüter hat tatsächlich an einem der vorhergehenden Abende eine Hostess angefordert. Nicht über mich, aber an einem der Abende kam eine junge Dame und holte ihn ab. An einem der Abende vor diesem Auftritt, glaube ich.»

«Das gleiche Mädchen? Kann es die gleiche Frau gewesen sein?»

«Kaum», zweifelte Bodin. «Das war ein ganz anderer Typ. Und jünger.»

«Wie hat sie ausgesehen?»

«Das kann ich nicht sagen. Ich habe sie nur einen kurzen Moment gesehen, als sie durch die Lobby gingen, und ich konnte mir nur ein ungefähres Bild machen. Sie gehörte nicht zu denen, die ich wiedererkenne, aber ich erinnere mich, daß ich dachte: die kommt sicher von einem Hostessen-Service.»

«Kannst du etwas mehr über Rüter sagen? Was er so unternahm, mit welchen Leuten er sich traf, ob dir irgendwas Besonderes aufgefallen ist, außer dem, was du schon erzählt hast?»

«Tja, er hatte ja noch einige andere Herren bei sich, und die gingen meistens in der Gruppe los. Benahmen sich so, wie es bei solchen Delegationen üblich ist. Fuhren mit Limousinen zu wichtigen Treffen, gingen und kamen mit ihren Aktenkoffern. Aßen manchmal im französischen Speisesaal, saßen manchmal in der Bar. Nein, ich kann nicht sagen, daß irgendwas Merkwürdiges passierte, außer der Sache mit der verkleideten Journalistin. Sie sah tatsächlich aus wie ausstaffiert, das fiel mir ein, als ich später darüber nachdachte. So als ob sie sich als Greta Garbo kostümiert hätte. Das haben sich die am Empfang auch gedacht. Wie die Garbo in einem alten Film.»

«Was war denn in der Tasche drin?»

«Ihr Kostüm, nehme ich an. Hut und Mantel, obwohl es an dem Tag ziemlich warm war. Ich habe die Tasche nie gesehen. Der Hausmeister hat sie im Büro abgegeben, und dann wurde sie von der Polizei abgeholt.»

«Kann ich jemanden fragen, was sich in der Tasche befand?»

«Du willst dich nicht bei der Polizei erkundigen, vermute ich. Du kannst mit Holmgren sprechen, dem Hausmeister, der sie gefunden hat. Wenn du mit mir zum *Grand* zurückgehst.»

«Wenn du das arrangieren kannst, wäre ich dir dankbar», sagte Hill und winkte dem Kellner.

Peter Hill bezahlte die Rechnung, und auf dem Weg zurück zum *Grand Hôtel* bemerkte Bodin:

«Du hast vielleicht gemerkt, daß ich dich nicht gefragt habe, warum du nach dem Mädchen suchst. Auch nicht, an welcher von den beiden du interessiert bist.»

«Dafür bin ich dir dankbar», erklärte Peter Hill. «Vielleicht erzähle ich dir das später mal.»

Holmgren war der gleiche Mann, den er zwei Stunden früher am Tisch des Portiers gesehen hatte. Er zog ihn mit sich an die Wand hinter Bodin, der seinen Platz auf einem Stuhl mit hoher Lehne und Lederbezug wieder eingenommen hatte.

Holmgren schien richtig erfreut darüber zu sein, daß er über seinen Fund erzählen durfte.

«Meine Aufgabe ist es unter anderem, die Fahnen auf dem Dach zu hissen», begann er. «An jenem Morgen hatten wir einen prominenten Gast aus Qatar bekommen, und ich konnte die Fahne in dem Lager oben auf dem Dach nicht finden. Es kommt ja seltener vor, daß wir Gäste aus diesem Land haben, und deshalb hatten wir auch die Fahne nicht, wie sich später herausstellte. Jedenfalls fiel mir ein, daß ich einige Flaggen in einer Kammer liegen hatte, die sich direkt neben der Tür zum Flur befindet. Ich ging also runter, um dort zu suchen, und da habe ich diese Tasche gefunden. Erst dachte ich, sie gehört einem von den anderen, die auch einen Schlüssel für die Treppe zum Dach haben, aber nachdem ich die Tasche aufgemacht hatte, schien es mir doch das beste zu sein, sie im Büro abzugeben.»

«Was war denn in der Tasche?» wollte Peter Hill wissen.

«Das war eine große schwarze Schultertasche, und drin lag ein schwarzer Hut mit großem Rand, eine blonde Perücke und ein langer schwarzer Mantel. Und ein Kassettenrecorder.»

«Was für ein Kassettenrecorder?»

«Ein kleiner. Sony, glaube ich.»

«Und sonst noch?»

«Weiter nichts. Nur das da. In der Tasche hätte auch nichts anderes mehr Platz gehabt.»

«Diese Tür zur Treppe, kann die jeder benutzen?»

«Nein, eigentlich soll sie ständig abgeschlossen sein, aber jemand muß vergessen haben, sie zu verschließen. Vielleicht der, der die Flaggen am Abend vorher eingeholt hat.»

«Und dann hast du die Tasche im Büro abgegeben?»

«Ja, und danach habe ich sie nicht mehr gesehen.»

Peter Hill dankte Holmgren und ging zu Bodin zurück.

«Vielen Dank für deine Hilfe», sagte er. «Ich laß von mir hören. Melde dich doch bitte, wenn dir noch etwas einfällt. Vielleicht kannst du herausbekommen, ob das andere Mädchen ein Callgirl war, und wenn das der Fall ist, ob jemand im Hotel sie angerufen hat. Willst du das tun?»

«Ich werde sehen, was sich machen läßt», versprach Bodin. «Wir hören voneinander.»

Peter Hill wanderte über Skeppsbron nach Hause und dachte über das nach, was er zu hören bekommen hatte.

Trotz Bodins Behauptung, daß die Hostess und die falsche Journalistin zwei verschiedene Personen gewesen seien, war er beinahe überzeugt, daß es sich in beiden Fällen um Christine handelte. Vermutlich war sie bei beiden Gelegenheiten geschickt verkleidet gewesen. Und wenn es sich so verhielt, bestand kein Zweifel, wie sie sich vorgestellt hatte, reich zu werden.

Durch Erpressung.

Kroonen müßte wissen, wer Staatssekretär Onno Rüter war, oder konnte das jedenfalls herausfinden, aber es war zu früh für einen Anruf, denn Kroonen war wahrscheinlich noch nicht aus seinem Büro nach Hause gekommen.

Er wartete bis sechs Uhr, nahm Kroonens Visitenkarte und wählte seine private Nummer.

Frau Kroonen meldete sich.

Peter Hill stellte sich vor und bat darum, mit ihrem Mann sprechen zu dürfen.

«Ab?» fragte sie erstaunt. «Aber der ist doch noch in Stockholm.

Er hat mir von Ihnen erzählt, und ich dachte, Sie wären jetzt zusammen.»

Peter Hill wußte nicht, was er darauf antworten sollte. Hatte Kroonen irgendwo eine Geliebte und benutzte ihn als Vorwand, noch einen Tag länger wegzubleiben?

«Also, ich habe tatsächlich geglaubt, er wäre nach Hause geflogen», sagte er. «Aber ich kann ihn auch mißverstanden haben.»

«Er wollte gestern nach Hause kommen», erklärte Frau Kroonen. «Aber er hat es sich anders überlegt. Er wollte noch einen Tag länger bleiben, um zu versuchen, Christine zu finden. Wissen Sie denn, wo er ist?»

«Nein, ich habe nur versucht, Ihrem Mann bei der Suche nach ihr zu helfen. Sie ist offenbar umgezogen, ohne eine Adresse zu hinterlassen.»

«Ab schien unruhig zu sein. Was ist denn eigentlich geschehen?»

«Sicher gar nichts Besonderes», beruhigte Peter Hill sie. «Sie wird schon wiederauftauchen. Wissen Sie, wo ich Ihren Mann erreichen kann?»

«Er wohnt im gleichen Hotel wie vorher. Jedenfalls hat er das gesagt, als er gestern anrief.»

Peter Hill bedankte sich und legte den Hörer auf, nahm ihn aber gleich wieder in die Hand und wählte die Nummer des Hotels *Gamla Stan.*

«Ja, Herr Kroonen wohnt hier, aber er ist zur Zeit nicht da», bestätigte der Mann am Empfang.

«Hat er eine Nachricht hinterlassen?»

«Nein, nichts.»

«Und Sie wissen nicht, wann er wiederkommt?»

«Nein, er hat keine Zeit gesagt.»

Merkwürdig, überlegte Peter Hill, nachdem er aufgelegt hatte. Warum war Kroonen wiedergekommen, ohne mit ihm Kontakt aufzunehmen? Hatte er eine Spur gefunden, der er allein folgen wollte? Er mußte es sich draußen in Arlanda anders überlegt haben. Als sie sich dort verabschiedet hatten, hatte nichts darauf hingedeutet, daß er nicht die Absicht gehabt hatte, nach Hause zu fliegen.

Er fühlte sich rastlos und tigerte in der Wohnung auf und ab. Da er spät Mittag gegessen hatte, war er nicht hungrig, ging aber trotzdem hinaus in die Küche und blickte in den Kühlschrank. Da gab es nicht viel zu sehen und überhaupt nichts, was seinen Appetit anregen konnte.

Er machte ein Bier auf und stellte sich damit an das Küchenfenster.

Was machte Kroonen eigentlich? Hatte er draußen in Arlanda jemanden getroffen, der ihn überredet hatte, noch zu bleiben? Eine Frau? Kroonen schien nicht der Typ zu sein. Hatte er etwas Neues über Christine erfahren?

Da gab es viele Fragen, aber er sah ein, daß er Geduld haben und warten mußte, bis er mit Kroonen sprechen konnte.

Um halb acht rief er wieder im Hotel an. Immer noch kein Kroonen. Er hinterließ seinen Namen und seine Telefonnummer und bat, man möge Kroonen ausrichten, daß er so schnell wie möglich mit ihm sprechen wollte.

Um acht hatte Kroonen immer noch nichts von sich hören lassen, und als das Türtelefon klingelte, glaubte Peter Hill, daß er es sein würde. Er drückte auf den Knopf, mit dem man das Haustürschloß öffnete, und ging an die Wohnungstür. Seine Tochter Mia kam die Treppe hoch, in jeder Hand eine Plastiktüte.

«Hallo, Papi», sagte sie, «ich habe einfach mal ausprobiert, ob du zu Hause bist.»

Sie kam herein und ging direkt in die Küche.

«Ich hätte natürlich vorher anrufen sollen», fuhr sie fort.

«Das macht doch nichts», beschwichtigte Peter Hill. «Ich bin allein und habe nichts Besonderes vor. Ich freue mich, daß du gekommen bist.»

Mia hatte die Tüten auf den Küchentisch gestellt und begann damit, Lebensmittel aus der einen auszupacken.

«Hast du gegessen? Ich wollte eigentlich für mich und eine Freundin, die an Mariatorget wohnt, Essen machen, aber sie hat eine schwere Grippe und möchte weder etwas zu essen noch Gesellschaft haben. Hier habe ich also Wein und das Abendessen für zwei.»

Sie hielt zwei Flaschen Rotwein hoch und lächelte ihn verführerisch an.

«Wenn ich es mir richtig überlege», gab Peter Hill zu, «dann bin ich sowohl hungrig als auch durstig. Was soll es denn geben?»

Mia wickelte zwei dicke Beefsteaks aus dem Papier und antwortete:

«Beefsteak mit Zwiebeln, Bratkartoffeln und Salat. Gar nicht schlecht, wie?»

Sie öffneten eine der Flaschen und nippten an ihren Gläsern, während sie das Essen zubereiteten. Dann saßen sie am Küchentisch, aßen, unterhielten sich und tranken Wein.

Peter Hill zog die Gesellschaft seiner Tochter, die fröhlich, humorvoll und gesprächig war, der seines Sohnes Jonas vor, der von Natur aus introvertierter und nachdenklicher veranlagt war.

«Hast du Jonas in letzter Zeit gesehen?» fragte er.

«Nein, schon seit zwei Wochen nicht mehr. Ich glaube, er hat ein neues Mädchen in seiner Firma kennengelernt. Du weißt ja, daß er sich immer nur an seinem Arbeitsplatz in Mädchen verliebt. Er ist einfach zu bequem, um woanders nach ihnen zu suchen. Im übrigen sind es wohl eher die Mädchen, die ihn finden!»

Peter Hill lachte. Er kannte sich in den Liebesgeschichten seines Sohnes nicht gut aus, aber er vermutete, daß es in dem Anzeigenbüro, in dem der Junge arbeitete, von hübschen Mädchen nur so wimmelte.

«Ich glaube übrigens, daß seine Beziehungen deshalb so schnell wieder vorbei sind. Man sollte nicht in der gleichen Firma arbeiten wie der, in den man verliebt ist. Dabei gibt es zu viel Alltag und zu wenig Romantik, und da nutzt sich die Liebe schnell ab», stellte Mia leicht überheblich fest.

«Und du? Wie ist es bei dir mit der Arbeit und der Liebe?»

«Die Arbeit ist schon in Ordnung, aber ich würde lieber in einer Bibliothek arbeiten als in der Buchhandlung. Heutzutage kaufen die Leute fast nur das, was auf dem Stapel liegt, Stephen King und Jackie Collins und so was. Ich glaube, es ist angenehmer und anregender in der Bibliothek. Und außerdem ist es da ruhig, ich glaube, das würde mir besser gefallen.»

«Du bist doch ganz schön redselig. Könntest du wirklich einen ganzen Arbeitstag lang ruhig sein?»

«Ein bißchen reden muß man doch dürfen. Und dann kann ich ja in aller Ruhe nachdenken und während der Freizeit desto mehr reden.»

«Na, und mit der Liebe? Dieser Krister scheint ja ein netter Mann zu sein.»

«Ja und nein, eigentlich ist er ein Langweiler. Die Sache läuft wohl so langsam aus. Krister arbeitet jetzt schon ein halbes Jahr lang in Umeå, und wir sehen uns viel zu selten, um die Liebe lebendig zu halten. Ich bin wohl auch nicht so doll verliebt in ihn, wie ich gedacht habe. Eigentlich fühlte ich mich so frei ganz wohl, ich meine, es ist ganz schön stressig, verliebt zu sein, das nimmt so viel Zeit und Energie in Anspruch, und klar denken kann man auch nicht. Nein, ich werde mich darauf einstellen, eine alte Jungfer zu werden.»

Peter Hill lächelte seine Tochter an. Sie sah ihm sehr viel ähnlicher als Anna, eine frauliche und bedeutend hübschere Version seiner selbst. Sie hatte seine dichten, dunkelbraunen Haare, obwohl seine ja angefangen hatten, grau zu werden, seine dichten, buschigen Augenbrauen und die hellblauen Augen. Nur die Nase glich Annas, gerade, mit einer kleinen aufwärtsgerichteten Spitze. Er zweifelte sehr daran, daß sie eine alte Jungfer werden würde.

«Was machst du denn in deiner Freizeit, wenn du frei bist, wie du sagst?»

«Gehe ins Kino, manchmal ins Theater. Hin und wieder mal Tanzen, wenn es gute Musik gibt. Du könntest ja mal mitkommen, wenn sie alten Bebop spielen. Deine Favoriten Nannie Porres und Bernt Rosengren spielen manchmal da. Dann können wir ja mal zusammen hin. Tja, dann treffe ich auch meine Freunde, wir gehen meistens zu irgendeinem nach Hause; Ausgehen ist ja so verdammt teuer. Aber manchmal muß man das ja auch. Ausgehen und die Leute ansehen und sich den Klatsch anhören, weißt du ja.»

«Wohin gehst du denn dann?»

«Meistens in die kleinen Kneipen hier auf Söder. Alle Schuppen unten in der Stadt sind nur für Yuppies. Wir gehen also meistens in *Söders Hjärta, Bellman, Tim*; solche Kneipen. Du selbst gehst wohl am liebsten ins *Pottan*, nicht?»

«Ja, meistens. Da kommt man wenigstens rein, ohne daß ein Bodybuilder an der Tür steht und einem ans Leder will.»

«Und das Bier kostet mindestens fünfzig Kronen, und man muß wenigstens acht berappen, um den Mantel loszuwerden. Warum machen wir keine Revolution?»

«Übrigens Kneipen: Hast du mal einen Jungen in deinem Alter getroffen, der Mats Berggren heißt und Fotograf ist? Ich könnte mir vorstellen, daß er in die gleichen Kneipen geht wie du.»

Mia legte die Stirn in Falten und überlegte eine Weile, bevor sie mit dem Kopf schüttelte.

«Nein, ich glaube nicht. Weißt du denn, *wo* ich ihn hätte treffen sollen?»

«Nein, ich dachte nur, daß ihr euch vielleicht irgendwo über den Weg gelaufen sein könntet.»

Mia schüttelte wieder mit dem Kopf.

«Ich kenne natürlich eine Menge Leute, die da Stammgäste sind, aber ich weiß nur selten, wie die heißen und was sie für welche sind.»

«Kiki Andersson vielleicht? Klein, rundlich, kurze dunkle Haare, in deinem Alter? Oder Chris Kroonen, Holländerin, ungefähr zwanzig?»

«Nein, die auch nicht. Warum fragst du nach denen?»

«Die spielen eine kleine Rolle in einer Story, an der ich gerade arbeite. Es hätte ja sein können, daß du sie mal kennengelernt hast.»

«Was ist denn das für eine Story? Was Spannendes?»

«Weiß ich noch nicht. Noch ist alles etwas vage. Ich weiß nicht mal, ob es ein guter Einfall ist, aber ich werde dir später mal davon erzählen. Wenn sich herausstellt, daß es sich lohnt, darüber zu schreiben.»

«Du trauerst deiner Arbeit bei der Zeitung nicht nach?» fragte Mia.

«Nein, das tue ich nicht, aber es ist durchaus nicht leicht, sich als freier Mitarbeiter durchzuschlagen. Man soll am besten die ganze Zeit lang Ideen nur so heraussprühen, und ich fühle mich im Augenblick alles andere als sprudelnd.»

«Hast du kürzlich was von Mama gehört?»

«Ja, sie hat in letzter Zeit recht häufig angerufen. Ich weiß nicht, warum, wir unterhalten uns fast nur über dich und Jonas. Tja, auch ein bißchen über die Arbeit. Die sind wohl gerade dabei, ein neues Hotel in der Gegend von Ystad zu entwerfen. Und dann hat sie angefangen, Golf zu lernen. Aber sehr oft ruft sie eigentlich nicht an. Meinst du, das geht zu Ende zwischen ihr und diesem Adonis?»

«Also, Papa, du bist ja immer noch eifersüchtig! Ihr wart doch schon geschieden, als sie ihn getroffen hat. Und er ist absolut kein Adonis. Inzwischen hat er einen größeren Bierbauch als du und beinahe keine Haare mehr. Er kann doch nichts dafür, daß seine Eltern den Nachnamen von Andersson zu Andonius geändert haben. Und übrigens glaube ich, daß zwischen Mama und ihm alles in Ordnung ist.»

«Aber vorhin hast du doch gesagt, daß sich die Liebe schnell abnutzt, wenn man in der gleichen Firma arbeitet? Und das tun Mama und der Adonis doch. Oder?»

«Tja, man weiß ja nicht», stimmte Mia halb und halb zu. «Du kannst ihr ja ein wenig den Hof machen, daran ist sie doch nicht gewöhnt. Also, daß *du* das tust. Vielleicht verläßt sie Andonius dann, und ihr heiratet wieder. Das wäre doch schön? Finde ich jedenfalls.»

Peter Hill lachte.

Er stand auf, lief um den Tisch herum und umarmte sie. Dann nahmen sie mit, was vom Wein noch da war, setzten sich ins Wohnzimmer und redeten weiter miteinander.

Als Mia gegangen war, ging Peter Hill hinaus in die Küche und wusch ab.

Er rechnete es ihr hoch an, daß sie ihn niemals bemutterte oder weibliche Geschäftigkeit an den Tag legte, wie er das von mehreren seiner Junggesellenfreunde und ihren Töchtern gehört hatte.

Er war guter Laune, und erst als er sich ausgezogen hatte und auf die Uhr blickte, fiel ihm Kroonen wieder ein. Der hatte sich den ganzen Abend über nicht gemeldet, und jetzt war es zu spät, ihn anzurufen, denn es war schon nach zwölf.

Eine Weile überlegte er, ob er sich den Videofilm noch mal ansehen sollte, aber es war ihm peinlich und kam ihm irgendwie illoyal vor, ihn ohne Kroonen wieder an sich vorbeiflimmern zu sehen.

Er saß eine Weile am Tisch und rauchte eine Zigarette. Plötzlich stellte er fest, daß der Film nicht auf dem Videogerät lag, wo er ihn hingelegt hatte, nachdem er und Kroonen ihn angesehen hatten. Er war ganz sicher, daß Kroonen ihn nicht mitgenommen hatte, denn er hatte noch besonders betont, daß er ihn nicht mitnehmen wollte, und Hill gebeten, ihn bei sich zu behalten. Es wäre ihm peinlich, wenn die Zollbeamten ihn entdecken würden, und noch peinlicher, wenn seine Frau ihn in die Hände bekam.

Sicherheitshalber durchsuchte Peter Hill die ganze Wohnung, konnte aber nur konstatieren: Der Film war weg.

X

Als Kroonen aufwachte, starrte er verständnislos mehrere Sekunden in das Tageslicht, das durch das Hotelfenster in sein Zimmer fiel. Er tastete nach seiner Uhr. Stellte fest, daß es der 20. September, neun Uhr morgens war.

Ihm fiel ein, daß er in der Nacht aufgewacht war und mehrere Stunden wach gelegen hatte, obwohl er vorher Wodka und Martini getrunken hatte.

Wieder das Hotel in Gamla Stan.

Die Bilder von gestern tauchten auf. Das unpersönliche Büro, wohin ihn der Mann von Säpo geführt hatte, damit sie sich den Film noch mal ansahen. Die Bilder aus dem Film.

Er drehte das Kopfkissen um und sank ins Bett zurück.

Erpressung, hatte der Säpo-Mann gesagt. Chris sei unschuldig, hatte er auch gesagt. War sie das? Vor einigen Tagen würde er es als absurd empfunden haben, an das Gegenteil zu glauben, aber jetzt schien ja alles möglich zu sein. Obwohl Wester sich in diesem Punkt nicht beirren ließ.

«Das muß für Sie natürlich ein schwerer Schock sein, daß Ihre Tochter in eine solche Sache hineingezogen worden ist, Mr. Kroonen, aber wir wissen mit hundertprozentiger Sicherheit, daß Mats Berggren die Angelegenheit allein eingefädelt hat.»

Wester war nicht bereit gewesen, die Frage zu beantworten, wer denn nun von Mats erpreßt worden war, aber er hatte sich erstaunt gezeigt, als Kroonen sagte, daß es sich um einen Holländer handeln mußte.

«Oh, ich begreife, das hat Ihnen Fräulein Andersson erzählt. Was genau hat sie denn gesagt?»

Er hatte erzählt. Von dem Kassettenrecorder und der Perücke, davon, daß Chris aufgeregt war, weil die Aussicht bestand, daß sie einen Landsmann treffen sollte, der sie und Mats reich machen würde. Was Wester natürlich alles schon kannte.

«Das muß doch bedeuten, daß Chris von all dem wußte?»

«Das ist möglich», hatte Wester ruhig geantwortet, «aber was ich Ihnen zu erklären versuche, ist, daß sie nicht mitschuldig ist. Wir haben keine Anweisung, sie festzunehmen. Wir hoffen nur, daß wir über sie an Mats Berggren herankommen.»

Während der Fahrt von Arlanda nach Stockholm war kaum ein Wort gewechselt worden. Eigentlich nur einmal, als Wester nach einer Ampel beschleunigte und der Motor viel zu laut brummte.

«Die Kupplung», stellte Kroonen fest, «die rutscht. Sie sollten sie mal kontrollieren lassen, ehe die Lamellen hinüber sind.»

«Aha... Ach ja, Sie arbeiten ja in der Autobranche, stimmt's?»

«Ja.»

«Das ist in den Niederlanden bei einer so großen Einwohnerzahl natürlich ein guter Beruf. Ich habe im Hotel *Gamla Stan* ein Zimmer für Sie reserviert.»

«Wie meinen Sie das?»

«Ich habe sogar veranlaßt, daß Sie etwas zu essen bekommen, obwohl das nicht leicht war.» Wester hatte ihm zugelächelt. «Natürlich auf unsere Kosten. Ich bitte Sie, im Hotel zu bleiben. Morgen früh lasse ich Sie abholen, und ich glaube, das Beste, was Sie sich antun können, ist jetzt eine gute Nachtruhe.»

Er hatte große Lust gehabt, dagegen zu protestieren, daß er herumkommandiert wurde, begriff aber, daß es sinnlos war. Er hatte sogar sein Abendessen in dem leeren und schlecht beleuchteten Speisesaal verzehrt. Danach hatte er Heleen angerufen.

«Es tut mir leid, Liebling, aber ich muß noch einen Tag länger bleiben.»

Sie hatte selbstverständlich noch alles mögliche besprechen wollen, aber es war ihm gelungen, ihr verständlich zu machen, daß er todmüde war und schlafen gehen wollte. Daß er am nächsten Tag anrufen würde. Er hatte nur noch hinzugefügt, daß Chris sicherlich nicht in Gefahr war, sondern wahrscheinlich irgendwo Urlaub machte.

«Zusammen mit diesem Freund vermutlich.»

«Rufst du mich morgen an?»

«Selbstverständlich.»

Am nächsten Morgen wurde er von einem großen rundlichen Mann abgeholt, der sich als Hellström vorstellte. Er hatte versucht herauszufinden, wohin sie fuhren, begriff aber nur, daß es nach Norden ging. Die Fahrt dauerte nicht lange. Auf einer breiten, belebten Straße war Hellström plötzlich nach links in ein unterirdisches Parkhaus eingebogen. Sie waren ausgestiegen und mit dem Fahrstuhl mehrere Etagen nach oben gefahren. Kroonen hatte überlegt, daß sie sich ebensogut in einem Versicherungsgebäude oder in einer Bank befinden konnten.

In einem kleinen, hellen Zimmer hatte Wester auf sie gewartet.

Das Gespräch hatte an einem großen leeren Schreibtisch stattgefunden.

«Sie erinnerten sich also an den Film, als Sie das Foto von dem Boot zu Hause bei seiner Mutter sahen?»

«Ja.»

«Aber der Film ist vor mindestens einem halben Jahr aufgenommen worden. Warum glauben Sie dann, daß Ihre Tochter und Berggren sich in Skärgården befinden?»

Er hatte nur mit den Schultern gezuckt. Müde. Mit leerem Kopf.

«Haben Sie eine Ahnung, wie groß dieses Gebiet ist?»

«Ja, man hat es mir erklärt.»

«An und für sich ist es ein gutes Versteck, wenn man sich dort auskennt, aber uns erscheint es unwahrscheinlich, daß Berggren sich dort befinden soll.»

Sie hatten sich den Film angesehen, er, Wester und Hellström.

«Das ist irgendwo im Skärgård», hatte Hellström über die Bilder von dem Boot und der Insel gesagt. «Das kann überall und nirgends sein. Beliebter Platz für diese Art von Filmen.»

Nachdem sie den Film angesehen hatten, hatte Wester gesagt: «Begreifen Sie, Mr. Kroonen, daß es kaum möglich ist, sich dort über einen Monat lang zu verstecken. Man braucht Lebensmittel, Brennstoff und andere notwendige Dinge, und um diese Jahreszeit sind die Verbindungen zum Festland stark eingeschränkt, und viele der Tankstellen an den Anlegern und viele der Läden da draußen sind geschlossen. Aber wir haben gesucht, indem wir in Häfen und

Läden nachgefragt haben. Eigentlich haben wir keinen Anhaltspunkt, daß sie sich dort aufhalten. Direkt nach der Übergabe des Geldes haben wir die Straßen über die Grenzen, die Flugplätze, Bahnhöfe und Häfen kontrolliert, aber es gibt immer die Möglichkeit, das Land auf anderem Wege zu verlassen.»

Aber er hatte sich Kroonens Beschreibung der *Galatea* aufgeschrieben, um zu kontrollieren, ob sie im Bootsregister oder in der Kartei irgendeines Bootsclubs stand.

Er stand auf und ging in das Bad hinaus, warf einen kurzen Blick auf sein Spiegelbild und stellte fest, daß er sich rasieren mußte. Während er das tat, dachte er an Hill. Der war ihm nicht unsympathisch gewesen, im Gegenteil. Ein bißchen komisch vielleicht, aber nicht weltfremd.

«Warum sollte ein Polizist einem Journalisten etwas erzählen, Mr. Kroonen? Noch dazu einem, der bei seiner Zeitung vor die Tür gesetzt worden ist?» hatte Wester gefragt.

Er hatte zugegeben, daß Hill ihm etwas vorgelogen hatte. Daß er zuerst gesagt hatte, er wolle Chris für einen Artikel über Ausländer in Stockholm interviewen.

Er schnitt sich und fluchte, suchte nach einem Kleenex, und als er keines fand, nahm er das saubere Frotteehandtuch und befeuchtete die Wunde.

«Sie sagen, daß Sie bis jetzt nur einen Brief von Ihrer Tochter erhalten haben. Hat sie darin etwas von Mats Berggren erwähnt?»

Nach einer Weile hatte er Westers Vernehmungstechnik begriffen.

«Sie hat nichts von dem Boot geschrieben, wenn Sie das meinen.»

«Von einem Urlaub vielleicht? Beispielsweise im Skärgård?»

«Nein.»

Wester schüttelte mit dem Kopf. «Wir können natürlich eine gründlichere Untersuchung vornehmen, aber die werden sich nicht freuen, wenn wir bei so vagen Vermutungen einen Hubschrauber und Patrouillenboote anfordern müssen.»

Der Mann, der sich Hellström nannte und bisher kaum ein Wort gesagt hatte, zog eine Grimasse.

«Übrigens, haben Sie selbst ein Boot?» hatte Wester gefragt.

«Ja.»

«Ihre Tochter kann also mit einem Boot umgehen?»

«Ja.» Zum erstenmal, seit er von Arlanda zurückgekommen war, hatte er sich ein Lächeln abgerungen. «Aber klar, sie kann genauso gut mit dem Boot umgehen wie ich selbst.»

«Haben Sie Ihr Boot in Amsterdam?»

«Nein. In Vinkeveen.»

Wester hatte die Stirn gerunzelt, und Kroonen hatte ihn gefragt, ob er sich in Holland auskannte.

«Auskennen ist zuviel gesagt. Ich bin einmal in Rotterdam gewesen. Auf einer Dienstreise. Auch in Amsterdam.»

Kroonen ging ins Zimmer zurück und begann sich anzuziehen. Nahm saubere Unterwäsche aus dem Koffer, den er noch nicht wieder ausgepackt hatte. Westers Frage war ihm nicht aus dem Kopf gegangen. Warum sollte Chris da draußen auf den Inseln sein? Es gab keinen Grund, das zu glauben. Sie war von ihrem Freund ausgenutzt worden, der nach allem, was man so hörte, ein gerissener Bursche sein mußte. Und sie hatte die Erpressung eines Holländers betrieben. Wester hatte zwar nicht zugegeben oder etwas darüber gesagt, wer erpreßt worden war, aber es lag auf der Hand zu glauben, daß es sich um den Mann handelte, von dem Christines Freundin gesprochen hatte.

Sie war nicht einbezogen, hatte Wester gesagt.

Konnte man ihm das glauben?

Er zog den Anzug an und saß eine Weile auf der Bettkante, während er rauchte und nachdachte.

«Sie können morgen die KLM-Maschine elf Uhr dreißig nehmen», hatte Wester gesagt.

«Ich bleibe», hatte er geantwortet.

«Oh, und ich dachte, Sie wollten nach Hause?»

Da hatte er zum erstenmal seine Wut und seine Gereiztheit gezeigt. «Es ist meine Tochter! Wollen Sie sie nun suchen?»

«Ja, aber ich habe doch schon gesagt, daß die Chance gering ist.»

«Ich bleibe.»

Er schlug das Angebot, sich ins Hotel zurückfahren zu lassen, aus. Stattdessen ging er zu Fuß und betrat ein Lokal, das einem Pub nicht unähnlich war. Dort trank er zwischen vielen Jugendlichen, die Stammgäste zu sein schienen, ein Bier. Er beruhigte sich etwas. Freilich hatte er die ganze Zeit über die fürchterliche Möglichkeit verdrängt, sie könnte tot sein, konnte aber nicht verhindern, daß seine Gedanken manchmal doch in diese Richtung liefen. Wie unlogisch es auch immer zu sein schien, daß die schwedische Polizei nach ihr suchte, es war der Beweis dafür, daß sie die letzte Möglichkeit ausschloß.

«Werden Sie weiter im Hotel *Gamla Stan* wohnen?» hatte Wester gefragt.

«Ich nehme es an, warum?»

Wester hatte ihm seine Visitenkarte gegeben. Eine Karte, auf der nur der Name und zwei Telefonnummern standen.

«Ich möchte gern, daß Sie mich anrufen, wenn Sie etwas erfahren.»

«Von wem?»

«Von Hill zum Beispiel.»

«In dem Fall sind Sie doch der erste, der davon erfährt!» Seine Wut flammte wieder auf, als sähe er jetzt ein, was man ihm zugemutet hatte. «Sie haben mich doch die ganze Zeit lang überwachen lassen, verdammt noch mal! Als wäre ich ein Verbrecher.»

«Das war eine Notmaßnahme. Glauben Sie mir. Nichts gegen Sie persönlich. Rufen Sie an.»

Als er am Abend in das Hotel zurückgekehrt war, hatte der Portier gesagt:

«Es hat jemand für Sie angerufen, Mr. Kroonen.»

Das Schuldgefühl, Heleen nicht angerufen zu haben, überwältigte ihn.

«Mr. Hill. Er bat darum, daß Sie ihn anrufen.»

Hill.

Ein Journalist.

Ein ehemaliger Journalist.

Ein Mann, etwa in seinem Alter, aber in ganz anderen Lebensumständen.

Hatte Hill ihn wirklich ausgenutzt, wie der Säpo-Mann gesagt hatte? Seine Erfahrungen mit Journalisten waren nicht groß, aber er wußte, daß sie so etwas machten. Kamen zu den Leuten mit dem

Vorwand, sie seien Versicherungsvertreter oder Verkäufer, schossen heimlich Fotos. Aber nach jener ersten Lüge hatte Hill ehrlich und offen gewirkt. Und was Wester erzählt hatte, widersprach nicht Hills eigenen Worten.

«Wir gehen davon aus, daß Berggren Ihre Tochter benutzt hat, um Erpressungsgelder zu fordern. Nein, ich kann Ihnen nicht sagen, um welche Summe es sich handelte, es ist nicht mal wahrscheinlich, daß sie davon wußte. Sie war nur das Instrument. Noch mal, Mr. Kroonen, ich will betonen, daß wir Ihre Tochter nicht verdächtigen. Wir möchten nur mit ihr sprechen.»

Er begriff, daß Hill ihn in Amsterdam zu erreichen versucht hatte. Das wurde ihm bestätigt, als er Heleen anrief.

«Was sagte er?»

«Nichts. Er wollte nur mit dir reden. Er war verwundert, daß du doch noch dort warst. Genau wie ich.»

Hatte sich das letzte vorwurfsvoll angehört? Aber sicher.

«Ab, worum dreht es sich eigentlich? Wann kommst du nach Hause?»

«Hast du Zeit, zuzuhören?»

Er hatte sich ein Glas Wodka eingegossen und eine Zigarette angesteckt, bevor er den Hörer wieder in die Hand nahm. Danach hatte er sicher zehn Minuten lang geredet und erzählt, worüber er vorher nicht hatte sprechen wollen. Alles.

«Begreifst du?»

«Ja, natürlich.»

«Was denn?»

«Was du gesagt hast.»

«Bist du nicht ... Herr Gott, Heleen, du hättest diese Filme sehen sollen. Nein, hättest du nicht, aber ...»

«Ja.»

«Was denn ja?»

«Ich verstehe, was du meinst. Es gibt schlimmere Dinge, Liebling.»

Er hatte ganz durcheinander mit halbem Ohr zugehört.

«Sie ist erwachsen, Ab. Das Beste von all dem, was du erzählt hast, ist doch, daß die Polizei glaubt, sie sei am Leben. Ab?»

«Ja?»

«Willst du, daß ich komme?»

Einen Moment lang konnte er nichts sagen. Natürlich hätte er sich gewünscht, daß sie jetzt bei ihm war. Allein ihre Stimme und ihr Holländisch zu hören, beruhigte ihn ein wenig, aber gerade diese Beruhigung verwirrte ihn. Oder versuchte sie nur, sich selbst Mut zu machen? Heleen war die beste Ehefrau, die er sich vorstellen konnte. Sie *fühlten* miteinander, das war mehr, als man von den meisten verheirateten Paaren um sie herum sagen konnte. Es mußte an ihrer distanzierten Haltung Gefühlen gegenüber liegen, die sie so reagieren ließ, wie sie es jetzt tat, als er von den Pornofilmen erzählte. Sie konnte sich so geben, kühl, reserviert, verschlossen.

«Ab?»

«Nein», antwortete er. «Natürlich würde ich dich am liebsten hier haben, aber es ist besser, wenn du zu Hause bleibst. Ich warte, bis sie da draußen gesucht haben.»

«Wieso glaubst du, daß sie dort ist?»

Gleiche Frage, gleiche Antwort.

«Ich weiß es nicht. Ich habe nur so ein Gefühl, daß es so sein *kann*. Unmöglich ist es ganz und gar nicht, die sind ja auch schon auf die Idee gekommen und haben gesucht, obwohl offenbar nicht sehr gründlich. Chris kennt sich auf dem Wasser aus und liebt es, mit dem Boot draußen zu sein. Und dieser Mats *hat* ein Boot...»

«Hast du genug an Kleidung bei dir?»

«Wie bitte?»

So war sie auch. Konkret. Sachlich. Plötzlicher Wechsel zu praktischen Alltagsfragen. Unbegreiflich.

«Ja. Hast du noch was aus der Firma gehört?»

Als sie einige Minuten später das Gespräch beendet und gute Nacht gesagt hatten, hatte er sich schon deutlich besser gefühlt und beschlossen, auszugehen und irgendwo einen Gutenachtschluck zu trinken. Auf seinen früheren Wanderungen war ihm eine kleine Bar an einem Platz nur einige Häuserblocks vom Hotel entfernt aufgefallen, und da war er hingegangen. Er hatte an der Bar gesessen, einen Whisky getrunken, in einigen Messekatalogen geblättert und zerstreut dem Gespräch zwischen dem Barbesitzer und einem Gast zugehört. Er hatte mitbekommen, daß der Barbesitzer aus Garmisch-Partenkirchen stammte, und ihm war eingefallen, was er schon früher beobachtet hatte, nämlich daß die meisten Leute in der Restaurantbranche hier in Stockholm aus anderen Ländern zu kommen schienen. Die Bar war gemütlich, er hatte noch einen Whisky getrunken und war sitzen geblieben, bis er der letzte Gast war und begriff, daß der freundliche Mann hinter der Bar schließen wollte.

Bei der Rückkehr ins Hotel hatte der Nachtportier ihm gesagt, daß Hill nach ihm gefragt hätte.

Er war auf sein Zimmer gegangen, nachdem er darum gebeten hatte, bis elf Uhr am nächsten Vormittag nicht gestört zu werden. Hill hatte er nicht angerufen, aber plötzlich Lust bekommen, Wester anzurufen.

Dann war er eingeschlafen. Als er wieder aufwachte, war die Uhr halb vier am nächsten Morgen, und er konnte niemanden anrufen.

Jetzt war es beinahe halb elf. Er blickte auf Westers Karte, die neben dem Telefon lag, beschloß aber, erst einmal zu frühstücken.

XI

Peter Hill wachte bereits um acht Uhr auf, ohne Radiomusik, und ihm war nach dem Abend mit Mia immer noch leicht ums Herz. Bald muß ich Mia und Jonas mal in ein richtig schickes Restaurant zum Essen einladen, überlegte er. Wenn ich ordentlich Geld verdient habe. Wann immer das auch sein wird. Seine wirtschaftliche Situation war noch nie so miserabel gewesen wie in den letzten Monaten, und er sah ein, daß er sich zusammenreißen und sich eine richtige Arbeit suchen mußte. Oder gezwungen war, seinen Erfolgsroman fertigzuschreiben.

Aber zuoberst auf dem Programm stand jetzt, herauszubekommen, was hinter der Geschichte mit Christine Kroonen und Mats Berggren steckte. Suchte Säpo immer noch nach ihnen? Oder hatten sie sie schon gefunden? Oder vielleicht das Interesse an ihnen verloren? Vielleicht war den beiden die Erpressung gar nicht gelungen, wenn es sich nun wirklich um eine solche handeln sollte.

Und wo war der Film aus Frankfurt geblieben? Er war beinahe

sicher, daß jemand in der Wohnung gewesen war und ihn sich angeeignet hatte; aber nichts sonst schien angerührt worden zu sein, und um das Schloß an der Wohnungstür herum waren keinerlei Spuren zu sehen. Er hatte keine Hausratversicherung und sich nicht darum gekümmert, ein Sicherheitsschloß einbauen zu lassen, es war also ganz einfach, in die Wohnung hineinzukommen. Aber wer und warum? Die einzige Person, die ein Interesse daran haben konnte, den Film beiseite zu bringen, war Christine. Vorausgesetzt, sie wußte von dem Risiko, daß ihr Vater den Film zu Gesicht bekam. Wußte sie, daß er sich in Stockholm aufhielt, und verbarg sich mit Absicht?

Und warum hatte Kroonen draußen in Arlanda seine Pläne geändert und war ins Hotel *Gamla Stan* zurückgekehrt?

«Und warum ruft er nicht an?» sagte Peter Hill laut vor sich hin und beendete damit den Gedankengang.

Er entschloß sich, bis neun zu warten, bevor er einen neuen Versuch unternahm, Kroonen zu erreichen. In der Zwischenzeit duschte er, rasierte sich und zog sich an. Punkt neun Uhr rief er an und erhielt den Bescheid, daß Herr Kroonen im Hotel war, aber darum gebeten hatte, vor elf nicht gestört zu werden.

«Dann wird er eben um elf gestört», sagte er und legte den Hörer auf.

Er setzte sich mit der Zeitung und einer Tasse Kaffee hin und ärgerte sich über das schlechte Schwedisch in einem Artikel über die Probleme der Fischer an der Westküste. Las mit Interesse über eine Brandstiftung auf Söder, nur ein paar Häuserblocks von seiner Wohnung entfernt, bei dem zwei Menschen in den Flammen umgekommen waren. Stellte fest, daß Lindström einen neuen Mord hatte, über den er schreiben konnte, diesmal an einem Geschäftsmann in Västerås, den man in seinem Wagen in einem Parkhaus erschossen gefunden hatte.

Als er die Zeitung durchgeblättert und fast alles gelesen hatte außer den Sportseiten und allem, was mit der Börse und der Finanzwelt zu tun hatte, fiel ihm Otto Blom ein. Er hatte mehrere Male versucht, ihn anzurufen, jedoch ohne Resultat. Aber um diese Tageszeit konnte er ihn wohl aus dem Bett holen.

Blom war zu Hause und hörte sich überhaupt nicht verschlafen an. Als er sich Hills langen Bericht über die Ereignisse und Entdekkungen der letzten Tage angehört hatte, sagte er:

«Seht euch vor Wester vor. Er ist jetzt Olssons verschworener Anhänger. Es wäre gut, wenn du und der Holländer seine Tochter finden, bevor Wester das gelingt. Ich frage mich, was die für Absichten haben. Laß von dir hören.»

Als Hill aufgelegt hatte, blickte er auf die Uhr und entschloß sich, einen Spaziergang zu Kroonens Hotel zu machen.

Die Uhren in Gamla Stan schlugen gerade vier Schläge, als er die Halle des Hotels betrat. Er bat den Portier, dem Gast mitzuteilen, daß er gekommen war, und setzte sich in einen Sessel in dem kleinen Foyer.

Damals während seiner Jugend, als er in genau diesem Stadtteil Morgenzeitungen ausgetragen hatte, war es ein Hotel der Heilsarmee gewesen, sehr billig und unansehnlich, und zu jener Zeit waren die Gäste kaum einmal holländische Geschäftsleute oder der Typ amerikanischer Touristen gewesen, die gerade mit Stadtplänen in den Händen und Kameras vor den Bäuchen am Empfang vorbeikamen. Aber ganz Gamla Stan hatte damals anders ausgesehen. Eine Mischung aus Slum und Idyll und kein Stadtteil für die reichen Leute wie jetzt mit Boutiquen und Touristen.

Es dauerte eine Weile, bis Kroonen kam. Er grüßte. Reserviert, fand Peter Hill.

«Was ist denn geschehen? Warum bist du nicht nach Hause geflogen?» fragte er.

Kroonen blickte ihn an, ziemlich kühl, ehe er antwortete:

«Ich habe mich anders entschlossen. Es hat sich gezeigt, daß ich noch etwas bleiben muß. Und jetzt bin ich ziemlich beschäftigt, wenn du entschuldigst.»

Peter Hill wunderte sich über die veränderte Haltung des Holländers ihm gegenüber. Auf dem Weg hinaus nach Arlanda war es ihm so vorgekommen, als ob sie richtig gute Freunde geworden waren.

Er blickte ihn forschend an:

«Ja, wenn du es eilig hast, dann ist dagegen wohl nichts zu machen. Aber es gibt einiges, das ich gern mit dir besprechen würde. Es handelt sich um Christine, wie du dir sicher denken kannst. Hast du ein ganz klein bißchen Zeit, damit wir darüber reden können?»

«Ein bißchen ja», antwortete Kroonen, «ich wollte sowieso irgendwo hingehen und etwas zu mir nehmen. Hier bekommt man nach zehn kein Frühstück mehr.»

«Ich kenne ein gutes Café», schlug Peter Hill vor.

Er führte Kroonen durch die Gassen zum Stortorget hinauf. Auf dem Weg dahin sagte keiner von ihnen ein Wort, und Kroonen blickte die ganze Zeit starr geradeaus und vermied es, Hill anzusehen.

Sie gingen hinauf in die Konditorei in Grillska Huset, und erst als sie bestellt und Kaffee und belegte Brote bekommen hatten, begann Hill:

«Na, was ist denn nun eigentlich los?»

Kroonen antwortete nicht. Er schien voll damit beschäftigt zu sein, in seiner Tasse zu rühren und auf seinem Brot herumzukauen.

«Ich habe bei dir zu Hause in Amsterdam angerufen und mit deiner Frau gesprochen. Natürlich habe ich mich ziemlich gewundert, als ich hörte, daß du noch hier bist. Sie schien auch ganz erstaunt zu sein, denn sie war der Ansicht gewesen, daß wir beide zusammen sind. Warum bist du hiergeblieben?»

Kroonen ließ sich Zeit mit der Antwort.

«Ich bin gezwungen worden, noch für kurze Zeit hierzubleiben», sagte er ausweichend und ohne Hill anzusehen.

«Hast du denn noch etwas erfahren? Über Chris, meine ich?»

Kroonen schüttelte mit dem Kopf, antwortete aber nicht.

Peter Hill verstand nicht, warum sein Gegenüber sich so anders verhielt als neulich, als sie sich draußen in Arlanda verabschiedet hatten. Er schien auszuweichen. Benahm sich abweisend, ja beinahe feindlich. Plötzlich blickte Kroonen ihn an und sagte:

«Du hast gesagt, daß du mit mir reden willst, über Chris. Hast du denn etwas Neues herausbekommen?»

«Ja.» Peter Hill machte eine Pause und steckte sich eine Zigarette an.

Als er Kroonens erwartungsvolle Miene sah und die Hoffnung, die in seinem Gesicht aufkeimte, schüttelte er mit dem Kopf.

«Nein», gab er zu. «Ich weiß immer noch nicht, wo sie ist. Aber gestern habe ich ein bißchen gefahndet. Auf eigene Faust, denn ich dachte ja, daß du inzwischen in deinem Büro in Amsterdam sitzt.»

Er machte wieder eine Pause, um Kroonen die Gelegenheit zu geben, etwas zu sagen, aber der schien nur auf die Fortsetzung zu warten.

«Ich ging ins Zeitungsarchiv, um festzustellen, ob sich an dem Tag, an dem deine Tochter Greta Garbo gespielt hat, irgendein holländischer Potentat in der Stadt aufgehalten hat. Weißt du, wer Onno Rüter ist?»

Kroonen blickte ihn erst ein wenig verwirrt an, dann runzelte er die Stirn und fragte:

«Rüter? Aus dem holländischen Außenministerium? Der Rüter?»

«Genau. Staatssekretär in der Handelsabteilung. Ich bin überzeugt, daß der es war, den deine Tochter an dem besagten Tag treffen wollte.»

Kroonen saß mit gerunzelten Augenbrauen schweigend da, während Peter Hill erzählte, was er bei seinem Besuch im *Grand Hôtel* herausbekommen hatte. Davon, wie Chris, verkleidet, sich als Journalistin ausgegeben hatte, und von der Entdeckung ihrer Kleidungsstücke, die zwei Polizisten in Zivil am folgenden Tag abgeholt hatten.

«Wenn man das und die weitere Fahndung der Polizei nach ihr in einen Zusammenhang bringt, dann muß man doch davon ausgehen, daß es ihr geglückt ist», stellte er schließlich fest. «Die Erpressung also.»

«Aber...» Kroonen zögerte. «Aber er hat doch gesagt, daß sie unschuldig ist. Daß sie hinter ihr nicht her sind.»

«Wer hat das gesagt?» fragte Hill verwundert, obwohl er die Antwort auf seine Frage schon ahnte.

Kroonen schwieg eine Weile. Er fühlte sich unsicher. Dann blickte er Hill an und verstand mit einemmal, daß er hereingelegt worden war. Nicht von Hill, sondern von Wester. Gestern hatte er Hill noch als falsch und verlogen betrachtet. Er hatte sich von Wester einwikkeln lassen, statt sich auf seine eigene Urteilskraft zu verlassen. Wie er jetzt hier so dasaß, wurde ihm klar, daß Wester der eiskalt Berechnende war, der das Prinzip anwandte: herrschen, indem man Zwietracht säte. Kroonen empfand nichts anderes als Sympathie für Peter Hill. Er sagte:

«Wester. Der Säpo-Mann.»

Hill nickte.

«Erzähl mal», drängte er. «Was ist passiert?»

Kroonen erzählte. Davon, wie er von Arlanda abgeholt wurde und wie man ihn gezwungen hatte, den Film mit Wester und dem anderen anzusehen. Dem Hellström.

«Ja», stellte Peter Hill fest. «Das hätte ich mir denken müssen, als ich sah, daß er verschwunden war. Aber ich ahnte ja nicht, daß die mit so hohem Einsatz dabei sind.»

«Es war peinlich. Und ich saß da wie ein Idiot. Er schaffte es, daß ich mich irgendwie unterlegen fühlte. Hinterher war ich wütend auf mich selbst, daß ich mich so ins Bockshorn jagen ließ. Aber er sagte, ja, er hat mehrere Male ausdrücklich darauf hingewiesen, daß sie nicht hinter Chris her seien, sondern hinter Mats Berggren.»

«Das gehört zu seiner Aufgabe», erklärte Hill. «Also, die Leute hinters Licht zu führen. Trau niemals einem Geheimpolizisten. Was hat er über mich gesagt?»

«Daß ich mich nicht auf dich verlassen könnte. Daß du mich verachtest, weil ich ein Mensch aus der Mittelklasse bin, und daß du nur aus Eigennutz bei der Sache dabei bist.»

Peter Hill lachte.

«Hat er nicht auch gesagt, daß ich Anarchist bin? Oder Kommunist? Und was meinte er, daß ich für einen Nutzen aus der Sache ziehen würde?»

«Ja, das frage ich mich auch, ehrlich gesagt. Ich überlege tatsächlich, warum du so nachdrücklich daran interessiert bist, Chris zu finden. Ist das, weil du glaubst, daß sich daraus eine gute Story machen läßt?»

Bis jetzt hatte Peter Hill noch nicht ernsthaft versucht, sich selbst mit den Augen des anderen zu sehen. Es war doch gar nicht merkwürdig, daß der sich wunderte.

«In gewisser Weise schon», gab er zu. «Aber keine Story über Chris. Es gibt da einen Mann, an den ich herankommen will. Einen Mann mit großer Macht in diesem Land. Einer Macht, die er bei jeder Gelegenheit mißbraucht. Das kann er tun, weil er Justizminister ist. Ich habe über seinen Machtmißbrauch geschrieben, aber wie du weißt, schützt man sich da oben in der Hierarchie gegenseitig, und eine Hand wäscht die andere, wie man so sagt. Wer ganz oben auf der Leiter steht, hält den Arsch nach unten und läßt ihn sich von dem, der unter ihm steht, ablecken, entschuldige den Ausdruck. Diese Geschichte mit Chris stellt sich, glaube ich, so dar: Chris und Mats haben etwas Kompromittierendes über Onno Rüter, den Staatssekretär im niederländischen Außenministerium. Ist er vielleicht ein zukünftiger Minister?»

«Ja, das ist vorstellbar», bestätigte Kroonen. «Und sie haben einen Film, der Rüter bloßstellen könnte. Wester hat das erwähnt. Sprich weiter.»

«Tja, also, ich glaube, daß Rüter und der Minister, Olsson heißt er, gute Freunde sind. Chris erpreßt Geld von Rüter, und Rüter bittet Olsson um Hilfe. Olsson gibt Wester den Befehl, und dem gelingt es nicht, Chris und Mats zu finden. Die beiden sind für Olsson ebenso unauffindbar wie für uns. Nun kommt es Wester darauf an, Olsson gegenüber das Gesicht zu wahren, und Olsson muß an sein Prestige seinem Freund und Kollegen in Holland gegenüber denken. Die Sache scheint im übrigen den Stempel ‹streng geheim› zu tragen. Die Kripo hat nichts mit dem Fall zu tun, alle Berichte, die wenigen, die es gab, sind verschwunden, und nichts, was mit dieser Angelegenheit zu tun hat, darf veröffentlicht werden. So sehe ich die Sache. Ich will an Olsson herankommen, aber jetzt geht es mir genauso wie dir darum, deine Tochter zu finden, ehe sie Säpo in die Fänge gerät.»

Kroonen, der immer aufgeregter zugehört hatte, sagte:

«Aber das scheint ja so, als ob die glaubten, es handelte sich um einen Staatsstreich oder etwas Ähnliches. Was geschieht, wenn Säpo Chris in die Finger bekommt?»

«Genau das frage ich mich auch. Erpressung ist natürlich strafbar, aber da bisher über die Straftat nichts herausgelassen wurde, weiß ich es auch nicht.»

Kroonen steckte sich eine Zigarette an, obwohl schon eine glimmend im Aschenbecher lag.

«Wester sagte, daß Chris nur ein Instrument sei», überlegte er. «Daß sie den Berggren festnehmen wollten.»

«Sie kann ja als Mittäterin angeklagt werden. Wenn es denn zu einem Gerichtsverfahren kommt. Aber mir scheint es so, als ob alles Denkbare getan wird, um die ganze Sache zu vertuschen.»

Peter Hill lachte auf.

«Im Vergleich zu den Wirtschaftsverbrechen, die sich in den maßgeblichen Schichten in diesem Land abspielen, ist das Ganze eher lächerlich. Aber ich glaube, es verhält sich schon so, wie ich es beschrieben habe.»

«Aber wenn sie das Ganze nun vertuschen wollen, warum lassen sie die jungen Leute nicht einfach laufen?»

«Vielleicht ist es denen geglückt, sowohl mit dem Geld als auch mit dem Film abzuhauen. In dem Fall haben sie einen Trumpf in der Hand. Oder es ist einfach eine Prestigesache.»

Kroonen schüttelte langsam den Kopf.

«Aber das ist doch wahnsinnig. Ich glaube nicht, daß sie das Land verlassen haben. Ich bin sicher, daß Christine sich sonst gemeldet hätte. Bei mir oder Heleen. Können die nicht in Mats' Boot abgehauen sein?»

«Ich weiß nicht. Vorstellbar ist es. Aber wir haben mehrere Anhaltspunkte, denen wir nachgehen können.»

«Mats Berggrens Wohnung?»

«Genau. Nur wissen wir jetzt, daß Westers Männer uns auf den Fersen sind, wir müssen also vorsichtig vorgehen. Wir sollten sie am besten nicht zu seiner Wohnung führen. Ich habe mir überlegt, wie wir sie abhängen können. Wir beginnen, indem jeder von uns nach Hause geht, du ins Hotel und ich in meine Wohnung.»

Er erklärte Kroonen seinen Plan in allen Einzelheiten. Es zeigte sich, daß der sich in Stockholm bereits so gut auskannte, daß er schnell verstand, worauf es ankam.

Als sie wieder auf Stortorget hinaustraten, hatte es zu gießen begonnen, und bevor sie sich durch die Schauer – jeder in seine Richtung – auf den Weg machten, sagte Hill:

«Ich freue mich, daß du wieder da bist, Ab.»

«Ich mich auch, Peter», rief Kroonen und lächelte.

XII

Obwohl Kroonen Sodbrennen hatte, was er öfter bekam, wenn er nervös war, fühlte er sich irgendwie angenehm aufgeregt, beinahe ausgelassen. Die letzte Stunde hatte Erinnerungen aus seiner Jugendzeit geweckt, als er und seine Freunde vor mehr als vierzig Jahren von Wachmännern durch die Dünen von Ijmuiden gejagt wurden, wenn sie sich auf ihren Plünderungszügen auf der Suche nach vergessenem Kriegsmaterial in den deutschen Bunkern befanden.

Als er eine breite Straße in Richtung auf die prächtige Bibliothek überquerte, sah er vor seinem inneren Auge drei, vier kleine Jungen, die keuchend und schwitzend über den Sand durch die Stranddornbüsche bis zu dem Stacheldrahtzaun liefen, als ob es um Leben und Tod ging.

Er wußte, daß der Park hinter der Bibliothek der war, den er in dem Film aus Frankfurt gesehen hatte, der mit dem Mädchen und dem Polizisten, aber ohne die roten Blumen erkannte er ihn nicht wieder.

Es regnete jetzt nicht mehr wie vor einer halben Stunde, als er das Hotel verlassen hatte.

«Blick dich nicht um, so als ob du versuchst, deine Verfolger auszumachen», hatte Hill gesagt. «Das merken die sofort, und dann passen sie noch besser auf, und übrigens würdest du sie doch nicht entdecken.»

Er war in Gamla Stan in die U-Bahn gestiegen. Der Wagen war leer gewesen, aber ein schwerer Geruch von nasser Kleidung war zu spüren. Ein älteres Paar stieg gleichzeitig mit ihm ein, und im letzten Moment, ehe sich die Türen schlossen, drängten sich zwei kaum zwanzig Jahre alte Burschen hinein und begannen, sich geheimnisvoll und kichernd Fotos zu zeigen. Eine Station weiter war er, wie Hill es ihm gesagt hatte, ausgestiegen. Er war, ohne sich umzusehen, weitergegangen und auf eine breite Fußgängerzone gekommen, die er auf Hills Anweisung etwa einen Kilometer weit in nördlicher Richtung langlief. Viele Menschen, die zum Einkaufen gekommen waren, drängten sich hier, und er mußte ständig die Seite wechseln, um das Tempo zu halten. Etwa nach einem halben

Kilometer wurde die Straße schmaler, und es wurde deutlich, daß sie in einen schlichteren, schmucklosen Stadtteil führte. Die Gittertüren hatte Hill genaustens beschrieben. Sie tauchten überraschend nach einem Delikatessengeschäft auf, waren aus schwarzem Schmiedeeisen mit golden angemalten Teilen, standen halb offen und führten zu einem Innenhof, der von schönen hellgelben Fassaden umgeben war. Er ging durch den Hof, der wie ein kleiner Park aussah, und kam an eine Glastür, hinter der sich ein Bad befand. Bevor er die Tür öffnete, versuchte er in dem spiegelnden Glas festzustellen, ob ihm jemand folgte, aber das Bild war zu undeutlich. Nachdem er in eine Halle mit Ziegelwänden getreten war, in der es nach Putzmitteln duftete, blieb er wieder stehen, sah sich um wie ein Tourist, der nicht genau wußte, wo er gelandet war. An der Kasse stand eine Gruppe von Kindern, lachend und schwatzend, während sie auf jemanden zu warten schienen, der sie ins Bad mit hineinnahm. Kroonen wartete einige Minuten, bevor er durch eine Tür hinausging, die aus dem Bad auf eine schmale Straße führte. Genau gegenüber der Tür lag ein Laden, in dem Obst, Süßigkeiten und Zeitungen verkauft wurden, und dort ging er hinein. Er hatte zwei Minuten lang hinter einem Zeitungsständer gestanden und auf die Straße hinausgeblickt.

Nachdem er sich eine Rolle mit einer zähen, süßen Masse gekauft hatte, war er hinausgegangen und den von Hill beschriebenen Weg gelaufen, bis er in den Park mit dem großen Bibliotheksgebäude gekommen war.

«Schräg gegenüber der Bibliothek in der Ecke des Parks gibt es einen kleinen Imbiß», hatte Hill gesagt. «Dort hole ich dich mit dem Taxi ab.»

Im Park war es ruhig und friedlich, und der Imbiß hatte geschlossen. Er ging dran vorbei und sah das Taxi stehen, einen dunkelblauen Volvo 744. Durch die Scheibe sah er Hill auf dem Rücksitz. Der öffnete ihm die Tür, und als Kroonen einstieg, sagte Hill zum Fahrer: «Und nun zu Karlbergsvägen.»

Während der zehn Minuten dauernden Fahrt schwiegen sie und stiegen dann auf einer breiten Straße mit restaurierten Häusern aus der Zeit der Jahrhundertwende aus.

«Ist alles gutgegangen?» fragte Hill.

«Ja», antwortete Kroonen. «Das war richtig spannend. So wie damals, als man Junge war und Räuber und Gendarm spielte.»

Sie kamen zu einem breiten Hauseingang, beinahe ein Tor. Auf der Steinwand im Gewölbe stand Mats Berggrens Name auf einem Schild über der Codetafel. Kein Türtelefon. Hill sah sich zögernd um, und im gleichen Augenblick wurde die Tür von einer jungen Frau mit einem Kinderwagen aufgemacht. Hill hielt ihr die Tür auf, als sie den Kinderwagen über die Treppenstufe hinaus auf den Bürgersteig schob.

Kroonen folgte Hill durch die offene Tür. Das Treppenhaus war groß, und im Hintergrund befand sich eine breite, von Pfeilern eingefaßte Steintreppe. Das alles erinnerte Kroonen an die Hallen von Häusern in Paris. Sie gingen die Treppe bis in das zweite Stockwerk hinauf, und beide waren ein wenig außer Atem, als sie vor einer braungebeizten Wohnungstür mit Spion und einem Messingschild standen, auf dem der Name *Mats Berggren* zu lesen war.

An dem Türrahmen befand sich die Klingel, und als Hill zweimal draufgedrückt hatte, ohne daß jemand öffnete, zuckte Kroonen mißmutig mit den Schultern und wandte sich der Treppe zu.

«Warte, Ab.»

Kroonen schaute verwundert zu, als Hill seinen Paß aus der Innentasche nahm und ihn durch den Briefkastenschlitz steckte.

«Was tust du?»

Hill richtete sich auf und lächelte.

«Ein altbewährter Trick, um reinzukommen. Du wirst sehen, es funktioniert.»

«Aber... Wie sollen wir denn hineingelangen?»

«Komm!» forderte Peter Hill ihn auf und ging auf die Treppe zu.

Unten an der Haustür steckte Hill ein Streichholz in das Türschloß, um es zu blockieren. Als sie herauskamen, bat Hill Kroonen, einen Moment zu warten, während er selbst in das Brotgeschäft im Nachbarhaus ging. Kroonen beobachtete, wie er mit der Verkäuferin sprach, die auf die Straße hinauswies und ihm etwas zu erklären schien. Er sah, wie Hill nickte und sich bedankte, bevor er wieder herauskam.

«Was hast du vor?» fragte Kroonen ein wenig beunruhigt.

Er folgte Hill, der die Straße ein Stück langging, ehe er um die Ecke in eine Querstraße einbog.

«Wir gehen zu einem...» Ihm fiel plötzlich das richtige Wort nicht ein. «Einem, der Schlüssel und Schlösser herstellt.»

«Locksmith», half ihm Kroonen.

«Genau. So einen gibt es hier.»

Weiter unten auf der Straße befand sich ein Geschäft mit einem großen, vergoldeten Schlüssel als Ladenschild.

Peter Hill schob die Tür auf, und Kroonen folgte ihm.

Da drinnen roch es nach Eisenspänen und Öl. Unter der Glasscheibe des Ladentisches lagen Türknöpfe und Klinken in unterschiedlichsten Ausführungen und aus verschiedenstem Material. Dahinter stand ein junger Mann in grünem Kittel. Kroonen verstand nicht viel von dem, was Hill sagte, aber er nahm an, daß er ihm erklärte, er hätte seinen Schlüssel verloren oder sich ausgesperrt, und er hörte ihn das Wort ‹Paß› erwähnen. Der junge Mann nickte und rief einem Mitarbeiter, der sich unsichtbar im hinteren Teil des Ladens aufhielt, etwas zu, während er einen Notizblock und einen Stift hervorkramte. Hill diktierte dem jungen Mann etwas, Kroonen kam es so vor, als ob es die Paßnummer war. Danach verschwand der junge Mann in seiner Werkstatt, und als er wiederkam, hatte er den Kittel gegen ein Jackett ausgetauscht und trug eine lederne Werkzeugtasche in der Hand. Hinter ihm kam eine junge Frau mit einem Baby auf dem Arm heraus. Sie setzte sich auf einen Stuhl hinter den Ladentisch, und Kroonen und Hill folgten dem Schlosser zur Tür hinaus. Als sie gemeinsam zu Karlbergsvägen zurückgingen, sagte Hill zu Kroonen auf englisch mit der deutlichen Absicht, daß der junge Mann es mithörte: «Es ist aber wirklich ein Pech, daß ich Berggrens Schlüssel verloren habe, gerade jetzt, wo ich verreisen muß und meinen Paß brauche.»

Einen kurzen Augenblick lang schien es Kroonen, als ob er dies hier schon einmal erlebt hätte. Eine undeutliche Erinnerung daran, wie er als Junge über irgendeinen Unfug lachend, den sie getrieben hatten, mit einem Freund eine breite Straße überquerte. Da meldete sich die Spannung von vorhin wieder, aber nur für den Bruchteil einer Sekunde. Danach fühlte er sich nur nervös und unsicher.

Vor der breiten Haustür blieben sie stehen, und Hill tat so, als kenne er den Türcode, und drückte aufs Geratewohl vier Ziffern, bevor er sich mit der Schulter gegen die Tür lehnte und sie aufdrückte.

«Zwei Treppen hoch», sagte er zu dem Schlosser.

Wieder gingen sie die Treppe hinauf, blieben vor der Wohnungstür stehen, wo der junge Mann sich das Schloß ansah, eine Weile in seiner Werkzeugtasche kramte und dann einen Ring mit vielen Dietrichen nahm und mit einer Handbewegung das Schloß öffnete.

«Phantastisch», sagte Hill und trat in die Garderobe. Der Schlosser und Kroonen gingen an ihm vorbei in die Diele, die zu einem Wohnzimmer hin offen war. Am hinteren Ende der Diele stand die Tür zur Küche offen.

«Ich glaube, der liegt auf dem Küchentisch», sagte Hill und nickte dem Schlosser zu, voranzugehen. Im gleichen Moment stellte Kroonen fest, daß Hill seinen rechten Fuß auf den Paß gesetzt hatte, den er nun mit einem Fußtritt über den Boden auf das Wohnzimmer zu rutschen ließ. Gleichzeitig knuffte er Kroonen und schob ihn in Richtung Küche, hinter dem jungen Mann her, der zögernd an der Schwelle stehengeblieben war. Aus den Augenwinkeln heraus sah Kroonen, wie Hill den Paß mit der Fußspitze ins Wohnzimmer schob.

«Ich kann ihn nicht sehen», stellte der Schlosser fest. Er blickte Hill, der sich suchend umsah, mißtrauisch an.

«Verdammt noch mal», sagte der mit allen Zeichen von Beunruhigung. «Hab ich ihn vielleicht doch ins Wohnzimmer gelegt? Geh du voran.»

Der junge Mann nickte und blieb auf der Schwelle zum Wohnzimmer stehen.

«Hier», sagte er, «da liegt er ja auf dem Fußboden.»

Er beugte sich hinunter und nahm den Paß in die Hand. «Vielleicht ist er aus der Tasche geglitten, als Sie sich den Mantel angezogen haben.»

Er nahm den Zettel heraus, auf dem er sich die Paßnummer notiert hatte, und verglich die Ziffern, bevor er ihn Peter Hill reichte.

«Okay», sagte er. «Das macht dreihundertneunzig Kronen. Ich schreibe eine Quittung.»

Peter Hill empfand einen leichten Schock bei diesem Preis, nahm aber vier Hundertkronenscheine heraus und sagte dem jungen Mann, daß es so stimmte, bevor er ihn an die Tür begleitete.

Kroonen lächelte, als Hill wiederkam.

«Da siehst du, man wird wohl nie richtig erwachsen. Der Lausbub sitzt tief drinnen.»

Das Wohnzimmer war klein und modern eingerichtet, mit wenigen Möbeln. Es gab ein zweisitziges Ledersofa und einen niedrigen Tisch mit einem sauberen Aschenbecher. In einer Ecke stand ein weißer Schreibtisch und darüber eine komplette Stereoanlage auf Regalen, die an der Wand festgeschraubt waren. Auf dem Tisch stand ein Telefon in Form eines amerikanischen Straßenkreuzers. Ein Chevrolet Impala 1957, stellte Kroonen fest. Die verchromten Halbreifen ruhten auf einem Anrufbeantworter. Hill spulte das Band zurück und drückte auf den Abhörknopf.

«Leer», sagte er nach einer Weile, nachdem sie nur ein leises Summen und das stereotype Piepen gehört hatten.

Er sah den Ausdruck auf Kroonens Gesicht und lachte auf.

«Das ist so, wenn man lange genug Polizeireporter war. Man übernimmt bestimmte schlechte Angewohnheiten.»

Er schaute in den Schreibtischfächern nach, ohne etwas von Interesse zu finden, und ging wieder hinaus in die Diele.

Kroonen empfand so etwas wie Unwirklichkeit. Er konnte sich kaum vorstellen, daß Chris hier gewesen, in diesen Zimmern umhergegangen war, in der Küche Essen gekocht, hier geschlafen hatte. Nichts gab es in der Wohnung, das an sie erinnerte, was es noch schwerer machte, daran zu glauben, obwohl es sich doch zweifellos so verhalten haben mußte.

«Hallo, Ab, komm und sieh mal...»

Hills Stimme hörte sich eher erstaunt als aufgeregt an, und als Kroonen hinaus in die Diele kam, sah er den Schweden in gespannter Haltung in einer Türöffnung stehen.

Hinter der Tür befand sich ein kleines Zimmer, das fast ganz von einem enormen Bett voller pastellfarbener Kissen eingenommen wurde. Vor den Fenstern hingen Samtvorhänge, die nicht ganz zugezogen waren und das bleiche Licht der Dämmerung hereinließen. Am Kopfende des Bettes stand ein niedriger Schrank und links davon ein teures Handwaschbecken aus imitiertem Marmor. Darüber, ebenso wie über dem Bett, befanden sich Strahler, die mit einem milden rosa Schein leuchteten, als Hill sie anknipste.

«Aha», stellte Hill fest, «ein Hurennest auf Karlbergsvägen.»

Kroonen betrachtete Hill, der über den weißen Langhaarteppich zu dem Schrank am Bett ging und die Türen öffnete. Darin lagen einige Videobänder, und noch bevor Hill sie herausgenommen hatte, wußte Kroonen, welche Art Filme das waren.

Kroonen drehte sich um und sah einen Monitor mit einem Videoplayer auf einem Regal darunter.

«Kleiner Nebenverdienst eines Fotografen», bemerkte Hill. «Wahrscheinlich ein richtig lohnender kleiner Arbeitsraum.»

Er blickte Kroonen an und brach abrupt ab, als er seinen eigenen zynischen Tonfall vernahm.

«Entschuldige», sagte er und berührte mit einer leichten Geste Kroonens Schulter. «Sollen wir uns den Rest ansehen?»

Außer dem Wohnzimmer, dem bordellartigen Schlafzimmer, einem Bad und der Küche gab es noch einen Raum, der offenbar zugleich Schlaf- und Arbeitszimmer war. Dort stand ein niedriges selbstgebautes Bett, das nachlässig zugedeckt worden war. Auf der Bettkante lag eine Zeitung. Hill nahm sie hoch und kontrollierte das Datum.

«Achter August!» rief er. «Etwas mehr als einen Monat her.»

Da gab es Kamerazubehör, Schachteln mit Fotopapier, und in einem Einbauschrank war eine kleine Dunkelkammer installiert worden.

Kroonen entdeckte das Bild von Chris zuerst.

Es war ein großes Foto, vielleicht zwanzig mal dreißig Zentimeter, und es war mit Reißzwecken zwischen vielen anderen Bildern über einem Arbeitstisch angebracht, der mit Filmrollen, Dosen mit Chemikalien und anderem Fotomaterial überhäuft war.

«Christine?» fragte Hill, obwohl er die Antwort bereits wußte.

Kroonen nickte schweigend. Er blickte auf das Foto seiner Tochter. Es war ein Porträt, bei dem ein Teil des Gesichts im Schatten lag, die Augen aber direkt ins Objektiv starrten, so daß ihr Blick dem Betrachter zu folgen schien, aus welchem Winkel auch immer er hinschaute.

«Sie ist hübsch», stellte Peter Hill fest.

«Ja», stimmte Kroonen zu.

«Sie hat etwas von der Schauspielerin, die mit Belmondo in einem der ersten Filme der neuen Welle spielte, wie hieß er noch gleich ... ‹Außer Atem› ...»

Kroonen nickte, obwohl er nicht verstand, wovon der andere sprach. Sie hatte Heleens Augen, graublau, den gleichen ein wenig mißtrauischen Blick, aber seine Nase, kurz und gerade mit einer kleinen Wölbung nach oben an der Spitze. Er blickte zur Seite zu Hill, der sich nach vorn beugte und ein kleines Foto in die Hand nahm, das nur noch locker an einem schmalen Klebestreifen gehangen hatte.

«Ullström AB», bemerkte Hill.

Das Foto zeigte einen Teil eines großen Ziegelbaus, der ganz deutlich der untere Teil eines alten Fabrikgebäudes war. Vor der Fassade stand ein Gabelstapler, und links sah man ein ganz normales Fabriktor mit großen Buchstaben über dem Torbogen, die den Namen *ULLSTRÖM AB* bildeten. Links vom Tor standen vier breitbeinige Männer. Die waren gut gekleidet und lachten in die Kamera. Zwei von ihnen trugen Hüte, die beiden anderen hatten ihre Hüte in die Hand genommen und winkten damit dem Fotografen zu. Schräg hinter ihnen stand ein langes, schwarzes Auto mit breitem Trittbrett an der vorderen Tür.

«Die Fabrik seines Vaters», sagte Hill. «Die, von der seine Mutter gesprochen hat. Warum hat er das hier zwischen all seinen eigenen Bildern hängen?»

Er hob eine Hand, weil das starke Licht ihn blendete.

«Das ist nicht mal ein gutes Bild.»

«Vielleicht wegen des Autos», meinte Kroonen.

«Das Auto?»

Kroonen wies auf das lange, schwarze Auto. «Ein Opel Kapitän, Baujahr 1958», erklärte er. «Ziemlich selten. Er hat auch ein Telefon in Form eines Autos. Vielleicht interessiert er sich besonders für alte ...»

«Um Gottes willen!» rief Hill.

Kroonen blickte Hill erstaunt an, der das Foto dicht ans Licht hielt und es mit erregter Miene näher betrachtete.

«Was ist denn?»

Hill antwortete nicht. Er drehte das Bild um und fand vier Namen mit eleganter Handschrift in dunkelbrauner Tinte darauf verzeichnet. Plötzlich steckte er das Foto in die Tasche und sagte:

«Komm, wir gehen.»

«Aber...»

«Wir gehen jetzt. Ich sag's dir nachher.»

Sie nahmen die U-Bahn in östlicher Richtung, und nach einem kurzen Fußweg steuerte Hill auf ein großes, gemütliches Café zu. Hill erzählte etwas über die Geschichte des Restaurants, aber das einzige, was Kroonen mitbekam, war, daß es *Pottan* genannt wurde und offenbar Hills Stammlokal war. Als sie sich an einem Tisch niedergelassen hatten, entschuldigte Peter Hill sich und ging zum Telefonieren. Kroonen sah ihn ganz hinten am Tresen stehen, den Rücken dem Lokal zugewandt und den Hörer ans Ohr gepreßt. Währenddessen blickte Kroonen sich in dem Lokal um.

Es war laut in diesem Restaurant, und die Atmosphäre wunderte Kroonen ein wenig, sie erinnerte ihn an Bahnhofsrestaurants alter Zeiten in Den Haag, Utrecht, Haarlem. *Pottan* war ebenso gebaut, groß, hoch, dunkelbraun und ziemlich kalt. Trotzdem eine angenehme und gemütliche Stimmung. Die meisten Gäste saßen allein am Tisch, lasen in der Zeitung oder saßen nur so da mit einem Glas Bier vor sich.

Kroonen ging normalerweise selten in Restaurants oder Cafés. Hin und wieder in eine Bar oder in die Lounge eines Hotels aus geschäftlichen Gründen und einmal im Monat mit Heleen irgendwo zum Essen. Er trank von seinem Bier und überlegte, weswegen Hill so lange telefonierte. Natürlich wegen des Fotos, das er an sich genommen hatte, aber darüber hatte er unterwegs nicht sprechen wollen. Er hatte lediglich vor sich hin gemurmelt: «Eine gute alte journalistische Regel ist es, immer und immer wieder zu überprüfen. Ich will mich nur davor schützen, einen Fehler zu machen.»

Es ging um die Firma Ullström. Was hatte Mats' Mutter noch gesagt? Der Vater war von seinen Partnern übers Ohr gehauen worden, hatte Konkurs gemacht und Selbstmord begangen. Kompagnons zu haben war nicht immer nur von Vorteil, das wußte er aus seiner eigenen Branche. Sich lieber um alles selbst kümmern, auch wenn es bedeutete, daß man doppelt so hart arbeiten mußte. Immer noch besser, als einen Partner zu haben, den man überwachen mußte. Zusätzlich zu dem Gerede der zehn Angestellten, allem bürokratischen Aufwand mit Krankmeldungen, Sozialabgaben, Arbeitgeberanteilen und Gott weiß was noch. Dann schon lieber mehr arbeiten und davon verschont werden...

Hill kam zurück, und Kroonen sah ihn fragend an.

Hill nickte, legte das Foto auf den Tisch und wollte etwas sagen, als der Kellner mit ihrem Essen kam. Gebratene Leber mit Kapern und durchwachsenem Speck für Hill und so etwas wie gegrilltes Mett mit Bratkartoffeln für Kroonen.

«Noch ein Bier?»

Kroonen nickte. Hill bestellte, und als der Kellner weg war, zog er das Foto heraus und drehte es um.

«Kannst du die Namen lesen?»

Kroonen nahm das Foto und versuchte mit zusammengekniffenen Augen, die verschnörkelten Buchstaben zu entziffern.

«Berggren», antwortete er.

«Mats' Vater.»

Berggren stand ganz links, ein magerer Mann mit Hut. Er sah nicht so aus wie der Mann auf der *Galatea*.

«Die anderen drei sind seine Mitinhaber», erläuterte Hill. «Hier», er schnippte mit dem Finger auf den Mann neben Berggren, «Sture Svensson... und da, die beiden, die die Hüte schwenken, sind die, nach denen die Fabrik benannt wurde, Bengt Ullman und Gunnar Lundström.»

«Nach denen die Fabrik benannt wurde?»

«Ullman und Lundström. Ull und Ström – Ullström.»

«Oh...»

«Ja», sagte Hill. Er nahm seine Gabel und das Messer und begann zu essen.

«Na und?» wiederholte Kroonen.

«Lundström und Svensson sind tot...»

«Berggren ja wohl auch?»

«Ja», sagte Hill und nahm einen Bissen von der Leber, den er mit einem Schluck Bier hinunterspülte. «Willst du nicht essen?»

Kroonen nickte und nahm sein Besteck.

«Lundström ist vor einem Monat im Wald erschossen worden...»

Kroonen blickte Peter Hill an, und der fuhr fort:

«Der Täter konnte entkommen.»

«Woher weißt du das?»

«Von einem Kollegen.» Hill lachte kurz auf. «Einem ehemaligen Kollegen. Svensson ist vorgestern erschossen worden.»

«Wie bitte?»

«Ja. In einer Garage in Västerås.»

Kroonen saß regungslos da und starrte Hill an.

«Hast du deswegen eben angerufen?»

Hill schob den Teller von sich weg, obwohl er nur wenige Bissen gegessen hatte, und steckte sich eine Zigarette an.

«Was glaubst du?» fragte Kroonen. «Ich meine, was hältst du davon...» Er brach ab und nahm seine eigenen Zigaretten heraus.

«Ich weiß es nicht», antwortete Hill. «Das sieht mir viel zu eigentümlich aus, als daß es ein Zufall sein könnte. Lindström hat gesagt, daß beide mit dem gleichen Kaliber erschossen worden sind. Vielleicht mit der gleichen Waffe.»

«Lundström?»

Hill lächelte.

«Nein, Lindström, mein ehemaliger Kollege. Lundström ist der Mann, der vor einem Monat ermordet worden ist.»

Er lehnte sich über den Teller und nahm noch einen Bissen. «Auch im Fall Svensson haben sie noch keinen festgenommen...»

Kroonen zögerte einen Moment, dann fragte er:

«Mats?»

Hill zog eine Grimasse.

«Das könnte man annehmen. Aber das scheint so unlogisch, mit dieser Erpressung und mit Chris...»

«Aber das würde doch bedeuten, daß er noch in Schweden ist!» sagte Kroonen aufgeregt. «Und daß auch Chris hier ist. Nicht wahr?»

«Das ist möglich.»

«Aber klar. Dann könnten sie doch beide hier sein. In Skärgården!»

«Nun ja», beruhigte Hill ihn. «Das muß nicht sein. Erstens ist es nicht sicher, daß er Lundström und Svensson erschossen hat, auch wenn es nach einem eigenartigen Zufall aussieht... Aber wenn er es tatsächlich gewesen ist, dann kann er sich überall und nirgends aufhalten...» Hill runzelte die Stirn. «Das wäre übrigens verdammt gewagt von ihm, denn er weiß ja, daß nach ihm überall gesucht wird oder jedenfalls, daß nach ihm gefahndet wird, und sich unter solchen Umständen erst nach Göteborg und dann nach Västerås zu begeben...!» Er schüttelte den Kopf und schob seinen Teller nun endgültig von sich weg.

«Ich fahre nach Malmö», entschied er.

«Warum denn das?»

«Ja, also, der dritte Mann hier, Ullman, der wohnt in Malmö. Sei es nun ein Zufall oder nicht, es sieht doch so aus, als ob jemand sich vorgenommen hat, die ganze Mannschaft auszurotten, ich meine also, es wäre klug, den Mann zu warnen. Und das kann ich kaum am Telefon tun. Es kann ja sein, daß er schon zwei und zwei zusammengezählt hat, aber...»

«Warum gehst du nicht zur Polizei?»

Hill blies eine Rauchsäule in die Luft und blitzte Kroonen ironisch an.

«Tja», überlegte er, «das könnte ich eigentlich tun. Du hast ja gesagt, daß Wester deine Tochter nicht verdächtigt, oder?»

«Was meinst...»

Bevor Hill antworten konnte, begriff Kroonen, was er meinte. Er starrte auf das kalte Essen auf seinem Teller, das er nicht einmal angerührt hatte.

«Wann fährst du?»

«So bald wie möglich. Morgen früh, glaube ich.»

«Kannst du ihn nicht anrufen?»

Hill lächelte ein wenig ironisch.

«Aus einer Telefonzelle, meine ich», ergänzte Kroonen.

«Nein», entgegnete Hill. «Das ist ein großer Mann, dieser Ullman. Er wird nur glauben, daß sich da noch so ein Verrückter meldet. Er bekommt sicher eine ganze Menge eigenartiger Anrufe.»

Er winkte dem Kellner.

«Die Rechnung, bitte.»

«Ich bezahle», sagte Kroonen.

Hill schwieg.

«Und was wird mit mir?» fragte Kroonen.

«Wieso?»

«Was soll ich tun?»

«Nichts! Was könntest du denn tun? Wester oder einer seiner Leute wird dich sicher aufsuchen.» Hill lächelte. «Die werden von dir wissen wollen, was du heute den ganzen Tag getan hast. Wenn ich du wäre, würde ich sagen, ich hätte Sightseeing gemacht. Hast du ja auch.»

Kiki Andersson schrieb Kroonen auf das Löschpapier. Er war nicht sicher, ob der Name mit einem oder zwei s geschrieben wurde. Zwei sahen schwedischer aus, aber auch etwas eigenartig. Vor einer Stunde war er ins Hotel zurückgekommen. Er hatte sich beinahe darauf eingestellt, daß Wester dort sein würde, wie Hill prophezeit hatte, aber das war nicht der Fall.

Er hatte überlegt, ob er Heleen anrufen sollte, hatte es dann aber gelassen, weil er nicht recht wußte, was er ihr sagen sollte. Sie hatte vielleicht selbst angerufen, aber am Empfang lag keine Nachricht für ihn.

Weshalb hatte er plötzlich an Kiki Andersson denken müssen? Er hatte auf dem Bett gelegen. Nimm mal an, hatte er überlegt, daß die sich tatsächlich auf einer dieser tausend Inseln befinden. Hill hatte recht. Wenn diesem Burschen die Erpressung gelungen war und er einen Haufen Geld bekommen hatte, war es nicht logisch, daß er das Risiko auf sich nahm und umherreiste.

Aber trotzdem...

Wenn sie nun mit dem Boot unterwegs waren. Das wäre was für Chris gewesen, sie war mit Booten aufgewachsen und war gerne auf dem Wasser.

Der Gedanke daran, daß die beiden zusammen waren, machte ihn so nervös und rastlos, daß er nicht mehr länger still liegen konnte. Daß sie irgendwo mit Mats zusammen war, hieß doch nichts anderes, als daß sie wußte, was er tat! Und wenn Wester oder die Polizei dahinterkamen – oder es bereits wußten –, dann war sie natürlich ebenso schuldig wie er! Verdammt noch mal, Christine! Was um

Himmels willen war da schiefgegangen? Was hatten er und Heleen falsch gemacht? *Hatten* sie etwas falsch gemacht? Wie war das gekommen, daß sie, die so liebevoll und behütet aufgewachsen war, die alles, was sie wollte, bekommen hatte, so auf die schiefe Bahn geraten war?

Pornographie. Erpressung.

Natürlich war es so, wie Hill gesagt hatte. Chris war nicht dumm, ganz im Gegenteil. Und sie war von Natur aus bestimmend, was er während ihrer Teenagerjahre nur zu oft hatte erfahren müssen. Hartnäckig war sie auch. Das war ein Charakterzug, auf den Heleen und er stolz gewesen waren. Sie war ein selbständiges Kind gewesen, natürlich nicht einfach zu erziehen, aber sie konnte allein zurechtkommen, wußte sich zu helfen. Das hatten sie sich oft gegenseitig versichert, als sie sich auf den Weg gemacht hatte. «Sie kommt jedenfalls allein zurecht.»

Wahrscheinlich.

Natürlich hatte sie etwas von der Erpressung gewußt. Sie hätte sich nicht einfach so ausnutzen lassen. Das fehlte ja noch!

Hill hatte sich nicht so deutlich ausgedrückt, aber das hatte er offensichtlich andeuten wollen. Es war eine typisch weibliche Idee, das mit dem Verkleiden. Außerdem war jener Rüter ein Holländer, von dem Mats nie und nimmer gehört hätte, wenn Chris ihm nicht erzählt hätte, wer er war und wie man ihn ausnutzen konnte. Hill hatte recht.

Und Wester hatte gelogen.

Als er in seinen Überlegungen so weit gekommen war, hatte er plötzlich an Kiki Andersson gedacht. Oder besser noch an etwas, das sie gesagt hatte. Ein kurzer geheimnisvoller Satz.

«Pornofilme. Manchmal habe ich auch mitgemacht.»

Sie war beinahe stolz darauf gewesen, herausfordernd. Aber dabei dachte er jetzt nicht an den Tonfall. Sie war manchmal auch dabeigewesen.

Vielleicht auch in einem solchen Film, wie er ihn gesehen hatte, so einem wie dem da draußen bei den Inseln?

Da schrieb er ihren Namen auf das Löschpapier und versuchte, sich an den eigenartigen Namen der Straße zu erinnern, in der sie wohnte. In der Chris gewohnt hatte.

Er stand auf, um die Brieftasche mit dem Zettel, auf dem ihre Telefonnummer stand, zu holen, als es klopfte. Er ging an die Tür, im guten Glauben, es sei eine Putzfrau.

Es war Wester.

«Darf ich hereinkommen?»

Kroonen schwieg, aber er nickte.

«Ich bitte um Entschuldigung, daß ich Sie schon wieder belästige, Mr. Kroonen», begann Wester. Er schloß die Tür hinter sich und blieb stehen.

«Ich würde gern wissen, wo Sie heute gewesen sind.»

Einige Sekunden lang sahen sie einander an.

Dann fragte Kroonen: «Warum?»

«Haben Sie sich mit Hill getroffen?»

Kroonen lachte.

«Weshalb glauben Sie das?»

«Sie wollen nicht antworten?»

Kroonen ging langsam an den Schreibtisch. Er spürte plötzlich, wie seine Nervosität in Wut überging.

«Nein!» antwortete er mit Nachdruck. «Ich habe bereits früher zu Ihnen gesagt, daß ich ein holländischer Staatsbürger bin, der sich in diesem Land völlig legal aufhält. Ich habe das Recht, zu kommen und zu gehen, wie ich will.»

Obwohl er versuchte, sich zu beherrschen, wurde seine Stimme schrill. «Ich bin Ihnen keine Erklärung schuldig. Ich weiß, daß Sie mich beschatten lassen, seit ich hierhergekommen bin, und daß Sie wahrscheinlich auch meine Telefonate abhören. Woher sollten Sie sonst wissen, daß ich Hill kennengelernt habe? Oder daß ich draußen in Arlanda gewesen bin? Was ist das hier für ein Land, in dem man unschuldige Ausländer völlig willkürlich überwacht? Herrgott noch mal, das ist ja schlimmer als in Rußland!»

Jetzt zitterte er vor Wut und starrte Wester an, der ihn seelenruhig anblickte.

«Sie haben mir gesagt, daß meine Tochter unschuldig ist. Ich habe mit ihrem Freund nicht das geringste zu tun. Ich suche nach ihr, und ich halte das für völlig normal, denn ich bin ihr Vater. Begreifen Sie das?»

Wester nickte.

«Sie haben also mit Hill gesprochen?»

«Habe ich das gesagt?»

«Nein, Mr. Kroonen, das haben Sie nicht gesagt. Aber ich nehme es an. Ich rate Ihnen in Ihrem ureigensten Interesse, sich nach Möglichkeit nur in Ihrem Hotel aufzuhalten. Wenn Sie nach Holland oder woandershin reisen, wäre ich Ihnen dankbar, wenn Sie mich darüber informieren. Oder Sie sagen an der Rezeption Bescheid. Jetzt bitte ich um Entschuldigung, daß ich Sie gestört habe.»

«Verschwinden Sie!»

Wester sah ihn nicht einmal an, öffnete nur die Tür, ging hinaus in den Flur und schloß die Tür hinter sich.

Kroonen spürte, wie ihm plötzlich schlecht wurde, die Magensäure stieg ihm in die Kehle und brannte, so daß er sich über den Schreibtisch beugen und tief durchatmen mußte.

Das Telefon neben seiner einen Hand klingelte. Er nahm den Hörer ab.

«Ab?»

Durch das saure Aufstoßen konnte er nicht gleich antworten. Er schluckte zweimal.

«Ab? Bist du da?»

«Ja», meldete er sich heiser. «Ich habe gerade geschlafen...»

Während er zuhörte, was Heleen ihm sagte, sah er durch seine Finger den halb verdeckten Namen von Kiki Andersson.

An der Straßenecke blieb Wester neben einem Saab 99 stehen.

Die Scheibe neben dem Fahrersitz war heruntergekurbelt. Der Fahrer legte eine Zeitung auf die Seite.

«Bleib hier bis Mitternacht stehen», befahl Wester. «Nielsen löst dich ab. Wahrscheinlich legt er sich jetzt hin und schläft. Dann löst du Nielsen wieder um halb acht ab. Und halte diesmal verflucht noch mal die Augen offen!»

«Herrgott noch mal, woher sollte ich wissen, daß ein Ausländer, der erst wenige Tage hier ist, das Centralbad kennt. Nicht wahr? Das ist doch eigentlich ein bißchen viel...»

Er brach ab, denn Wester war schon einige Schritte auf seinen eigenen Wagen zugegangen.

«Verdammte Chefmanieren!» schimpfte der Mann im Saab.

Er warf einen Blick auf das Fenster ganz links im Erdgeschoß des Hotels *Gamla Stan* und nahm dann seine Zeitung wieder auf. Im Rückspiegel sah er Wester in sein Auto steigen.

«Verdammter Idiot», fügte er hinzu.

Wester sagte das gleiche, als er losfuhr.

Sein Autotelefon piepte, und er nahm den Hörer hoch.

«Ja?»

«Bo? Hier ist Lars. Hill hat soeben mit seiner geschiedenen Frau in Malmö gesprochen. Er fährt morgen mit dem Zug hin. Was machen wir?»

«Haben wir da unten jemanden?»

«Na ja, eigentlich nicht.»

«Dann fahren wir runter», entschied Wester. «Ruf die in Malmö an. Und melde dich danach.»

Ohne darauf zu warten, ob der andere noch etwas hinzuzufügen hatte, wendete er den Wagen und fuhr in Richtung Söder, wo er die blonde Frau mit vielen Entschuldigungen mitten während des Abendessens in ihrer Wohnung verlassen hatte.

Die Fahrt würde zehn Minuten dauern, das reichte Wester vollkommen, um irgendeinen Vorwand für seine Abwesenheit zu erfinden. Ein guter Vorwand war die Voraussetzung dafür, daß der Rest des Abends und die Nacht ungezwungen verliefen.

XIII

Die Insel lag in etwa der Mitte des Wirrwarrs von Inseln, die sich in einem dreißig Kilometer breiten Gürtel zwischen dem Festland und Ålands Hav hinzogen. Nach Norden zu grenzte sie an eine breite Fahrrinne, während sie im Westen, Osten und Süden von kleineren Inseln, Schären und Felseninseln umgeben war, von denen die meisten unbewohnt waren. Durch ein Gatt im Südosten konnte man bei gutem Wetter und klarer Sicht die Linie des Horizontes sehen, aber jetzt glänzten dort nur die nächstgelegenen Felsrücken im Nebel, der während der Morgenstunden von See her herangezogen war.

Im Norden befand sich eine breite schilfbewachsene Bucht, aber sonst reichten die kahlen Granitrücken bis ans Wasser hinunter, nur da und dort gab es eine Spalte im Fels, in der Strandgras und Erlenbüsche wuchsen. Vom westlichen Strand der Insel, an dem die Klippen niedrig und glatt waren, schob sich ein Anleger ins Wasser. An dieser Brücke lag ein weißgestrichenes älteres Holzboot in Klinkerbauweise. Von Süden, wo die Klippen am steilsten waren und beinahe senkrecht zum Wasser hin abfielen, verlief sich ein beinahe fünf Meter breiter und zehn Meter langer Einschnitt in den Felsen.

Mitten auf der Insel stand ein kleines, rot angestrichenes Haus, umgeben von Fichten und einzelnen Birken. Das Häuschen hatte einen größeren Raum, eine Kammer, eine kleine Diele und eine Küche. In der Küche standen zwei junge Menschen.

«Wir wollten nur zwei Wochen hierbleiben, verdammt noch mal! Erinnerst du dich daran, daß du das gesagt hast? Jetzt ist schon ein ganzer Monat vergangen. Sogar mehr als ein Monat!»

Mats schwieg. Er sah ihr in die blitzenden Augen, die ihm dunkler erschienen, wenn sie böse war, und auf ihren zusammengepreßten Mund.

«Shit! Shit! Shit!»

Sie trat wie rasend mit dem Stiefel gegen die Schranktür unter der Spüle. «Na?»

«Lennart hat die Pässe noch nicht bekommen, das weißt du doch.»

«Du mit deinen verdammten Pässen! Wir könnten trotzdem losfahren. Wir können über Nacht verschwinden.»

«Mach dich nicht lächerlich. Das können wir nicht. In einer Woche sind wir fertig.»

«Na klar! Das hast du die ganze Zeit über gesagt. Herrgott noch mal, Mats...»

Er wußte, daß ihr Zorn sich beinahe gelegt hatte, jetzt, als sie seinen Namen nannte. Er nahm ihre Hände.

«Chris, das geht nicht. Wir kommen ohne diese Pässe nicht durch.»

«Warum dauert das denn so lange, verflucht?»

«Weil sie gut sein müssen, Schatz. Wir haben für richtige, sichere Pässe bezahlt. In einer Woche hauen wir ab, ich verspreche es dir.»

Sie sah ihn erst durchdringend an, dann schüttelte sie mit dem Kopf.

«Mats, was ist eigentlich los?»

«Nichts. Ich will nur jedes Risiko vermeiden.»

«Es hat uns doch niemand entdeckt.»

«Nein.» Er streichelte ihre Handgelenke. «Nein, hier nicht, aber das heißt noch nicht, daß sie nicht nach uns suchen. Genau das erwarten sie doch von uns, daß wir uns eine Zeitlang verstecken, bevor wir abhauen.»

«Ich werde hier noch verrückt! Ich halte es hier nicht länger aus.»

Statt zu antworten, beugte er sich nach vorn und küßte sie auf die blonden kurzgeschnittenen Haare.

«Nur eine Woche...»

Sie sah zu ihm auf, immer noch mit Zweifeln in den hellblauen Augen.

«Wird schon alles klappen», beruhigte er sie. «Mach dich jetzt auf den Weg, damit du es schaffst, bevor der Laden schließt.»

Sie schüttelte mit dem Kopf und zog ihre Hände zurück. Ging in die kleine Diele hinaus, nahm ihren Ölzeugmantel vom Haken und zog ihn an. Griff nach der Einkaufstasche aus Plastik.

«Vergiß die Zigaretten nicht», bat er. «Und Batterien, vier kleine und zwei große für die Stablampe. Okay?»

Sie trat aus dem Häuschen, und er nahm die Jacke und ging hinter ihr her zum Anleger. Der Nebel hatte sich etwas gelichtet, aber die Luft war kalt und feucht, und es roch nach Herbst.

«Okay?» fragte er noch einmal, und Chris nickte kurz und stieg ins Boot.

Er war stolz auf sie, weil sie so geschickt mit dem Boot umging. Zu Beginn hatte er ihr die Verantwortung nicht überlassen wollen, ehe sie bewiesen hatte, daß sie wirklich mit der See vertraut war. Vor zwei Monaten hatte sie die *Galatea* ruhig und sicher durch eine steife Brise gesteuert, und obwohl er gezwungen war, ihr beim Lesen der Seekarte zu helfen, weil es ihr an Erfahrung im Skärgård mangelte, hatten ihm ihre Fähigkeiten imponiert. «Was hast du denn geglaubt?» hatte sie gefragt. «Ich komme aus dem Wasserland

Holland. Mein Vater hatte ein Boot, und seit ich klein war, hat er mich mitgenommen. Er hatte ja keinen Sohn», hatte sie hinzugefügt.

Jetzt verschwand sie unter dem Verdeck, und er wußte, daß sie sich die schwarze Perücke überstülpen und die Brille aufsetzen würde. Er lächelte vor sich hin. Das war auch ein Grund, warum er sie bewunderte. Ihre Pfiffigkeit. Sie hatte das alles geplant. Erst das vorgespielte Interview. Und dann wie sie von Kikis Wohnung aus den Holländer geführt hatte, zuerst zu dem Mietwagen vor der Oper, dann über das Autotelefon zur Pontonbrücke am Nationalmuseum, wo er selbst in dem kleinen, schnellen Motorboot wartete, das sie geliehen hatten. Wie sie ausgerechnet hatte, daß er den Holländer auf Skeppsholmen absetzen konnte, wo der Film sich befinden sollte, nachdem er die Tüten mit dem Geld unter die Plane geschoben hatte, die er zwischen sich und dem Holländer von der hinteren Ruderbank hatte herunterhängen lassen. Danach hatte er das Boot gewechselt, auch das neue war geliehen, und war ganz einfach zu Räntmästartrappan gefahren und zu seinem Auto gegangen, das auf Hökens Gata stand. Und währenddessen war Chris ganz ruhig losgegangen und hatte sich auf eine Bank gesetzt und darauf gewartet, daß er kam. Er sah es vor sich, wie sie wie der Blitz von dem Platz angerannt kam, sich ins Auto warf und ihm zurief, er sollte das Gas durchdrücken, denn sie glaubte, sie würde beschattet. Und dann geradewegs hinaus auf Nynäsvägen, und kein Schwein wußte, wohin sie verschwunden waren.

Sie war prima, wenn es um solche Dinge ging, sie wurde nur nervös, wenn sie zur Tatenlosigkeit verurteilt war. So wie jetzt.

Aber andererseits wollte er jetzt keinerlei Risiko mehr eingehen, nachdem sie schon so weit gekommen waren.

Sie tauchte wieder auf, mit Perücke und der Brille über die Stirnhaare hinausgeschoben. Sie startete den Motor und fuhr in einem Halbkreis dicht an den Klippen vorbei, bevor sie Gas gab und geradeaus in die Bucht hinausfuhr. Sie blickte sich nicht um und winkte nicht, aber er hob eine Hand und grüßte zu ihr hinüber. Er sah ihr nach, bis sie hinter einem Felsbuckel verschwand. Sie würde mindestens zwei Stunden brauchen, zu dem Laden fahren, einkaufen und zurückkommen. Die ersten Male waren sie zusammen gefahren, obwohl das Risiko größer war, wenn sie zusammen gesehen wurden. Mats hatte auch nicht ihr Talent, sich zu verkleiden. Jetzt kannte sie die Wasserwege gut genug, um allein fahren zu können. Mats war beunruhigt gewesen, daß sie wegen ihres schlechten Schwedisch die Aufmerksamkeit auf sich ziehen würde, und jedesmal wenn sie einkaufen fahren sollte, hatte er sorgfältig mit ihr geübt, was sie sagen sollte, damit ihr Akzent kaum zu merken war. Sie galt sicher als eine wenig redselige und vielleicht sogar schwerhörige Person, weil sie kaum mehr sagte als die Worte, die sie eingeübt hatten.

Er blickte auf seine Uhr und nahm das Fernglas aus der Jackentasche.

Mats Berggren war im Skärgård zu Hause. Jedenfalls in Teilen davon. Mit seinen Eltern war er in seiner Kindheit fast jeden Sommer hier gewesen, sein Vater hatte kein eigenes Grundstück gekauft, aber sie mieteten sich Sommerhäuser oder wohnten in einer Pension, und drei Sommer hintereinander hatten sie eine kleine Hütte auf Huvudskär mieten können.

Durch das Fernglas sah er zuerst nur Nebel, dann tauchte in all dem Grau ein dunkler Fleck auf, ein Fleck, der, durch die Perspektive verdreht, zuerst ganz still zu stehen schien, aber Mats wußte, daß es ein Boot war, das sich mit hoher Geschwindigkeit der Insel näherte. Er wußte, daß der Bootsführer in diesem Augenblick das Motorengeräusch durch Gesang zu übertönen versuchte, irgendeinem Rocksong von Creedence Clearwater Revival oder Ten Years After, und dazu mit den Händen auf das vibrierende Steuer trommelte.

Die Umrisse des Flecks wurden deutlicher, und Mats senkte das Fernglas. Über den undeutlichen Konturen der Inseln flogen einige Möwen, und irgendwo da oben war der Lärm eines kleinen Sportflugzeugs zu hören. Da, wo das Flugzeug jetzt war, schien sicher die Sonne, überlegte er, und im gleichen Moment durchbrach tatsächlich ein schmaler Sonnenstrahl die Wolkendecke über der Bucht. Der Nebel löst sich auf, überlegte er. Irgendwie fühlte er sich sicherer hier draußen, wenn es neblig war, auch wenn es ihn beunruhigte, wenn Chris bei solchem Wetter mit dem Boot unterwegs war.

Wenn sie sie mit dem Hubschrauber suchten, war es sowieso unmöglich, sie hier zwischen allen Inseln und Felsenrücken zu finden. Und er war sich sicher, daß niemand sie hier suchen würde.

Die Insel hatte Ole Bendix gehört, dem alleinigen Besitzer der Produktionsfirma Nereus-Film, die außer Werbefilmen hauptsächlich Pornofilme hergestellt hatte. Die Firma war in Konkurs gegangen, und vor etwa zwei Monaten war Ole Bendix bei einem Autounfall ums Leben gekommen, und die Insel war Eigentum seiner Familie geworden. Mats und Ole Bendix waren gute Freunde gewesen, und weil die Familie Bendix nur während der Sommerferien auf der Insel war, hatte Mats von Bendix die Erlaubnis erhalten, sich im Frühling und Herbst da draußen aufzuhalten. Jetzt im September war kaum anzunehmen, daß die Witwe und die drei Kinder, die alle noch zur Schule gingen, heraus auf die Insel kommen würden.

Mats war fast immer allein hier draußen gewesen, nur zweimal hatte Bendix die Insel für seine Filmaufnahmen genutzt. Die Insel war Mats' heimlicher Zufluchtsort gewesen, ein Platz, an dem er völlig ungestört sein konnte. Erst jetzt hatte er sein Versteck anderen gezeigt. Chris.

Und Lennart. Er blickte wieder durchs Fernglas und kalkulierte, daß es noch weitere zehn Minuten dauern würde, bis Lennart anlegte. Er steckt das Fernglas in die Tasche und ging hinauf zum Haus.

Aus dem Schrank in der Küche nahm er die Flasche mit Absolut Vodka und zwei Gläser heraus. Lennart wollte sicher einen Schnaps haben, überlegte er, und das würde das Gespräch über das Geld etwas leichter machen.

Obwohl er sicher war, daß Chris dort nicht nachsehen würde, kontrollierte er, ob die Pässe immer noch an ihrem alten Platz lagen, zwischen dem linken Fuß des Schrankes und den Bodendielen. Natürlich hatte er die Pässe schon bekommen. Einen mit dem Namen Gustav Larsson und einen für Lena Lundin.

Mit der Flasche und den Gläsern ging er ins Zimmer, goß ein halbes Glas ein, setzte sich auf einen der Korbstühle und wartete.

Das war das einzige, wovon er ihr nichts erzählt hatte. Der Grund, warum er hier noch eine Weile bleiben wollte. Warum Lennart kam, wenn sie unterwegs war. Weil der Grund in seiner Vergangenheit zu suchen war, in einer Zeit, als es sie noch nicht in seinem Leben gegeben hatte, und weil das Geld dazu beitragen sollte, diesen Abschnitt seines Lebens endgültig abzuschließen. Sie würde das niemals verstehen, und daher hatte er sich entschlossen, ihr davon nichts zu erzählen. Sie hatte mit diesem Teil seines Lebens nichts zu tun, und deshalb sollte sie auch nichts darüber erfahren. In der Schachtel unter den Dielen im Vorraum gab es genug Geld für Lennart und um ein neues Leben anzufangen, so wie sie es wollte. Egal wo. Er trank das Glas aus, als er das Motorengeräusch näher kommen und leiser werden hörte.

Er ging auf die Klippe hinauf und sah zu, wie sein Kamerad auf den Steg sprang und das Boot vertäute. Er trug wie üblich die braune Lederjacke, deren Kragen unter dem langen Nackenhaar verborgen war. Der Kopf mit den Gesichtszügen, die einem Raubvogel glichen, schien nicht zu dem breitschultrigen Körper zu gehören. Eine häßliche Ausgabe von Al Pacino, überlegte Mats.

Der Nebel hatte sich noch mehr gelichtet, und ein Schwarm von Möwen schrie um einen Felsrücken herum, der im schwefelgelben Schein der niedrigen Nachmittagssonne lag. Mats hielt mit dem Fernglas Aussicht über die Bucht, bis Lennart kam und sich vor ihn hinstellte.

«Hej.»

«Komm rein.»

Sie gingen in das Häuschen, zwei junge Männer, die den letzten Teil ihrer Pubertät zwischen den Hochhäusern von Brandbergen verbracht hatten, wo sie aus der Not heraus erheblich schneller gereift waren als Gleichaltrige in den Einfamilienhäusern in Viggbyholm. Mats Berggren und Lennart Pettersson, das klassische Beispiel einer Freundschaft, bei der der eine erheblich smarter als der andere ist.

«Willst du 'n Schnaps haben?»

Lennart nickte, schüttelte seine heruntergetretenen Texasstiefel von den Füßen und setzte sich auf das Sofa.

«Alles in Ordnung?»

Lennart nickte. «Auf dem Weg hier heraus war es ziemlich neblig.»

Mats blickte auf die Uhr. Bald war es sechs. Er würde ungefähr eine halbe Stunde brauchen, um ihre Geschäfte zu regeln. Lennart konnte vor neun wieder in Stockholm sein.

«Wie läuft es in der Stadt?»

Er setzte sich hin, nachdem er ihre Gläser gefüllt hatte, und nahm seins hoch, um anzustoßen, bevor er es an die Lippen setzte.

«Alles ruhig», antwortete Lennart.

«Die Zeitungen?»

«Ach, so meinst du das. Nein, nichts.»

Lennart angelte ein zerknülltes Zigarettenpäckchen aus seiner Brusttasche.

Mats nickte nachdenklich. Die Tatsache, daß nichts über sie in den Zeitungen stand, mußte nicht bedeuten, daß man nicht nach ihnen suchte, trotzdem war er beruhigt.

Über den Rand seines Glases blickte er Lennart an. Lennart wußte einiges, das war nicht zu vermeiden gewesen, aber er konnte sich auf Lennart verlassen. Er war ein Teil der Vergangenheit, die bald für alle Zeit vorbei sein würde.

Er leerte sein Glas und goß ihnen beiden wieder ein. Ein wenig mehr für Lennart, der mußte sich aufwärmen.

«Fünfundzwanzigtausend und alle guten Dinge sind drei», sagte er und stand auf. Er ging ans Bücherregal und nahm das Kinderbuch heraus, in das er die fünfundzwanzig Scheine gelegt hatte.

«Du weißt, was du zu tun hast?»

«Klar.»

«Also?»

«Ich fahre mit der Bahn, so daß ich morgen abend in Malmö bin. Erst nehme ich mir ein Taxi, und dann gehe ich das letzte Stück zu Fuß. Er wohnt in der Rosenholms Allee in einem großen Einfamilienhaus, das du mir beschrieben hast. Das ist leicht zu finden.»

Mats nickte und wartete auf die Fortsetzung.

«Sein Arbeitszimmer liegt im Erdgeschoß?» Lennarts Stimme hatte einen fragenden Tonfall.

«Genau», bestätigte Mats. «Was hast du dir vorgestellt, wie du hineinkommst?»

«Weiß ich noch nicht. Das hängt davon ab, ob eine Alarmanlage da ist. Sonst klingle ich einfach an der Tür und behaupte, ich hätte Ärger mit dem Auto oder so was. Er wohnt allein, stimmt's?»

«Ja. Und wenn er nicht zu Hause ist?»

«Dann warte ich einfach. Erschieße ihn, wenn er in die Garage gefahren ist.»

Mats nickte nachdenklich.

«Und dann gehst du zurück zum Bahnhof.»

«Ja.»

«Und die Pistole?»

«Die schmeiße ich in den Kanal.»

«Okay, und dann rufst du im Laden an und gibst mir Nachricht. Du weißt, was du sagen sollst?»

Lennart grinste.

«Ja. Nachricht für Herrn Bendix. Die Ehre ist gerettet.»

«Und wenn es schiefgeht?»

«Das geht nicht schief.»

«Aber wenn nun doch was schiefgeht?»

«Ach Gott, ja», antwortete Lennart, «dann komm ich Donnerstag wieder her.»

«Genau», bestätigte Mats. «Am Donnerstag.»

«Fünfundzwanzig...» Lennart nahm die Scheine und stopfte sie, ohne nachzuzählen, in die Tasche.

«Wenn alles nach Plan verläuft», sagte Mats und lächelte, «dann bin ich weg von hier...»

Sie hörten das klatschende Motorengeräusch gleichzeitig und fuhren auch gleichzeitig hoch.

«Hubschrauber!» murmelte Mats. Er sagte es leise, beinahe flüsternd, so als ob jemand da oben ihn hätte hören können.

«Verdammt...»

Er nahm das Fernglas und stellte sich ans Fenster, aber das Geräusch der Rotorblätter wurde leiser.

«Das war nur ein Routineflug. Vermutlich die Marine auf der Jagd nach Russen», beruhigte Lennart.

Sie sahen sich an, zwei Burschen, die zusammen Autos geklaut, eingebrochen, Hasch verkauft, im Gefängnis gesessen hatten und viele Monate lang in der gleichen Anstalt gewesen waren. Und immer, in allen Situationen, war Mats es gewesen, der die Führung gehabt und die Initiative ergriffen hatte.

«Okay», sagte er, «mach dich auf den Weg, bevor es dunkel wird.»

Lennart nickte. Er drehte sein Glas, so daß der Wodka-Rest darin herumwirbelte, wie er es bei irgendeinem Helden auf der Leinwand gesehen hatte.

«Du drehst doch nicht etwa durch?» fragte er und sah Mats an.

Der antwortete nicht, sondern stand auf und ging voraus in den Vorraum. Lennart zuckte mit den Schultern, leerte sein Glas und folgte ihm.

Draußen auf dem Felsen blieben sie stehen und sahen in den grauen Himmel, zu sehen waren lediglich ein paar einsame Möwen im Gleitflug.

«Ich werde vielleicht anrufen», sagte Mats.

«Du bist wirklich nervös, nicht?» fragte Lennart. Er lachte und ging voraus zum Anleger. «Die glauben seit langem, daß du nicht mehr im Land bist. Und wer denkt denn auch, daß jemand so schwachsinnig ist und sich mehrere Wochen lang hier draußen versteckt.»

Mats schwieg, während Lennart das Boot losmachte und hineinsprang. Er startete den schweren Außenbordmotor mit einem schrillen Geräusch. Lennart stand aufrecht im Boot, während er einen ganzen Kreis fuhr, ehe er hinaus in die Bucht steuerte. In den Nebelschwaden über dem Wasser war der Bootskörper als erster verschwunden, so daß Lennarts Silhouette einige Sekunden lang frei in der Luft zu schweben schien. Dann verschwand auch er, und nur das Brummen des Motors war noch zu hören. Während es sich entfernte, kam überraschend das Motorengeräusch eines anderen Bootes näher. So überraschend, daß Mats stehenblieb, statt ins Haus zurückzulaufen. Er versuchte herauszufinden, aus welcher Richtung der Ton kam, als plötzlich die *Galatea* durch die diesige Luft auftauchte.

Mats fühlte, wie der Schweiß in seinen Achselhöhlen und zwischen den Schulterblättern ausbrach, und er dachte: Das kann sie nicht sein. Noch nicht! Die haben sie festgenommen und...

«Hej!»

Sie ging mit der Motordrehzahl herunter und stand auf, während sie das Boot an den Steg gleiten ließ.

War sie allein? Oder war das eine Falle? Hatten sich Polizisten im Cockpit hinter ihr versteckt?

«Hilf doch mal!»

Ihre Stimme schallte über die ruhige Wasseroberfläche.

Er kam in Bewegung und ging hinunter zum Wasser.

«Die suchen uns!»

«Was?»

«Sie suchen nach dem Boot!»

Er fluchte, als er die Leine verfehlte, die sie ihm zugeworfen hatte.

«Woher weißt du das?»

«Ich habe sie gesehen. Nimm den Tampen!»

Diesmal fing er ihn auf. Er zog das Boot längsseits an den Steg und befestigte die Leine an einem Poller.

«Was hast du gesehen?»

Sie wies hinter sich.

«Eins von ihren Booten. Ein Polizeiboot. Aber ich habe rechtzeitig Gas gegeben und mich hinter einer Insel verborgen. Da waren Kinder auf der Brücke. Die sagten, daß das Polizeiboot dagewesen sei und nach der *Galatea* gefragt hätte!»

Sie stieg auf den Steg.

«Um Gottes willen, Mats. Was sollen wir tun?»

Er zog eine Grimasse und blickte über das reglose Wasser.

«Woher haben sie den Namen des Bootes erfahren?»

«Das weiß doch ich nicht, verdammt noch mal!» Er merkte, daß er geschrien hatte, und senkte die Stimme. «Entschuldigung... Da ist auch ein Hubschrauber gekommen, aber ich habe nicht gesehen, ob es einer von der Marine oder einer von der Polizei war.»

«Wann?»

«Eben, als...» Er brach abrupt ab.

«Als was?»

«Nichts.» Er blickte sie an und begann schnell zu lächeln.

«Okay. Wir übermalen den Namen des Bootes und legen es in die Felsspalte an der anderen Seite der Insel. Eine Woche lang halten wir es noch aus. Dann rudere ich hinüber nach Björnö und rufe an.»

«Wen?»

«Lennart.»

«Aber...»

«Wenn wir vorher zum Einkaufen fahren müssen, können wir das Boot an der anderen Seite der Halbinsel festmachen und zu Fuß zum Laden gehen. Die fragen ja offenbar nach dem Boot, nicht nach uns. Wenn sie das Boot nicht sehen, ist doch keine Gefahr da.»

«Und dann?»

«Dann, wenn die Pässe fertig sind, muß Lennart kommen und uns abholen.»

Er strich ihr über den Kopf und nahm gleichzeitig die Perücke ab. Sie legte die Arme um ihn. Er drückte sie fest an sich und spürte den Duft ihres Haares.

«Es wird alles gut werden», sagte Mats. «Komm jetzt, wir holen Farbe und übermalen *Galatea*.»

Hand in Hand gingen sie zu dem kleinen Haus.

XIV

Beim Morgenkaffee im Frühstücksraum des Hotels vermißte Kroonen seine Zeitung. Er begriff zwar eine ganze Menge von dem, was in den beiden schwedischen Morgenzeitungen stand, die das Hotel seinen Gästen anbot, aber er hatte eine ganze Woche lang keine holländische Zeitung gesehen.

Am Empfang empfahl man ihm den Zeitungsstand auf Centralstationen, dem Hauptbahnhof, und als die Dame hinter dem Portiertresen anfing, ihm den Weg dorthin zu erklären, unterbrach er sie und sagte, daß er sich schon zurechtfinden würde. Nach einer Woche in Stockholm hatte er einen recht guten Überblick über die Topographie der Stadt, jedenfalls was die zentralen Teile betraf.

Er wanderte die Straße in nördlicher Richtung entlang, kam an die Brücke, von der aus er rechts das Reichstagshaus und links Stadshuset sehen konnte. Es wehte ein frischer, aber immer noch ziemlich milder Wind vom offenen Wasser herein.

Es war kein langer Weg zu Fuß bis Centralstationen, und in einem der Kioske in der großen Halle konnte er die gestrige Ausgabe von *De Telegraaf* kaufen. Er fragte, ob es auch noch Exemplare der vorhergehenden Tage gab, und nachdem sie eine Weile hinter dem Tresen gesucht hatte, kam die Kioskfrau triumphierend mit zwei weiteren Ausgaben.

Er sah, daß in dem Kiosk auch Bücher und Stadtpläne verkauft wurden, und fragte, ob sie auch eine Karte vom Skärgård hätten.

«Nein, wir nicht, aber Kartcentrum hat sicher welche. Quer über die Straße. Sie sehen das Geschäft, wenn Sie hier herauskommen.»

Das tat er und überquerte die Straße.

Der freundliche junge Mann im Laden fragte, ob er eine spezielle Seekarte haben wollte oder eine Karte über den gesamten Skärgård.

«Den ganzen, glaube ich», sagte Kroonen und blickte erstaunt auf den dicken Stapel eingeschweißter Seekarten, den der Mann vor ihn auf den Ladentisch legte.

«Oh», wunderte sich Kroonen, «sind das so viele?»

«Wenn Sie wissen, welcher Teil des Skärgård es sein soll, können wir Einzelkarten besorgen», erklärte der Experte. «Aber vielleicht brauchen Sie nur eine Touristenkarte?»

«Ja, so etwas wird reichen», bestätigte Kroonen und bekam ein gefaltetes Kartenblatt in einer handlichen Größe.

Nachdem er ins Hotel zurückgekehrt war, setzte er sich in seinem Zimmer an den Schreibtisch und blätterte die drei Ausgaben von *De Telegraaf* durch. Während der drei Tage war zu Hause nichts Besonderes geschehen, und er legte die Zeitungen auf den Nachttisch, um sie genauer durchzulesen, wenn er zu Bett gegangen war.

Er überlegte, ob er Kiki anrufen sollte, und fragte sich, ob es dazu wohl noch zu früh am Tag war. Sie arbeitete ja Nachtschicht, war Hostess – Callgirl. An Chris wollte er bei solchen Bezeichnungen nicht denken und sich auch nicht vorstellen, womit sie offensichtlich ihr täglich Brot verdiente. Es war ganz eindeutig dieser Mats, der sie da hineingelockt hatte, und es wunderte ihn, daß seine Chris, die eine so gute Erziehung genossen hatte, auf einen solchen Mann hereingefallen war. Nachdem er das ‹Bordellzimmer› in seiner Wohnung gesehen hatte, konnte er es sich gar nicht anders vorstellen, als daß dieser Mann ein Zuhälter war. Je eher er Chris aufstöberte, um so besser war es.

Er wickelte die Karte über Stockholms Skärgård aus. Peter Hill hatte versucht, ihm die Inselwelt zu beschreiben, und erzählt, daß sie aus mehreren tausend Inseln bestand, die sich an der Küste in einem Gürtel hinzogen, der von Norden nach Süden vierhundert Kilometer lang war, aber erst jetzt, als er auf die Karte blickte, begriff er, wie unmöglich es war, auf dieser Unzahl von Inseln zwei junge Leute und ein kleines Motorboot zu finden. Trotzdem kam er immer deutlicher zu der Überzeugung, daß er dort suchen mußte. Aber ohne Hilfe würde er keine große Chance haben, sie zu finden.

Er hob den Hörer ab und wählte Kikis Nummer. Sie meldete sich bereits nach dem zweiten Klingeln, und ihre Stimme hörte sich munter und ausgeruht an.

«Ich würde gern noch einmal mit Ihnen sprechen», sagte Kroonen. «Aber ungern am Telefon.»

«Sie können gern herkommen», lud Kiki ihn ein. «Ich habe heute nichts Wichtiges mehr zu tun. Sie können kommen, wann Sie wollen.»

«Jetzt? Bald?»

«Na klar. Ich bin zu Hause.»

Kroonen faltete die Karte zusammen und steckte sie in die Innentasche. Er verließ das Hotel und ging den inzwischen vertrauten Weg nach Söder hoch.

Kiki Andersson trug ein langes, weißes Herrenoberhemd über einem schwarzen Trikot, das bis zur halben Wade reichte. Ihre Füße waren nackt und braungebrannt, und die Nägel hatte sie hellrosa lackiert. Sie war ungeschminkt und ihr dunkles Haar feucht und zerzaust. Sie sah eigentlich nicht wie eine Femme fatale aus, eher noch wie ein Schulmädchen.

«Es ist nett von Ihnen, Fräulein Andersson, daß ich noch einmal kommen darf», begann Kroonen.

«Ist schon in Ordnung. Wie gesagt, ich habe nichts Besonderes vor. Den ganzen Sommer über habe ich hart gearbeitet, da habe ich mir ein paar Tage Urlaub gegönnt.»

Sie setzten sich ins Wohnzimmer, und nachdem Kroonen sowohl Kaffee als auch Bier dankend abgelehnt hatte, ging Kiki hinaus in die Küche und kam nach kurzer Zeit mit zwei Gläsern und einer Karaffe wieder, in der Eisstücke klirrten.

«Dann müssen Sie meinen Gesundheitstrunk probieren», sagte sie und goß eine trübe, hellrote Flüssigkeit in die Gläser.

«Was ist denn das? Fruchtsaft?» fragte Kroonen.

«Gepreßte Blutapfelsine, um diese Jahreszeit muß man tiefgefrorene nehmen, Eigelb, Vanillezucker und ein kleiner Spritzer Wodka. Im Mixer aufrühren, wenn man einen hat. Kosten Sie mal!»

Kroonen nippte. Das Getränk war weich und erfrischend und der Wodka kaum zu spüren.

«Aah», lobte er. «Das werde ich meiner Frau beibringen. Aber das Risiko dabei ist, daß sie den Wodka wegläßt. Fräulein Anderssons Spezial!»

«Kikis Spezial. Könnten Sie nicht einfach Kiki sagen? Ich mag es nicht, wenn man mich Fräulein Andersson nennt.»

«Dann mußt du Ab zu mir sagen. Chris tut das auch manchmal. Wenn sie nicht Papa sagt.»

«Okay, Ab. Weißt du denn nun, wo Chris geblieben ist?»

«Nein, aber ich habe meine Ahnungen. Deswegen komme ich zu dir. Kennst du dich im Skärgård aus?»

«Ein wenig. Warum? Glaubst du denn, daß sie dort draußen ist?»

«Ja. Vielleicht. Mit dem Boot von Mats. Wußtest du, daß Mats ein Boot hat? Die *Galatea*?»

Kiki zog die Beine aufs Sofa hoch und fuhr sich mit den Fingern durch die Haare. Sie nickte. «Na klar», sagte sie. «Eine Weile habe ich auch daran gedacht. Aber ich glaube, die sind ins Ausland abgehauen. Aber wieso eigentlich, sie können auch draußen auf der Insel sein.»

«Auf der Insel? Auf welcher Insel?»

«Einer Insel im Skärgård. Ich weiß nicht genau, wo die liegt. Ich bin bloß zweimal da draußen gewesen. Im vorigen Sommer und im Sommer davor. Wir haben da zwei Filme gedreht.»

«Gehört die Insel Mats?»

«Nein, die Insel gehörte dem, der die Filme produziert hat. Der ist jetzt tot. Ole Bendix hieß er. Oder nannte er sich. Ich hab so was gehört, es sei nicht sein richtiger Name. Mats und er waren Freunde, und ihm gehörte die Filmfirma, für die wir gearbeitet haben. Mats als Fotograf und ich als ... ja, als Schauspielerin. Nereus-Film, so hieß sie. Das war, bevor Chris nach Schweden kam.»

«Und du bist in Mats' Boot raus auf die Insel gefahren?»

«Nein, ich fuhr mit Bendix, in dessen Boot. Aber Mats kam meistens mit seinem eigenen, mit der *Galatea*. Ich hatte nicht daran gedacht, als ihr neulich hier wart, daran, daß Mats ein Boot hat.»

«Wann ist dieser Bendix gestorben?»

«Vor gar nicht langer Zeit. Irgendwann zu Beginn des Sommers. Der ist mit seinem Porsche tödlich verunglückt.»

«Und wer wohnt jetzt auf der Insel?»

«Seine Frau, glaube ich. Und die Kinder. Die waren natürlich nicht da, als wir die Filme drehten, aber ich habe mitgekriegt, daß er kleine Kinder hat, denn da lagen solche Sachen rum. Spielsachen, Badesachen und so. Aber klar, jetzt wo der Sommer zu Ende ist, sind die doch nicht mehr da draußen.»

Kroonen zog die Karte aus der Brusttasche und begann, sie auseinanderzufalten. Sie war lang und schmal, und auf dem Umschlag stand, daß sie von Arholma nach Landsort reichte, was ihm aber nichts sagte.

Er legte die auseinandergefaltete Karte auf den Sofatisch und sagte:

«Weißt du denn, wo diese Insel liegt?»

Kiki beugte sich vor und betrachtete eine Weile die Karte, ehe sie antwortete.

«Nein. Das ist auch sehr schwer zu sagen. Ich kenne mich im Skärgård nicht gut aus und habe nie ein Boot besessen. Wenn wir mit Bendix hinausfuhren, war ich ja einfach nur Passagier, kümmerte mich nicht darum, wohin wir fuhren. Und auf dem Weg dahin tranken wir eine Menge Wein, ich und die anderen.»

«Was ist denn mit den anderen? Vielleicht wissen die, wo das ist?» fragte Kroonen.

«Die habe ich eigentlich nicht gekannt. Bendix engagierte stets neue Leute für seine Filme. Ich glaube, ich kann mich nicht mal daran erinnern, wie die mit Vornamen hießen. Und wie gesagt, das ist auch schon eine Weile her.»

Kroonen blickte wieder auf die Karte und trank zerstreut sein ganzes Glas auf einen Zug aus.

Kiki rührte mit einem langen Löffel in der Karaffe und goß ihm und sich selbst die Gläser wieder voll.

«Aber wenn ich eine Weile nachdenke, fällt mir vielleicht etwas ein. Ich habe in bezug auf Chris und Mats an Skärgård gar nicht gedacht. Laß mich ein wenig auf die Karte gucken, dann kann ich sehen, ob da ein Name auftaucht, der mir bekannt vorkommt.»

Sie glitt vom Sofa herunter, kniete sich vor den Couchtisch hin und begann, die Karte zu studieren.

Kroonen stand auf und ging ans Fenster. Er steckte sich eine Zigarre an. Normalerweise rauchte er vormittags Zigaretten, aber seine *Mantano* waren alle, und er hatte sich noch keine Gedanken gemacht, was er statt dessen rauchen wollte.

Er blickte auf die Straße hinaus und fragte sich, ob er immer noch beschattet wurde. Vermutlich ließ Wester ihn nicht aus den Augen, bis er nach Hause gefahren war. Oder bis sie Chris erwischt hatten. Er sah niemanden da unten, der Westers Mann sein konnte, nur einige Arbeiter auf der Baustelle schräg gegenüber. Was hatte er denn erwartet – einen Mann in einem Hauseingang mit heruntergezogener Hutkrempe, hochgeschlagenem Mantelkragen, Zigarettenkippe im Mundwinkel und einem wachsamen Auge auf Kikis Fenster?

Er fühlte sich plötzlich müde und erschöpft und wünschte sich, daß alles so wie immer sein sollte: daß er in seinem Büro im Industrieweg war und um fünf nach Hause zum Abendbrot mit Heleen fahren würde. Aber er konnte nicht einfach alle unbeantworteten Fragen hier seinlassen, und er war überzeugt, daß er alles versuchen mußte, um Chris zu finden. Sie konnte natürlich Schweden längst verlassen haben. Aber gleich nachdem er von der Existenz von Mats' Boot erfahren hatte, war ihm der Gedanke gekommen, daß sie das für ihre Flucht benutzt haben mußten.

«Jetzt fällt es mir ein», sagte Kiki. «Dalarö. Wie dumm von mir, dahin sind wir ja zuerst mit dem Auto gefahren. Dort hatte Bendix sein Boot. Und ich erinnere mich an eine andere Sache. Wir sind zwischen einer Menge Inseln durchgefahren, und dann kamen wir hinaus auf Jungfrufjärden. Das weiß ich noch: Bendix, der das Boot steuerte, drehte sich um und rief, hier Rosemarie, sieht man blaue Jungfrufjärden, das paßt gut zu dir! Eins der Mädchen hieß Rosemarie, und er kam immer mit solchen dummen Witzen. Wir begannen, diese Evert-Taube-Melodie zu singen, in der es allerdings Nämdöfjärden heißt, aber die kennt ihr in Holland sicher nicht. Jedenfalls weiß ich das noch, denn wir haben ihn damit aufgezogen, daß er es falsch gesagt hatte. Sieh mal hier.»

Kroonen ging hin und blickte auf die Karte.

Kiki zeigte auf Dalarö, das auf einer Landzunge lag, die mit schwarzen Punkten übersät war.

«Ein Ort?» fragte er.

«Ja, voller Sommerhäuschen. Holzhäuser, die dicht an dicht stehen. Eigentlich ist das ein alter Badeort, älter als hundert Jahre, glaube ich, und um diese Jahreszeit ist da draußen ziemlich tote Hose. Wie im ganzen Skärgård, wenn die Schule wieder angefangen hat. An den Wochenenden ist da draußen allerdings eine ganze Menge los, möchte ich annehmen. Noch ist ja richtiges Sommerwetter.»

Sie zog mit dem Finger eine Linie von Dalarö aus, über Jungfrufjärden, an einer großen Insel vorbei, die Nämdö hieß, und fuhr fort:

«Ich glaube, so sind wir gefahren. Nämdö haben wir links liegen lassen.»

«An Backbord», warf Kroonen ein.

Sie zog mit dem Fingernagel einen Kreis um eine Ansammlung von Inseln, die südöstlich von Nämdö lagen.

«Hier irgendwo, glaube ich», sagte sie.

«Würdest du die Insel wiedererkennen, wenn du sie sehen würdest?»

«Ja, ich glaube schon. Bendix' Grundstück auf jeden Fall. Ich erinnere mich, wie das Haus und der Anleger aussahen. Doch, ich würde das schon wiedererkennen, aber ich weiß nicht, wie man dort hin kommt. Mehr, als mir jetzt wieder eingefallen ist, weiß ich, glaube ich, nicht.»

«Kannst du mitkommen, wenn ich ein Boot miete und versuche, die Insel zu finden?»

«Was? Willst du, daß ich mitkomme?»

«Ja, wenn du Zeit hast und wenn du Lust dazu hast.»

«Wann denn? Heute?»

«Ja, am liebsten heute.»

Kiki lächelte. «Du hast es aber verdammt eilig. Aber okay, ich habe ja einige Tage frei. Und ich würde mich freuen, wenn ich Chris mal wiedersehe. Aber du mußt bezahlen.»

«Natürlich», sagte Kroonen. «Am liebsten würde ich so schnell wie möglich losfahren. Weißt du, wo man ein Boot mieten kann?»

«Nein», antwortete Kiki, «aber das kann ich rausfinden. Nach welcher Art von Boot soll ich denn fragen?»

«Einem kleinen Motorboot, meinetwegen auch Außenborder,

das spielt keine Rolle. Schnell muß es sein. Und am liebsten mit kleiner Kajüte.»

Sie ging zu einem Regal, auf dem die Telefonbücher aufgestapelt lagen, nahm das mit den gelben Seiten und setzte sich an den Tisch vor dem Fenster.

«Wenn ich anrufe und frage, mußt du mit ihnen sprechen, ich verstehe überhaupt nichts von Booten», sagte sie und zog das Telefon zu sich heran.

Kroonen kaute auf seiner Zigarre und sah Kiki zu, wie sie eine Nummer wählte und eine Weile redete. Das einzige Wort, das er verstand, war ‹Boot›. Dann legte sie den Hörer auf und schüttelte mit dem Kopf. Sie versuchte es mehrmals bei verschiedenen Nummern, auch dort ohne Resultat, bis sie sich umdrehte und mit dem Hörer winkte.

«Jetzt mußt du sprechen. Es scheint so, als ob sie ein Boot haben, das deinen Wünschen entspricht. Das ist eine Marina ein Stück außerhalb der Stadt.»

Kroonen nahm den Hörer und sprach mit dem Mann auf der Marina. Das Boot, das sie leihen konnten, war ein Modell, das Kroonen nicht kannte, aber der Mann beschrieb es: ein sechs Meter langes Plastikboot, mit Kajüte und mit einem 30-PS-Evenrude-Motor. Es war achtundzwanzig Knoten schnell und ausgerüstet mit Kompaß und Seekarten. Er konnte es sofort bekommen, und Kroonen übergab den Hörer an Kiki, damit man ihr den Weg zur Marina beschrieb.

«Wo liegt die denn?» fragte Kroonen, nachdem Kiki den Hörer aufgelegt hatte.

«In Saltsjöbaden. Ich habe es dort versucht, denn das ist schon halbwegs nach da draußen.»

Sie zeigte Kroonen den Ort auf der Karte.

«Wie kommen wir dahin? Mit dem Taxi?»

«Man kann mit dem Zug fahren. Das geht beinahe ebenso schnell. Eine halbe Stunde, glaube ich.»

«Mach dich fertig, dann fahren wir los.»

Kiki ging ins Schlafzimmer und rief von dort aus:

«Sollen wir eine Thermoskanne mit Kaffee mitnehmen? Kaffee und Filtertüten stehen neben der Kaffeemaschine in der Küche, wenn du Lust hast, eine Kanne voll zu kochen. Irgendwo habe ich eine Thermoskanne.»

Kroonen ging in die Küche hinaus, und als der Kaffee fertig war, kam Kiki. Sie hatte Jeans, einen dunkelblauen Pullover und Turnschuhe an und trug eine große Segeltuchtasche in der Hand. Im Schrank suchte sie nach einer Thermoskanne, füllte den Kaffee hinein und legte sie in die Tasche. Dann drehte sie sich um und sah Kroonen an.

«Willst du in diesem Aufzug fahren? Hast du keine anderen Sachen?» fragte sie.

Kroonen blickte an sich hinunter, auf sein weißes Hemd, den grauen Anzug und die schwarzen Halbschuhe. Er sah ein, daß seine Kleidung für einen Bootsausflug nicht besonders gut geeignet war. Als er vor einer Woche aus Amsterdam abgefahren war, hatte er an Kleidung nur das Nötigste für zwei Tage mitgenommen.

«Nein», gab er zu. «Aber als ich von zu Hause losfuhr, habe ich nicht damit gerechnet, daß ich sportliche Sachen brauchen würde.»

«Gleich an der Bahnstation gibt es ein Warenhaus», erklärte Kiki. «Dort solltest du dir mindestens ein Paar andere Schuhe kaufen. Einen Pullover kannst du von mir leihen.»

Kroonen lachte.

«Wir haben wohl kaum die gleiche Größe.»

«Doch, der ist riesig. Wollen wir losgehen?»

Kroonen dachte an Westers Mann, der wahrscheinlich irgendwo vor Kikis Haus stand und darauf wartete, daß er herauskam. Gelinde gesagt, war es lästig zu wissen, daß er ständig von Westers Leuten beschattet wurde, und nachdem er praktisch gescholten oder jedenfalls zurechtgewiesen worden war, weil es ihm tags zuvor gelungen war, den Bewachern zu entkommen, war ihm besonders daran gelegen, dieses Manöver noch einmal zu wiederholen. Wenn er außerdem auf der richtigen Spur war und Chris wirklich fand, wollte er nicht Wester oder einen seiner Leute auf den Hacken haben. Er erklärte Kiki die Situation.

«Ich verstehe eigentlich nicht, warum die Polizei hinter Chris her ist», sagte sie. «Oder hinter dir. Aber dann müssen wir wohl versuchen, einen Weg zu finden, um ihnen zu entkommen. Leider hat dieses Haus keinen anderen Ausgang.»

Sie stellte die Tasche auf den Fußboden in der Diele, ging ins Wohnzimmer und sah aus dem Fenster.

Kroonen folgte ihr und stellte sich neben sie.

«Ich sehe niemanden.»

«Das ist auch nicht beabsichtigt», lächelte Kroonen. «Aber daß sich in der Nähe jemand aufhält, der deine Haustür im Auge behält, dessen kannst du sicher sein. Was tun wir also, um ohne unerwünschte Gesellschaft in den Zug zu kommen? Fährt der von Centralstationen aus ab?»

«Nein. Die Saltsjöbahn fährt von Slussen. Der Bahnhof liegt unterhalb Katarinahissen, und man kann mit dem Fahrstuhl, der direkt auf den Bahnsteig geht, hinunterkommen. Oder von der U-Bahn aus, oder direkt von der Straße unter Tunnelbanebron aus. Es gibt auch einen Ausgang auf den Bahnsteig aus dem Untergeschoß von *Domus*, dem Warenhaus, von dem ich gesprochen habe. Vielleicht ist das ganz nützlich, daß es so viele verschiedene Wege auf den Bahnsteig gibt.»

«Vielleicht», bestätigte Kroonen. «Aber am besten sollten die gar nicht erst wissen, daß wir diesen Zug nehmen. Es wäre dumm, sie dorthin zu führen. Am besten wäre es, wenn wir sie irgendwo abschütteln könnten.»

Kroonen kannte den Bahnhof der Saltsjöbahn nicht, aber er war nach Katarinahissen gefahren und konnte sich vorstellen, daß man von der Straße aus nur hinunter- statt hinauffahren mußte, um dort hinzukommen.

«Die Treppe neben dem Fahrstuhl führt auch dorthin, nehme ich an?» fragte er.

«Ja, aber die ist gesperrt, denn die sind dabei, die gesamte U-Bahn-Station umzubauen. Da unten ist es fürchterlich matschig.»

Sie stand eine Weile schweigend da, ehe sie sich zu ihm umwandte.

«Werde ich auch beschattet, was meinst du?»

«Nein, das glaube ich nicht. Vielleicht haben sie in der ersten Zeit das Haus überwacht, aber jetzt ist Chris seit über einem Monat nicht hier gewesen, ich glaube kaum, daß sie damit weitergemacht haben. Aber jetzt natürlich, wenn du mit mir zusammen bist...»

«Ich glaube, ich weiß, wie wir es anstellen», sagte Kiki. «Ich kenne den Türcode eines Hauses, das wie geschaffen ist, um quer hindurch zu verduften. Ich gieße dort die Blumen für eine Freundin, wenn sie weg ist, daher weiß ich den Türcode. Wir gehen hin, dann erkläre ich es dir unterwegs.»

Als sie aus dem Haus traten, sahen sie sich nicht um, sondern gingen zielstrebig zu dem großen Platz, auf dem er mit Hill gewesen war, an jenem ersten Abend, als sie sich bei Kiki kennengelernt hatten. Sie wanderten weiter an der Fontäne mit der großen Bronzegruppe vorbei bis zu einer breiten Straßenkreuzung. Nach rechts teilte sich die Straße in zwei Ebenen, und sie gingen weiter den Hügel hinauf, der die linke Seite der Straße ausmachte, vorbei an einer Reihe älterer Häuser mit kleinen Läden und Kunstgalerien im Erdgeschoß. Auf der anderen Seite des unteren Teils der Straße, wo der Verkehr vorbeirauschte, stand eine Kirche auf einem Hügel, auf dem gleichen Niveau wie der höchste Punkt der Straße. Ganz hinten am Ende der Straße lagen Slussen und Katarinahissen. Da wo die Straße anfing, wieder bergab zu führen, blieb Kiki an einer schmalen Nebengasse stehen.

«Hier», sagte Kiki. «Kannst du den Code noch?»

Kroonen nickte.

«Dann sehen wir uns nachher.»

Kroonen bog nach links in die Nebenstraße ein und kam an die Treppen, die Kiki beschrieben hatte. Er ging die lange Treppe hinunter, und da unten überquerte er die Straße auf eine Haustür zu, die auf einen kleinen, dreieckigen Platz mit einem einsamen Kastanienbaum darauf führte. Er drückte die vier Ziffern auf der Tafel neben der Tür und kam in einen dunklen Hauseingang mit einem Fußboden aus großen blankgeschliffenen Steinplatten. Er wartete, bis die Haustür hinter ihm zugeschlagen war, und öffnete dann die Tür am anderen Ende des Hausflurs. Einige Treppenstufen führten hinunter zu einem schmalen, länglichen Hof, von dem aus er durch die Latten eines braungestrichenen Zauns Gamla Stan direkt vor sich liegen sah. Zwischen dem Zaun und der Hauswand links befand sich eine Gartentür, die er öffnete. Eine steile Holztreppe führte hinunter zur Straße und dem Kai darunter. Unten ging er nach rechts, weiter unter der Eisenbahnbrücke durch, überquerte einen Busbahnhof, der zur Hälfte unter dem Lokal lag, in dem er sich an dem Abend nach dem ersten Treffen mit Kiki und Hill seinen Rausch angetrunken hatte.

Erst jetzt blickte er sich um. Hinter ihm war niemand, und er war sicher, daß er Westers Mann auch diesmal abgeschüttelt hatte, worüber er so etwas wie Schadenfreude empfand.

Nachdem er an einer halbfertigen Treppe und einem im Bau befindlichen U-Bahn-Eingang vorbeigekommen war, trat er auf den Bahnsteig, wo er Kiki treffen sollte. Dort hielt kein Zug, aber eine größere Zahl von Leuten saß auf den Bänken und wartete oder stand in der Schlange vor dem Zeitungskiosk.

Er entdeckte Kiki, die mit ihrer Tasche vor dem Eingang des Warenhauses stand.

«Ist alles gutgegangen?» fragte sie.

«Ich glaube schon.»

«Der Zug geht in einer Viertelstunde, wir schaffen es also noch, einzukaufen, was du brauchst.»

Sie fuhren mit der Rolltreppe in die Schuhabteilung, und Kroonen kaufte ein Paar dunkelblaue Segeltuchschuhe mit Gummisohlen. Er behielt sie gleich an und ließ seine Schuhe in eine Tüte stecken.

«Schaffe ich es noch, auch eine Jacke zu kaufen?» fragte er.

«Ja, wenn du nicht zu lange anprobierst.»

Er fand eine marineblaue Windjacke, die er ebenfalls gleich anbehielt, und Kiki stopfte sein Jackett und die Schuhe in ihre Tasche.

Er trug die Tasche, und sie kehrten auf den Bahnsteig zurück, wo jetzt der blaue Zug auf dem Gleis stand.

«Wir haben es geschafft!» freute sich Kiki, als sie sich in den ersten Wagen gesetzt hatten.

«Ja. Dank deiner Hilfe.»

«Dank Åsas Blumen. Die ich gießen muß.»

Auf der Fahrt sprachen sie nicht viel miteinander, und Kroonen blickte hinaus in die Landschaft, die so ganz anders war als zu Hause. Sie fuhren durch Wohngebiete mit großen dichtbelaubten Gärten, einige neu erbaute Reihenhaussiedlungen, und als sie weiter aus der Stadt herausgekommen waren, zogen vor ihren Augen kleine Wälder und Felder vorbei, und hin und wieder sahen sie auch glitzerndes Wasser unterhalb von glatten, grauen Klippen. In allen

Buchten und Durchfahrten streckten sich Bootsstege ins Wasser hinaus, an denen die Sportboote dicht an dicht lagen, und Kroonen begriff, daß sie sich Skärgård näherten.

Saltsjöbaden war die Endstation, und als sie auf den Bahnsteig ausstiegen, war es beinahe halb eins. Die Sonne strahlte von einem wolkenlosen Himmel, und es würde mindestens sechs Stunden dauern, bis sie unterging.

«Zu Fuß ist es nicht weit», sagte Kiki. «Ich glaube, ich weiß, wo das liegt, ich fahre manchmal zum Baden hierher.»

Sie gingen ein Stück an den Schienen entlang und bogen ab in einen Weg, der sich zwischen Hausgärten hindurchschlängelte, die immer noch voller prachtvoller Blumen waren. Dann öffnete sich der Weg hinunter zu einem großen offenen Platz, der zu einigen rot angestrichenen Häusern hinunterführte und zu einer Reihe von Anlegern, an denen Boote unterschiedlicher Modelle und Größe in dichten Reihen lagen.

Sie suchten das Büro der Marina, das in einer der Hütten unten am Wasser lag, und fanden den Mann, mit dem sie am Telefon gesprochen hatten. Nachdem Kroonen einige Formulare ausgefüllt und für zwei Tage bezahlt, dafür seinerseits die Zusage bekommen hatte, Geld zurückzuerhalten, wenn sie früher zurück waren, führte er sie hinunter auf den Steg, wo das Boot lag. Es war ein weißes Plastikboot mit Cockpit und zwei schmalen Kojen unter dem Vordeck. Auf den Bänken im Cockpit lagen blaue Stoffkissen, und neben dem Führerplatz gab es ein Fach für die Seekarten.

«Da hast du Karten vom gesamten Skärgård», erklärte der Mann. «In der Vorpiek sind zusätzliche Leinen, Fender, zwei Anker und Schwimmwesten. Alles, was du brauchst, ist im Boot, und du hast sechzig Liter im Tank. Die kannst du an zwei Tagen beim besten Willen nicht verbrauchen. Unter den Kojen sind Schlafsäcke und Regenzeug. Das einzige, was es nicht gibt, ist ein Barschrank und ein Fernseher. Viel Glück, und fahr vorsichtig.»

Kiki sprang ins Boot hinunter und nahm die Tasche entgegen, die Kroonen ihr reichte. Kroonen startete den Motor, bevor er die Vertäuung losmachte und ebenfalls ins Cockpit sprang. Kiki hatte sich die Schuhe ausgezogen und stand barfuß mitten im Cockpit.

«Setz dich hin», rief er durch den Motorlärm, und sie setzte sich auf den Platz neben dem Führerstand und lächelte ihn fröhlich an.

Kroonen suchte die Seekarte von diesem Gebiet heraus, legte sie vor sich hin und drehte von der Brücke weg.

XV

Als der Zug aus Stockholm an den Bahnsteig in Malmös Hauptbahnhof heranglitt, hielt Peter Hill vergebens Ausschau nach Anna. Er hatte am Abend vorher angerufen, und sie hatte versprochen, ihn vom Zug abzuholen.

Er sah sie auch nicht, als er von dem Trittbrett hinunterstieg. Ihre Angewohnheit, stets zu spät zu kommen, hatte sie offenbar behalten. Er schaute sich um und überlegte, ob sich Westers Mann zwischen den Reisenden befand, die jetzt aus dem Zug herausdrängten.

Vorher war er überzeugt gewesen, daß es ein Mann mit Brille in dunkelbraunem Blazer war, der allein im Speisewagen vor einer Tasse Kaffee und einem Käsebrot gesessen und in auffälliger Weise versucht hatte, Peter Hills Blick auszuweichen. Aber der Mann war schon in Eslöv ausgestiegen.

Er stellte seinen Koffer auf eine der Bänke in der großen Halle und blickte umher. Er wartete fünf Minuten lang, bevor er sich *Sydsvenska* in einem Zeitungskiosk kaufte und die Rampe zum Restaurant hinaufging. Er gab seinen Koffer und seinen Mantel ab und ging weiter in den Pub, wo er sich ein Bier bestellte und sich mit seiner Zeitung auf einem der großen Sessel niederließ.

Er war schon bei seinem zweiten Bier, als Anna mit schnellen Schritten das Lokal betrat. Er stand auf, und sie umarmte ihn und gab ihm einen Kuß auf die Wange.

«Hab ich mir doch gleich gedacht, daß ich dich hier finden würde», sagte sie. «Entschuldige die Verspätung. Ich bin nicht eher aus dem Büro weggekommen.»

Peter Hill hielt sie mit ausgestreckten Armen an den Schultern fest und blickte sie an. Ihr Gesicht war voller geworden, und sie hatte sich die Haare abgeschnitten, aber sonst hatte sie sich nicht verändert. Er hatte sie beinahe ein Jahr lang nicht gesehen. Sie sah blendend aus.

Das sagte er ihr.

«Du siehst blendend aus!»

«Danke. Das hört sich so an, als ob du das nicht erwartet hättest.»

«Nein, ich hatte damit gerechnet, daß du ausgemergelt, verbittert und vergrämt aussehen würdest», entgegnete er und lächelte.

«Statt dessen bin ich dick und fröhlich», sagte sie und lächelte ebenfalls.

«Das steht dir. Was willst du trinken?»

«Weißwein. Aber können wir nicht woanders hingehen? Man kommt sich immer so vor, als ob man irgendwo hinfahren müßte, wenn man hier sitzt. Oder als ob man noch nicht richtig angekommen ist. Außerdem haben sie hier keinen guten Wein. Wo wirst du wohnen?»

«Ich habe mir ein Zimmer im *Sankt Jörgen* bestellt.»

«Schön. Dort haben sie bessere Weine. Trink aus, dann gehen wir da hin.»

Peter Hill leerte sein Glas in einem Zug und holte seine Sachen aus der Garderobe.

Auf dem Weg ins Hotel schob sie ihren Arm unter den seinen und fragte:

«Warum bist du eigentlich hier? Sollst du eine Reportage machen?»

«Tja, ich weiß noch nicht. Ich bin hinter einer Sache her. Noch ist nicht klar, ob ich die veröffentlichen kann. Ich erzähle dir das später.»

«Wie lange bleibst du?»

«Das weiß ich auch noch nicht. Das hängt davon ab, wann ich denjenigen erreiche, den ich sprechen will. Vielleicht fahre ich schon morgen zurück.»

«Wie schade, dann schaffst du es vielleicht gar nicht mehr, Clas zu treffen. Er ist in London und kommt nicht vor übermorgen wieder.»

«Das macht gar nichts. Ich bin gar nicht so sehr darauf aus, ihn zu treffen. Ich bin lieber mit dir zusammen, ohne ihn, ehrlich gesagt.»

«Aber er möchte dich gern sehen.»

«Das hat mir gerade noch gefehlt», murmelte Peter Hill.

Als er sich am Empfang eingeschrieben und seinen Schlüssel bekommen hatte, sagte Anna:

«Du willst bestimmt den Koffer ins Zimmer bringen. Ich geh schon mal in die Bar und warte dort auf dich.»

«Das wird nicht lange dauern. Ich will nur mal kurz telefonieren. Bestell einen guten Wein, ich bin gleich wieder da.»

Auf dem Zimmer schnürte er seine Schuhe auf, hängte das Jackett über den Stuhl am Schreibtisch und zog das Oberhemd aus. Aus der Innentasche des Jacketts nahm er seinen Notizblock. Am Tag vorher war er im Büro der Telefongesellschaft gewesen, hatte im Verzeichnis von Malmö den Namen Ullman aufgeschlagen und auf dem dazugehörigen Stadtplan dessen Adresse gesucht. Er wohnte in einer der Straßen zwischen Linnégatan und Limhamnsvägen in einer Gegend, die hauptsächlich mit Einfamilienhäusern bebaut war.

Hill hob den Hörer ab, wählte und wartete mehrere Signale ab – vielleicht war es ein großes Haus mit langen Wegen. Niemand meldete sich. Noch wußte er nicht genau, was er sagen sollte, wenn er Ullman erreichte. Wenn der Mann in den Zeitungen von den Morden an seinen ehemaligen Mitgesellschaftern gelesen hatte, mußte er begriffen haben, daß er sich selbst in großer Gefahr befand. Außerdem würde er sich sicher fragen, was Peter Hill damit zu tun hatte. Vielleicht hielt sich Ullman gar nicht in Malmö auf, dann war er vergebens hergefahren. Er hätte ihn bereits von Stockholm aus anrufen und ihm auf irgendeine Weise vormachen sollen, er wolle ihn geschäftlich sprechen. Oder ihn am Telefon ganz einfach warnen. Aber wenn er ehrlich war, so gab es mindestens zwei starke Argumente für ihn, nach Malmö zu fahren. Das eine war Anna. Das andere seine Neugier. Und in gewisser Weise auch seine berufliche Eitelkeit. Er wollte wie immer als erster am Ort des Geschehens sein.

Er klappte den Koffer auf, der eine Unterhose, ein Paar Strümpfe, ein blaues Oberhemd, Zahnbürste und Rasierapparat enthielt. Keinen Schlafanzug. Inzwischen besaß er gar keinen mehr, aber als Anna und er noch verreist waren, hatte sie stets einen Schlafanzug in seinen Koffer gelegt. Wenn man im Hotel wohnt, muß man einen Schlafanzug haben, wenn das Zimmermädchen kommt, hatte sie behauptet.

Peter Hill zog die sauberen Strümpfe, das blaue Oberhemd und das Jackett an. Er band sich die Schuhe wieder zu und fuhr im Fahrstuhl nach unten. Anna saß in einem der Ledersessel an der Glaswand rechts neben der Tür der Lobby. Ein Glas Wein und eine Schale mit Nüssen standen auf dem runden Tisch vor ihr. Peter Hill strich ihr übers Kinn und sank in den Sessel ihr gegenüber.

«Wer hat eigentlich gesagt, daß Sessel wie eine Ehe sind? Leicht läßt man sich hineinfallen, aber schwer kommt man wieder heraus.»

«Du», sagte Anna. «Gerade eben. Ich habe nichts für dich bestellt, wußte nicht, daß es so schnell gehen würde. Und du hast es auch noch geschafft, dir ein neues Hemd anzuziehen.»

«Ja, aber diesmal habe ich keinen Schlafanzug eingepackt.»

Anna lachte.

«Nein, du kannst es dir wohl nicht leisten, nach dem Zimmerservice zu klingeln.»

Es freute ihn, daß sie sich an die Anlässe ihrer kleinen Streitereien erinnerte.

«Übrigens», fragte sie, «wo willst du denn zu Abend essen?»

«Bei dir. Wie du schon ganz richtig erwähnt hast, kann ich es mir nicht leisten, das Essen aufs Zimmer zu bestellen.»

«Ich kenne dich doch. Okay, ich lade dich nach Hause zum Abendessen ein. Aber dann muß ich erst einkaufen. Bier und Wein habe ich, aber nichts zu essen. Clas ist ja verreist, deshalb habe ich nicht ans Einkaufen gedacht.»

Peter Hill zog eine Grimasse und wollte etwas über ihre hausfraulichen Fähigkeiten sagen, aber der Kellner erschien, und er bestellte statt dessen ein Bier.

«Ich muß nachher vielleicht jemanden aufsuchen», sagte er.

«Wegen deiner Reportage?»

«Ja, aber ich werde vorher anrufen und feststellen, ob er zu Hause ist.»

«Worum geht es denn? Hast du nicht bei der Zeitung aufgehört? Du wolltest doch ein Buch schreiben, hast du gesagt.»

«Ja, aber dies hier ist eine spezielle Angelegenheit, um die ich mich kümmere. Ich werde es dir vielleicht später erzählen. Beim Essen. Was soll es geben?»

«Tja, was willst du denn haben?»

«Irgendwas, was du nie für ihn kochst, nur für mich.»

Anna atmete tief durch die Nase ein und dann mit einem lauten Seufzer aus. Sie blickte ihn an und schüttelte langsam den Kopf.

«Weißt du was, Peter», sagte sie. «Du bist naiv, sentimental, egoistisch und eitel. Passen dir Lammkoteletts?»

«Aaaah. Mit Kartoffelauflauf, Knoblauch und Mintgelee.»

«Auflauf dauert zu lange, roh gebratene Kartoffeln, Knoblauchbutter und Mintgelee.»

Sie blickte auf ihre Armbanduhr. Die sah teuer aus. Er beugte sich vor und betrachtete sie.

«Halb sechs», sagte sie. «Wenn ich es noch bis zur Markthalle schaffen will, muß ich jetzt los. Lammkoteletts kauft man nicht im Supermarkt.»

«Die Uhr», staunte Peter Hill, «hast du die von ihm bekommen?»

Jetzt sah sie beinahe böse aus.

«Peter! Hör damit auf. Die Uhr habe ich von Mia und Jonas bekommen. An meinem Geburtstag, den du vergessen hast.»

«Absolut nicht. Ich habe den ganzen Tag daran gedacht. Wann hast du übrigens Geburtstag?»

Er lächelte ihr schief zu, und sie trank ihr Glas aus.

«Im nächsten Jahr werde ich fünfzig. Dann darfst du herkommen und Champagner trinken. Ich gehe jetzt und kaufe ein. Bleib du hier sitzen, es dauert höchstens zwanzig Minuten.»

«Soll ich nicht mitkommen? Und dir tragen helfen?»

«Ich habe schon schwerere Dinge getragen als vier Lammkoteletts», erwiderte sie, warf ihm eine Kußhand zu und ging durch das Lokal auf den Ausgang zu Södergatan zu.

«Kaufe sechs», rief Peter Hill und blickte ihr nach.

Irgendwo in seinem Körper schmerzte es. Vielleicht die Milz. Oder das Herz? Ich liebe diese Frau immer noch, stellte er fest.

Er steckte sich eine Zigarette an, ließ das Paket liegen und das halbleere Glas stehen und fuhr mit dem Fahrstuhl auf sein Zimmer. Setzte sich an den Schreibtisch und legte die Hand auf den Telefonhörer. Wenn Ullman nun zu Hause war, was sollte er sagen? «Guten Abend, Herr Ullman, ich glaube, jemand will Sie ermorden.» Oder: «Herr Ullman, erinnern Sie sich an Erik Berggren? Sein Sohn wird

Sie erschießen.» – «Guten Abend, Herr Ullman, der Rächer aus Brandbergen liegt in Ihren Stachelbeerbüschen auf der Lauer!»

Er hob den Hörer hoch, wählte die Nummer, wartete. Niemand meldete sich.

Unten in der Bar war sein Bier stehengeblieben, und während er daran nippte, dachte er an Ab Kroonen und fragte sich, wo der sich gerade befand. Was für eine unsinnige Idee – sich auf Gedeih und Verderb nach Skärgård hinauszubegeben. Ein Holländer, der sich in Kanälen, Seen und auf der offenen See auskannte, draußen im Skärgård mit allen Felseilanden, Klippen und Untiefen. Eine Landschaft wie in Gulaschstücke geschnitten, so hatte Hjalmar Söderberg gesagt. Konnte Ab überhaupt die Seekarte eines solchen Gebietes lesen? Er hoffte, daß Kroonen mit seinem Plan nicht Ernst gemacht hatte, hinaus in die Inselwelt zu fahren, sondern statt dessen nach Hause zu seiner Frau gereist war.

Zwanzig Minuten nach sechs kam Anna zurück. «Es hat länger gedauert, als ich gedacht habe», entschuldigte sie sich.

«Ja, aber nicht so lange, wie ich es mir vorgestellt hatte. Wenn du zwanzig Minuten sagst, werden das mindestens vierzig. Noch ein Glas Wein?»

«Nein, ich habe Hunger. Und ich habe sechs gekauft. Sollen wir jetzt nach Hause gehen und essen?»

Es tat wieder irgendwo weh, als sie ‹nach Hause› sagte. Sie hatte recht, er war naiv und sentimental.

Peter Hill war schon einmal vor zwei Jahren in der Wohnung von Clas Andonius gewesen, aber er konnte sich nicht mehr an sie erinnern. Er hatte einige Tage lang ein Gerichtsverfahren beobachtet, und Anna hatte darauf bestanden, daß er dabei war, als sie etwas feierten, er wußte nicht mehr was, aber er hatte so eine Erinnerung, daß alle Anwesenden Architekten gewesen waren und er schlechter Laune geworden war und sich betrunken hatte.

Jetzt war die Wohnung leer, nicht einmal der Herr des Hauses war anwesend. Anna bat ihn, mit in die Küche zu kommen, und drückte ihm eine Flasche Rotwein und einen Korkenzieher in die Hand, stellte zwei Gläser hin und begann mit der Zubereitung des Essens. Er saß an dem großen runden Küchentisch, nippte am Wein und sah ihr zu.

«Typisch Architekten», stellte er fest. «Für die anderen entwerfen sie Küchen, in denen man sich kaum umdrehen kann, aber selbst haben sie immer ganz große. Wie in alten Bauernhäusern.»

«Halt den Mund. Rühr lieber die Knoblauchbutter an», sagte Anna. «Und deck den Tisch.»

Er tat, was sie gesagt hatte, und erinnerte sich plötzlich, wie ihn ihr schulmeisterlicher Tonfall immer gereizt hatte.

Als das Essen fertig war, knipste sie die Deckenlampe aus und steckte ein paar Wachskerzen an. Die Lammkoteletts schmeckten himmlisch. Er fragte sich, warum die nie so gut wurden, wenn er selbst genau das gleiche Essen zubereitete.

«So gut wie jetzt habe ich seit vorgestern nicht gegessen», lobte er.

Anna hob die Augenbrauen und blickte ihn über ihr Weinglas hinweg an.

Er erzählte von dem Abendessen mit Mia, und Anna hörte mit dem Glas in der Hand zu. Als er geendet hatte, lächelte sie ein bißchen wehmütig.

«Manchmal beneide ich dich, weil du so nahe bei den Kindern wohnst. Ich vermisse sie.»

«Nur sie?» fragte Peter Hill hoffnungsvoll.

Anna stellte ihr Glas auf den Tisch und steckte sich eine Zigarette an.

«Nein, ich sehne mich auch nach Stockholm.»

Sie machte einen tiefen Zug und blies den Rauch mit einem Seufzer aus.

«Weißt du, Peter, ich fühle mich in dieser verdammten Stadt nicht wohl. Ich sehne mich zurück in *meine* Stadt.»

«Warum ziehst du dann nicht nach Hause? Nach Hause, nach Stockholm?»

«Das ist leichter gesagt als getan. Ich wohne ja jetzt hier. Ich habe hier meine Arbeit. Und Clas.»

Peter Hill blickte sie eine Weile an. Dann sagte er:

«Mia hat neulich etwas über Jonas gesagt. Es ging darum, daß er sich nur in die Mädchen aus seiner Firma verliebt. Man soll nicht zusammen arbeiten, wenn man zusammen lebt, sagte sie. Darunter leidet die Romantik.»

Anna kniff die Augen zusammen und runzelte die Nase.

«Oh, ich verstehe schon, was du meinst. Und natürlich ist an dem, was du sagst, etwas dran. Tatsächlich habe ich auch versucht, eine andere Arbeit zu finden. Nicht, weil ich mich bei Clas nicht wohl fühlte, aber... ja, ich komme mir so unselbständig vor. Ich sitze meistens da und zeichne Dinge, an denen andere schon herumgezeichnet haben. Ich würde gern wieder mit Formgebung arbeiten.»

«Bekommt man eine solche Arbeit in Stockholm nicht leichter?»

«Doch, aber so einfach ist das nicht. Clas kann ja nicht umziehen, er hat seine Firma und ist hier in Skåne gut im Geschäft. Außerdem fühlt er sich nicht wohl in Stockholm. *Ihm* gefällt es in Malmö bestens.»

«Und du mußt mit ihm zusammenwohnen?»

Anna stand auf und begann, ihre Teller wegzuräumen.

«Komm jetzt nicht auf falsche Gedanken, Peter», sagte sie. «Jetzt reden wir von etwas anderem. Wie gefällt es Mia bei ihrer Arbeit?»

Er erzählte von Mias Plänen, Bibliothekarin zu werden. Plötzlich fiel ihm etwas ein, und er fragte sie: «Was würdest du sagen, wenn du erfahren würdest, daß Mia in pornographischen Filmen mitspielt? Und manchmal als Callgirl arbeitet?»

Anna starrte ihn mit aufgerissenen Augen an.

«Du glaubst doch nicht etwa...»

«Nein, Anna, ich glaube nicht, daß sie das tut. Natürlich nicht. Aber nimm mal an, du erfährst so etwas, wie würdest du reagieren?»

«Warum fragst du so was?»

«Das hängt mit dem zusammen, was ich gerade zu tun habe. Also?»

Anna überlegte einen Augenblick. Dann antwortete sie:

«Ich würde versuchen, ihr zu helfen, damit sie damit aufhört. Und dann würde ich hoffen, daß sie keine psychischen Schäden zurückbehält. Lieber Peter, es ist wirklich nicht einfach, sich in eine solche Situation hineinzuversetzen. Und ich bin davon überzeugt, daß ich das auch niemals tun muß. Manchmal bist du ein komischer Kauz, finde ich.»

Das hatte sie nicht zum erstenmal gesagt, aber gleichzeitig lächelte sie weich und herzlich, so daß er zu der Auffassung gekommen war, daß sie es mochte, wenn er ein wenig wie ein komischer Kauz war. Er überlegte, ob Andonius auch ein wenig eigenartig war. Aber fragen mochte er nicht.

«Jetzt lassen wir mal solche dummen Geschichten», entschied Anna. «Du wolltest erzählen, warum du hier bist.»

«Verdammt, das hatte ich beinahe selbst vergessen! Darf ich mal telefonieren?»

«Aber klar. Komm mit.»

Sie ging voraus durch eine lange Anrichte und ein großes düsteres Wohnzimmer in ein Zimmer mit Bücherregalen und einem großen Schreibtisch. In einer Ecke des Raumes befand sich ein hübscher dunkelgrüner Kachelofen. Anna knipste eine Lampe mit Messingfuß und grünem Glasschirm an, die auf dem Schreibtisch stand.

«Ist das sein Arbeitszimmer?» fragte Peter Hill.

«Nein, meins.»

«Funktioniert der Kachelofen?»

«Ja.»

«Die Lampe. Das ist eine Kopie, nicht?»

«Nein, die habe ich von Strindberg bekommen», antwortete sie und zeigte auf das Telefon.

«Und das hast du von L. M. Ericsson bekommen, soviel ich weiß.»

«Wenn du lange telefonieren willst, hole ich dein Glas», sagte Anna.

«Nein, es wird nicht lange dauern.»

Sie ging und schloß die Tür hinter sich. Peter Hill wählte Ullmans Nummer.

Eine tiefe Männerstimme meldete sich nach dem zweiten Signal.

«Ullman.»

Peter Hill wußte nicht, was er sagen sollte. Er legte den Hörer wieder auf. Stand eine ganze Weile regungslos da und starrte aus dem Fenster. Er sah Lichtflecke, die auf der glatten Oberfläche des Kanals tanzten, und plötzlich sein eigenes Gesicht, das sich in der Glasscheibe spiegelte. Draußen war es dunkel, und er dachte an Ullman, der den Hörer aufgelegt hatte und überlegte, wer da angerufen haben mochte. Hatte er Angst? Wußte er, daß ihn jemand umbringen wollte?

Er ging zu Anna zurück, die inzwischen den Tisch abgedeckt hatte und die Klappe des Geschirrspülers zuschob.

«Kaffee?»

«Ja, gern.»

«Und Cognac?»

«Noch viel lieber.»

«Hast du ihn erreicht?»

«Wen?»

«Den, mit dem du sprechen wolltest, du Dummkopf.»

«Ja, ich muß hinfahren.»

«Wo wohnt er denn?»

«Draußen in Richtung Limhamn. Ich werde ein Taxi nehmen.»

Sie tranken am Küchentisch Kaffee und Cognac, und als Peter Hill aufstand, um zu gehen, fragte Anna:

«Sehen wir uns, ehe du fährst?»

«Ich hoffe es. Vielleicht morgen.»

«Du kannst doch anrufen, wenn du weißt, wie lange du bleibst. Und du hast mir noch nicht erzählt, warum du überhaupt hier bist.»

«Morgen», sagte Peter Hill.

XVI

Es war schon eigenartig, überlegte Wester, daß er so aufgeregt war. Und das zu allem Überfluß bei einer der langweiligsten Arbeiten in diesem Beruf – der Beschattung. Es gab keine einförmigere und idiotischere Beschäftigung, als dazusitzen und darauf zu warten, daß man reagieren konnte, sobald ein anderer etwas tat. Oder nicht tat. Das war wirklich ein Job, den alle – Polizisten, Kriminalbeamte und Leute vom Sicherheitsdienst – nach Kräften verabscheuten. Ein Job, wenn man es nun so nennen wollte, der einem nicht selten viele Stunden lang die Nachtruhe stahl, ohne daß er, jedenfalls in neunzig von hundert Fällen, zu irgendeinem Ergebnis führte.

Er erinnerte sich an eine Reihe widerwärtiger Nächte während seiner Zeit beim Rauschgiftdezernat. An einen Kai, an dem er auf ein Schiff gewartet hatte, das niemals anlegte. An ein chinesisches Restaurant, wo sie nach stundenlangem Warten beschlossen hatten, eine Razzia zu machen, und vor den unergründlichen Blicken der chinesischen Familie mit langen Gesichtern und den Händen voller Waschpulver dagestanden hatten. An ein Abbruchhaus in Vasastan, in dem es zwei Tage lang verdächtig still gewesen war, was sich als gar nicht so herausstellte, denn wenig später zeigte sich, daß die Rauschgiftgang schon eine Woche vorher das Quartier gewechselt hatte und sich inzwischen vermutlich an einem sonnigen Plätzchen aufhielt.

Derartige Pannen wurden in der Presse ständig ironisch kommentiert und hatten oft Verweise von vorgesetzter Stelle zur Folge.

Aber jetzt, als er da zusammengesunken im Fiat der Kriminalpolizei von Malmö saß, mit einer Sumatra-Zigarre zwischen den Lippen und Stan Getz leise im Radio, fühlte er eine angenehme Spannung in der Magengrube, die ihn an seine allerersten Tage als uniformierter Konstapel in Göteborg vor mehr als zwanzig Jahren denken ließ. Er blickte auf die erleuchteten Fenster in dem Haus gegenüber. Hin und wieder ging eine Silhouette hinter den zugezogenen Vorhängen vorbei, aber er konnte nicht unterscheiden, ob es Hill oder seine Exfrau war. Das spielte auch keine Rolle, solange er sicher sein konnte, daß sich der Journalist in dem Haus befand.

Er fragte sich, ob Hill über Nacht bleiben würde. Ob er die Gelegenheit wahrnehmen würde, jetzt, wo der neue Mann verreist war. Ein bekannter Architekt, hatten sie hier in Malmö gesagt. Und das war er sicher nur in Malmö, dachte Wester zynisch. Er mochte Malmö nicht, eine ausufernde Stadt, unpersönlich, mit todlangweiligen Straßen, neuen Renommierbauten und öden Lokalen; und ihre Bewohner waren großkotzig. Was hatte Hill bei seiner geschiedenen Frau zu suchen?

Zuerst hatten Wester und Hellström, der in einem gleichen Fiat am anderen Ende des Hauses saß, geglaubt, daß er tatsächlich nur der Frau wegen gefahren war und daß sich die Reise für sie kaum lohnte. Hill hatte seit seiner Abreise aus Stockholm auch nicht einen Moment lang den Eindruck gemacht, als ob er wüßte, daß er verfolgt wurde. Oder war ihm das vielleicht gleichgültig, was dann zusätzlich ein Beweis dafür sein konnte, daß er aus privaten Gründen hier war, vielleicht als Folge des Besuchs seiner Tochter einige Abende zuvor?

Aber dagegen sprachen die beiden Telefonate aus dem Hotel. Und sie waren die Ursache für Westers Aufregung. Offenbar wollte Hill jemanden in Malmö erreichen. Bereits am Tag vorher hatte Hellström ihn in ein Büro der Telefongesellschaft bei Skeppsbron gehen sehen, wo er in dem Verzeichnis von Malmö geblättert und sich den Stadtplan angesehen hatte. Es ging also nicht nur um seine geschiedene Frau.

Natürlich hatte Hill gemerkt, daß er beschattet wurde. Er hatte im Hotel mit dem Holländer gesprochen, und der hatte natürlich von Säpo erzählt, denn danach hatte sich sowohl Hills als auch Kroonens Verhalten entscheidend verändert. Natürlich waren die beiden am vorhergehenden Tag gemeinsam irgendwo gewesen, und daß sie nicht wußten, wo, war diesem Holzkopf Pettersson zu verdanken. Hill hatte offensichtlich begriffen, daß er beobachtet wurde. Er hatte mindestens dreimal das Taxi gewechselt, bevor er ihnen entwischt war, und es war ganz deutlich, daß er den Holländer instruiert hatte, wie der seinem Schatten durch das Centralbad entkommen konnte.

Und dann waren die beiden gemeinsam irgendwohin gefahren.

Und am nächsten Tag war Hill hierhergekommen.

Das Eigenartige dabei war, daß er nicht einen einzigen Versuch unternommen hatte, eventuellen Verfolgern zu entwischen.

Dieser Umstand machte ihn noch verdächtiger, dachte Wester. Hill hatte etwas vor und hatte die alte erprobte Taktik angewandt, nach der Kroonen und er sich getrennt hatten.

Er klopfte die Asche von der Zigarre und blickte einen Moment hoch, gerade als wieder ein Schatten hinter den Vorhängen vorbeiging.

Der Holländer war zu der Freundin seiner Tochter zurückgegangen. Das war verständlich, aber ohne Bedeutung, ebensowenig wie der Holländer selbst. Ein Mann, der von nichts wußte und von Hill als Ablenkungsmanöver benutzt wurde. Der Film mit seiner Tochter war an sich interessant, aber es gab im Bootsregister weder ein Boot mit dem Namen *Galatea* noch einen Bootseigner Berggren, und eine Fahndung im Skärgård war wie eine Suche nach der Nadel in einem Heuhaufen. «Wir konzentrieren uns auf den Journalisten», hatte er zu Hellström gesagt. «Pettersson und Kindvall sollen den Kroonen seinlassen und untersuchen, was Hill in den letzten Monaten getan hat, wen er besucht hat, wo er gewesen ist, also alles.»

Was hatte Hill im Malmö zu erledigen?

War Mats Berggren hier?

Hatte Hill einfach nur versucht, einen Bekannten zu erreichen, und war nun mit seiner geschiedenen Frau ins Bett gegangen?

Wester lächelte ein wenig und dachte an Eva, die ihm in der vorigen Nacht gesagt hatte, daß sie noch nie einen so schönen Liebhaber gehabt hätte wie ihn. Das hatte sie anderen natürlich auch gesagt, er selbst machte das ja auch so, aber das hatte trotzdem so verliebt und aufreizend geklungen, daß er gleich wieder Lust bekommen hatte...

Er erstarrte, sank automatisch weiter hinunter in seinem Sitz und verbarg die Glut der Zigarre in seiner gewölben Hand.

Zwei Dinge geschahen gleichzeitig.

Von der Straßeneinmündung kam langsam ein Taxi angefahren, so als ob der Fahrer eine Hausnummer suchte.

Und das Autotelefon knisterte.

Hellströms Stimme war mit einem metallischen Klang zu hören.

«Er – kommt – heraus!»

«Okay», bestätigte Bo Wester.

Das Taxi fuhr an ihm vorbei, bremste und hielt bei dem Haus, dessen Eingang um die Ecke lag, in Hellströms Blickfeld.

Es dauerte nicht länger als eine halbe Minute, bevor Hellströms Stimme wieder zu hören war.

«Hill sitzt im Taxi.»

«Ich zuerst», sagte Wester. Er setzte sich zurecht, startete das Auto und fuhr um die Ecke. Er kam an Hellström vorbei, hatte den Blick aber fest geradeaus gerichtet, auf die Rücklichter des Taxis ungefähr zwanzig Meter vor ihm.

Im Taxi sagte Peter Hill zu dem Fahrer: «Fahr bis zum Hotel *Sankt Jörgen*, und laß mich vor dem Eingang aussteigen. Fahr dann weiter, und warte auf mich an der Ecke Baltzarsgatan und Skomakargatan. Dort komme ich in fünf Minuten hin.»

Der Auftrag schien den Fahrer nicht zu verwundern. Er blickte seinen Passagier jedenfalls nicht erstaunt an, sondern weiterhin geradeaus.

Wenn er in den Rückspiegel geschaut hätte, wäre ihm vermutlich aufgefallen, daß Hill ständig durch die Rückscheibe nach hinten blickte. Er war sicher, daß eins der Autos hinter ihnen sein Schatten war. Selbstverständlich! Es wäre unsinnig gewesen, nicht davon auszugehen, daß Wester ihn beschatten ließ, nachdem es ihm und Kroonen am vorhergehenden Tag gelungen war, ihn auf dem Weg zu Mats Berggrens Wohnung abzuschütteln.

Wester war vermutlich stinkwütend, was ihm selbst nur ein behagliches Gefühl bereitete. Es war allerdings unmöglich herauszufinden, welches der vielen Autos, die hinter ihnen fuhren, ihn verfolgte, ebenso wie es unmöglich gewesen war, den Säpo-Mann unter den vielen Mitreisenden im Zug auszumachen.

Etwas noch Besseres war ihm nicht eingefallen. Ins Hotel fahren, wo sie natürlich festgestellt hatten, daß er dort ein Zimmer bewohnte, in das Zimmer gehen, Licht machen und die Vorhänge vorziehen. Darauf hoffen, daß sie glaubten, er würde eine Weile fernsehen oder etwas lesen und dann ins Bett gehen. Er unterdrückte die immer stärkere Versuchung, bei Anna zu übernachten und erst am nächsten Tag zu Ullman zu fahren. Er hatte den Eindruck, daß sie sich einem solchen Gedanken gegenüber nicht total abweisend verhalten würde, aber andererseits hatte er nicht das geringste Anzeichen dafür gefunden, daß es zwischen ihr und Andonius Differenzen gab. Nein, nun mußte er versuchen, mit Ullman ins Gespräch zu kommen und Anna erst morgen zu treffen.

Ullman. Er hatte eine schwache Erinnerung an ihn, von dem Foto, das sie bei Mats Berggren gefunden hatten. Nun überlegte er, was er sagen sollte. Am wichtigsten war, daß Ullman ihn überhaupt hereinließ; wenn er eine Ahnung davon hatte, was auf ihn zukam, würde er sicher mißtrauisch sein. Er mußte sofort Ullmans Vertrauen gewinnen.

Peter Hill lächelte vor sich hin. Das, weswegen er hier saß und worüber er nachdachte, war eigentlich die Aufgabe derjenigen, die ihn verfolgten, na ja, vielleicht nicht Aufgabe von Säpo, aber des Teils der Polizeiorganisation, die seinem Journalisten-Kollegen

Lindström zufolge sich verzweifelt fragte, wer die beiden Geschäftsleute in Göteborg und Västerås ermordet hatte.

Warum ging er nicht zur Polizei?

Das lag wohl in erster Linie an dem Journalisten in ihm, dem Instinkt, der ihm sagte, daß er möglichst der erste sein sollte und möglichst auch der einzige.

Das Taxi bog vor den Eingang des Hotels ein, und automatisch warf er einen Blick nach hinten.

«Fein», sagte er und gab dem Fahrer einen Hunderter, «ich komme dann in fünf Minuten auf die Rückseite des Häuserblocks.»

Er stieg aus und ging ins Foyer des Hotels, sah im Spiegel der Glastür, wie das Taxi weiterfuhr. Er fragte nach dem Zimmerschlüssel und nahm den Fahrstuhl nach oben, öffnete die Tür des Zimmers und knipste zuerst die Deckenlampe an. Ging dann zu den Vorhängen und blickte einen Moment hinaus, ehe er sie zuzog.

Genau gegenüber dem Hotel versuchte ein Fiat Uno zu parken. Während Hill langsam die Vorhänge zuzog, sah er gerade noch, wie eine ältere Dame mit einem Zwergpudel im Arm ausstieg. Er zog eine Grimasse, knipste die Tischlampe und eine der Lampen am Bett an und ging dann zurück zur Tür. Schaltete die Deckenlampe aus, schlug die Tür hinter sich zu und ging den Flur lang bis zur Treppe. Er lief die Treppe hinunter, vorbei am Speisesaal und runter in die Halle, ging die wenigen Schritt zur Glastür und in die Bar hinein, wo Anna und er ein paar Stunden vorher gesessen hatten, weiter durch das Lokal hinaus in die Fußgängerzone. Dort wandte er sich nach rechts und wieder nach rechts, und hinten an der Straßenecke sah er sein Taxi stehen und auf ihn warten.

«Fahr zu Linnégatan», sagte er zum Fahrer. «Ich zeige dir dann, wo du anhalten sollst.»

«Ach, du lieber Gott, was für ein alter Trick! Was hält er bloß von uns?»

Hellströms Stimme hörte sich heiter an, und Wester konnte ein Lächeln nicht unterdrücken, während er leicht mit dem Gas heruntierging, um den Abstand zwischen sich und dem Taxi nicht kürzer werden zu lassen.

Hill war natürlich davon ausgegangen, daß sie ihn von *einem* Auto aus beobachteten und daher das Taxi wegfahren ließen. Naiv, wunderte sich Wester, für einen Mann, der jahrelang über Polizeieinsätze geschrieben hatte, aber na ja, Hill hatte große Worte benutzt, um seine Meinung über die Gesellschaft unters Volk zu bringen, nicht um darüber zu berichten, wie die Behörden das alltägliche Verbrechen bekämpften. Ein anmaßender Journalist.

Er steckte sich sorgfältig die ausgegangene Zigarre an.

«In welcher Richtung fahren wir eigentlich?» fragte er.

Hellström kannte Malmö, er hatte hier mehrere Jahre lang gearbeitet.

«Nach Westen, Richtung Limhamn.»

«Das ist da, wo die Reichen wohnen, nicht?»

«Ja, in Bellevue, Fridhem und auch in Limhamn, was das anbelangt. Hier gibt es noch viele alte Villen.»

Teure Wohngegend. Hielt sich Berggren mit seiner holländischen Nutte vielleicht hier auf?

Wester schüttelte mißtrauisch mit dem Kopf. Sollte Hill ihnen auf die Spur gekommen sein? Hatte er gestern zusammen mit Kroonen etwas herausgefunden, etwas gesehen oder gehört?

Um so besser, dachte er, hervorragend, wenn er Berggren und das Mädchen bereits heute abend festnehmen konnte! Dann würde Olsson vielleicht sein großer Unterkiefer runterfallen, und er war gezwungen anzuerkennen, daß er, Wester, seine Sache beherrschte. Mußte ihm ein Lob aussprechen und vielleicht mehr. Jedenfalls würde er nach Abschluß dieses eigenartigen Auftrags erst mal Urlaub machen. Mit Eva, irgendwo, wo sie wütende Telefonate aus dem Justizministerium oder von nervösen Politikern nicht erreichen konnten. Bali, hatte jemand vorgeschlagen. Eine teure Flugreise zwar, aber dort konnte man in einem Fünfzimmerhaus wohnen, komplett mit Bedienung für weniger als dreißig Dollar pro Tag. Dreißig Dollar. Das waren weniger als zweihundert Kronen.

Plötzlich kam ihm der Gedanke, daß Berggren, wenn er wirklich hier war, bewaffnet sein konnte, und was er vor allen Dingen vermeiden mußte, war ein Schußwechsel. Er griff wieder nach dem Autotelefon.

«Lars?»

«Ja.»

«Ich glaube, wir brauchen Verstärkung.»

«Wieso?»

«Ja, also, was hältst du von meiner Theorie, daß Hill auf der Jagd nach Berggren ist?»

Bis auf das Knistern war es einen Moment ruhig.

«Ja, Gott noch mal», rief Hellström aufgeregt. «Natürlich!»

«Okay. Wende dich um Unterstützung an das Polizeihaus oder wohin man sich wenden muß, du weißt es ja.»

«Okay.»

Er legte auf und konzentrierte sich darauf, drei Wagen zwischen sich und dem Taxi da vorn zu halten. Plötzlich bog es nach rechts ab, und Wester folgte vorsichtig. Im Spiegel stellte er fest, daß Hellström auch langsamer fuhr. Das Taxi bog nach links ab, Hellström holte auf, bis er neben Wester war, und beide hielten an. Hier war kein Verkehr mehr, und links und rechts der Straße befanden sich Hausgärten, in denen man zwischen dem dichten Grün große zweigeschossige Häuser erkennen konnte.

Wester kurbelte die Scheibe ein wenig herunter.

«Fahr du zuerst», sagte er zu Hellström. «Du kennst dich ja hier aus.»

Hellström nickte, fuhr an, wollte nach links abbiegen, bremste aber sofort scharf, so daß Wester fluchend das gleiche tun mußte.

Wenige Sekunden danach stand Hellströms Fiat neben seinem.

«Das Taxi hat angehalten!»

«Raus!» zischte Bo Wester.

Er stellte den Motor ab und beugte sich schräg nach vorn zum Handschuhfach, um seine Dienstwaffe herauszunehmen.

Peter Hill wartete, bis das Taxi weg war.

Danach ging er auf dem Bürgersteig an den Gärten entlang. Es war vernünftig gewesen, das Taxi nicht direkt vor Ullmans Haus halten zu lassen, überlegte er. Wenn Wester und seine Leute den Taxifahrer vernahmen, würde der beim besten Willen die richtige Adresse nicht angeben können.

Nach einigen hundert Metern sah er das Haus vor sich. Ein zweistöckiges Gebäude mit Dachgeschoß und einem kleinen Turm, der sich gegen den hellen Nachthimmel abzeichnete. In dem großen Garten strahlten zwei Natriumlampen und warfen einen orange Schimmer auf die Giebel. Im oberen Stock waren zwei Fenster erleuchtet, und davor befand sich ein Balkon mit einer verzierten Brüstung. Er lag teilweise im Schatten und sah aus, als ob er in der Mitte abgebrochen sei.

Hill nahm an, daß das Haus irgendwann um die Jahrhundertwende gebaut worden war.

Es war totenstill, als er auf das schmiedeeiserne Tor zuging. Zu seiner Verwunderung stellte er fest, daß es nicht abgeschlossen war. Ullman schien kein ängstlicher Mann zu sein. Das Tor ließ sich lautlos öffnen, und er befand sich auf einem Schotterweg außerhalb des Lichtes der Lampen. Er machte einige leise knirschende Schritte. Womöglich ahnte Ullman immer noch nichts. Er war vielleicht auf Reisen gewesen, was für einen Geschäftsmann nicht ungewöhnlich war. Früher am Abend war er nicht zu Hause gewesen, fiel Peter Hill ein, vielleicht war er aus dem Ausland zurückgekommen und wußte nicht, was ihn bedrohte.

In diesem Augenblick und im gleichen Moment, als er einen Schritt in das Licht hinein machen wollte, hörte er ein Geräusch. Ein Geräusch, das ihm sicher entgangen wäre, wenn um ihn herum nicht eine derartige Stille geherrscht hätte. Er stand regungslos da und sah gespannt in die Richtung, aus der der Ton gekommen zu sein schien. Ein schleppender Laut. Ein Scheuern. Irgendwo in der Nähe des Balkons. Er sah nichts und glaubte einen Moment, er hätte sich etwas eingebildet, aber als er den Fuß hob, um einen Schritt vorwärts zu machen, hörte er es wieder. Jetzt kam es vom hinteren Teil des Balkons, aus dem dunklen Teil.

Was war das? Säpo? Waren sie ihm trotz des Tricks vom Hotel aus gefolgt? Aber dann hätten sie nicht vor ihm hier im Garten sein können, sondern mußten irgendwo hinter ihm sein.

Weg vom Licht! schoß es Peter Hill durch den Kopf, und mit drei lautlosen Riesenschritten befand er sich auf dem Rasen, außerhalb der Reichweite der Natriumlampen im Schatten eines großen Rhododendronbusches, wo er sich hinkauerte und tief durch die Nase einatmete. Aus der Ferne war der Verkehrslärm leise zu hören. Aus seiner neuen Position konnte er erkennen, daß Baumäste gegen den schattigen Teil des Balkons hingen. War so das Geräusch entstanden? Aber es war absolut windstill. Nicht die kleinste Brise.

Ein Vogel?

Er zuckte zusammen, als ein Hund zu bellen anfing, gar nicht weit weg, laut und knurrend. Unmittelbar danach hörte er wieder das Geräusch, und als er aufblickte, hielt er den Atem an.

Auf einem der herabhängenden Äste bewegte sich eine Gestalt, sehr langsam, kriechend wie eine Larve.

Und bevor Hill noch richtig hatte begreifen, aufspringen, schreien können, oder wie immer er auch hatte reagieren wollen, hatte die Gestalt sich mit einem dumpfen Laut auf den Balkon herunterfallen lassen, und im gleichen Moment leuchtete das orangefarbene Licht einen Moment lang auf einen Arm, eine Hand und eine ziemlich große Pistole.

«Berggren!»

Hills Stimme überschlug sich, hörte sich schrill an, echote durch die Nacht, wurde vom Giebel zurückgeworfen.

«Mats!»

Niemand war mehr auf dem Balkon zu sehen.

«Mats! Ich bin ein Freund von Chris und...»

Hill war aufgestanden. Auf dem Balkon blitzte ein Mündungsfeuer auf, und hinter ihm hörte er das pfeifende Geräusch, als das Geschoß durch die Rhododendronblätter fuhr. Hill warf sich platt auf den Boden und sah fassungslos, wie eine Silhouette plötzlich hinter den erleuchteten Fenstern auftauchte, sah einen Arm, der den Vorhang zur Seite schob.

«Nein! Mats!»

Der Schuß betäubte ihn, aber er hatte instinktiv den Kopf umgedreht, sah die beiden Männer am Tor, beide mit ausgestreckten Armen, beide mit Pistolen in den Händen.

«Die Waffe runter!»

Peter Hill lag immer noch da. Es war, als ob er einen Film sah. Auf dem Balkon öffnete eine schwergewichtige Person die Türen und brüllte: «Was ist hier los, verdammt noch mal...» Das Mündungsfeuer flammte auf, blau, wie ein Teil eines Feuerwerks, der Knall hörte sich an, als schieße ein Korken aus einer Champagnerflasche.

Die Person auf dem Balkon fiel vornüber, und obwohl er nun die beiden Männer auf dem Schotter an sich vorbeilaufen hörte, blieb er regungslos liegen und beobachtete den Balkon, auf dem die schwarze Gestalt jetzt durch die Türen verschwand.

«Er ist hineingelaufen!»

Hill kam auf die Füße, sprang ins Licht der Natriumlampen. Die beiden Männer standen an der Haustür.

«Er ist ins Haus hinein verschwunden. Er kam von ...»

Da erkannte er Wester. Blieb abrupt stehen.

«Mats Berggren?» fragte Wester. In dem rotgelben Schein glänzte sein Gesicht vor Schweiß.

Peter Hill nickte.

«Okay, Lars, tritt die Tür ein. Komm mit hierher, Hill!»

Der hochgewachsene Mann neben Wester hob den rechten Fuß und trat zu. Die Tür krachte, aber Wester zog Hill auf die Seite.

«Lauf auf die Rückseite!»

In der Ferne war der Ton von Sirenen zu hören. Sie kamen näher.

«Gut», rief Wester. «Der Schweinehund kommt hier nicht lebend weg!»

Trotz seiner Korpulenz rannte er mit federnden Schritten schneller als Hill und kam als erster auf der Rückseite des Gartens an.

«Da!»

Hill zeigte.

Im Obergeschoß war ein magerer Mann zur Hälfte aus einem Fenster geklettert, mit einem Bein schon an der Regenrinne. Das Licht von innen zeichnete einen Heiligenschein um ein schmales Vogelgesicht mit glitzernden Augen.

«Um Gottes willen», rief Hill heiser. «Das ist nicht Mats Berggren!»

«Keine Bewegung!» rief Wester, als der Mann versuchte, sein Bein zurückzuziehen. «Ganz ruhig, sonst schieß ich dir den Hintern weg.»

Der Mann blieb wie erstarrt, ein Bein drinnen, einen Arm um das Fensterkreuz gelegt, in der anderen Hand die Pistole.

«Laß die Waffe fallen!»

Einen Moment sah es so aus, als ob der Mann mit seiner Waffe zielte, und Hill sprang zur Seite, während Wester anlegte, aber dann fiel die Pistole und landete lautlos im Gras.

Nur einen Augenblick später schallte das Geräusch von splitterndem Holz durch das Obergeschoß.

«Lars?» Wester ging auf die Hauswand zu. «Komm nur. Er ist unbewaffnet.»

Kurz darauf sahen sie den großen Mann neben dem mageren mit dem schmalen Vogelkopf. Er sagte etwas, aber der Lärm der Sirenen, der von der Vorderseite des Hauses kam, übertönte seine Stimme. Der Mann im Fenster ließ sich von dem Großen hineinziehen, und als das Licht auf sein Gesicht fiel, sah Peter Hill, daß er kaum älter als fünfundzwanzig Jahre sein konnte.

Wester hob die Pistole aus dem Gras auf und begutachtete sie, ehe er sie in die Gesäßtasche steckte und sich an Peter Hill wandte.

«Fein», sagte er. «Ich bin ganz Ohr, Hill.»

Von der Vorderseite des Hauses waren Rufe zu hören und die Schritte vieler Stiefel, die auf dem Schotter herumtrampelten.

XVII

Obwohl man es ihm beschrieben und er es auf der Karte gesehen hatte, fand Kroonen es unmöglich, sich vorzustellen, wie dieses Labyrinth aus Inseln in Wirklichkeit aussah. Sie waren jetzt beinahe sechsunddreißig Stunden umhergefahren auf einem Meer, bei dem der Horizont die ganze Zeit über von Inseln, Eilanden und Schären begrenzt wurde, deren Farbe je nach Wetterlage von verschiedenen Grautönen zu blauen und grünen Nuancen wechselte. Kroonen konnte sich nicht erinnern, jemals eine solche Landschaft gesehen zu haben, auch wenn es ihn ein wenig an die Hebriden und Schottlands Westküste erinnerte, wo er einmal mit Freunden gesegelt war. Aber da war es nicht schwer gewesen, die Landmarken zu finden und den Weg auf der Seekarte zu verfolgen. Hier schien es, als ob ein mythologischer Gott eines Tages aus reinem Übermut eine Hand voll Granit ins Wasser geworfen und daraus ein neckisches Muster aus Myriaden von Inseln geformt hatte. Ein Wirrwarr, bei dem es keinen Anfang und kein Ende zu geben schien. Und trotzdem hatten sie bisher nur einen Bruchteil der scheinbar unendlichen Inselwelt abgesucht.

Von Saltsjöbaden aus waren sie in ostwärtiger Richtung gefahren, durch schmale Fahrwasser und über Buchten zu einem offenen größeren Wasser, das auf der Karte als Jungfrufjärden bezeichnet war, ein Name, den Ole Bendix in einem dummen Witz erwähnt hatte einem der Mädchen gegenüber, die er mit auf seine Insel hinausgenommen hatte.

Von da aus hatten sie Kurs auf Nämdö genommen, eine große Insel, die sich von Jungfrufjärden in nordöstlicher Richtung erstreckte. Kiki zufolge mußten sie Nämdö auf der Backbordseite passieren.

Zu Anfang war er optimistisch gewesen. Es herrschte perfektes Bootswetter, als sie sich auf den Weg gemacht hatten; das große Motorboot war ziemlich schnell und lag ruhig im Wasser, auch wenn es auf den offenen Gewässern ganz schön wehte. Ein bißchen fühlte er sich wie auf einem Sonntagsausflug, ein Tag auf dem Wasser, wie früher mit Heleen und Chris auf den Vinkeveenseen. Beinahe.

Es war warm gewesen, die Sonne schien von einem wolkenfreien Himmel, und in den schmalen Durchfahrten hatten sie viele Boote unterschiedlicher Typen und Größen getroffen. Kiki hatte sich auf das Vordeck gelegt und ungeniert den Pullover ausgezogen, so daß er hin und wieder die Konturen ihrer Brüste sich gegen das in der Sonne glänzende Wasser abheben sah. Sie hatte kleine Brüste, fest und spitz wie bei einem kleinen Mädchen. Eher rührend als aufreizend. Als sie das offene Meer erreicht hatten, war die Sonne hinter dichten Wolkenmassen verschwunden. Der Wind wehte schärfer, und von einer Minute zur anderen hatte das Wasser eine bleigraue Farbe angenommen. Auch der Seegang hatte sich geändert. Die Wellen wurden kürzer und stärker, es war ein ganz anderes Wasser, unruhiger, als Kroonen es von den holländischen Seen und dem Ijselmeer kannte. Der Schaum spritzte um den Bug, und hin und wieder spülte eine eiskalte Welle über die Reling. Kiki war zu ihm ins Cockpit gekommen und hatte sich neben ihn gestellt, dort, wo er die Karte und den Kompaß im Auge behielt.

«Fährst du in Holland oft mit dem Boot?»

«Jetzt nicht mehr so oft.»

«Mit deiner Frau?»

«Ja. Und früher mit Chris. Sie ist geschickt auf dem Wasser. Kannst du segeln?»

«Nein», antwortete Kiki und lachte. «Ich bin so eine richtige Landratte. Mit Freunden zusammen bin ich gesegelt, aber ich würde mich nie allein mit einem Boot aufs Wasser trauen. Holland, das ist doch nur Wasser überall, nicht?»

«Nun ja.» Kroonen machte eine ausladende Geste. «Nicht so viel wie hier...»

Nach etwa einer Stunde hatte der Wind sich gelegt, und sie umrundeten eine Insel, die auf der Karte als Bullerö bezeichnet war. Nämdö hatten sie schon lange hinter sich gelassen. Kiki war mit Kaffee zu ihm gekommen, und als sie jetzt wieder in südlicher Richtung fuhren, mußte er den Kurs etwas ändern, denn das Boot ließ sich vom Wind ein wenig nach Steuerbord treiben.

Als sie das Boot in Saltsjöbaden abgeholt hatten, war er über die Qualität der Ausrüstung erstaunt gewesen. Wenn er sonst irgendwo ein Boot mietete, fehlte immer irgend etwas, aber hier schien man an alles gedacht zu haben. Alle Instrumente zum Navigieren waren vorhanden, eine gut ausgestattete Werkzeugkiste, zusätzliche Batterien, Lampen und Sicherungen, Seekarten vom gesamten Skärgård, das schwedische Küstenhandbuch, und es gab sogar ein Funkgerät.

Er hatte sich weiterhin an einen südlichen Kurs gehalten und versuchte, so nahe wie möglich an die Inseln heranzukommen. Er hoffte auf Kiki, die ja gesagt hatte, sie würde Bendix' Insel erkennen, wenn sie sie zu sehen bekam. Viele Inseln waren nur flache Felsen, spärlich bewachsen. Da und dort stand ein Sommerhaus, auf den größeren Inseln sogar in Gruppen, aber die meisten schienen leer und verschlossen zu sein. Nur manchmal sahen sie ein einsames Segel- oder Motorboot draußen auf dem Wasser, es war deutlich, daß die Sommersaison vorbei war. Kiki hatte erzählt, daß es Dörfer gab, in denen die Bevölkerung des Skärgård das ganze Jahr über wohnte, und Kroonen konnte sich nicht vorstellen, daß es ein Vergnügen war, über Winter hier draußen zu leben.

Er hatte sich vorgenommen, effektiv und methodisch dicht an jeder Insel vorbeizufahren, aber es zeigte sich, daß das in der Praxis schwer durchführbar war. Er mußte die ganze Zeit über auf Untiefen achten, und immer wieder tauchten Inseln auf, die er auf der Seekarte nur schwer identifizieren konnte. Seine Unsicherheit und das Bemühen, sich jeder denkbaren Insel zu nähern, hatte das Vorankommen so verzögert, daß sie nach einer Fahrt von mehreren Stunden erst wenige Seemeilen geschafft hatten.

Keine der Hunderte von Inseln hatte Kiki an die erinnert, zu der sie mit Bendix gefahren und zu der Mats mit seiner *Galatea* gekommen war. Schließlich hatten sie nicht mehr viel geredet, und als sich der Nachmittag neigte, war Kiki in der kleinen Kajüte eingeschlafen.

Er war an einer unbewohnten Insel an Land gegangen, hatte sich den letzten Kaffee eingegossen und die erste Zigarette seit Stunden angesteckt. Seine Augen waren müde, denn er hatte lange Zeit angestrengt in das Sonnenlicht sehen müssen, in die Sonne, die jetzt über dem Festland mit einem starken blutroten Schein unterhalb der dunklen Wolkendecke strahlte. Der Wind hatte wieder zugenommen, und weil er zu frieren begann, ging er auch hinunter in die kleine Kajüte, wo Kiki zusammengerollt und leicht schnarchend in der Koje gegenüber lag.

Er war hungrig geworden und machte sich Vorwürfe, daß er nichts zu essen mitgenommen hatte, nicht mal eine Tüte Erdnüsse oder ein Stück Käse. Und ein bißchen Schnaps gegen die Kälte. Er hatte eine Zigarette an der Kippe der vorherigen angesteckt. Dann hatte er die Seekarte studiert und an Westers Kommentar gedacht, daß es unmöglich sei, in diesem Wirrwarr von Inseln zu suchen. Auch Hill hatte ihm abgeraten.

Hill, der nach Malmö gefahren war, um einen Mitgesellschafter von Berggrens Vater zu warnen. Das war eine wahnsinnige Geschichte. Es war nicht mal eine Geschichte, es war eine Idee, die ihm gekommen war, als er das Foto von der Ullström-Fabrik gesehen hatte. War das richtig? «Viel zu ungewöhnlich, als daß es ein Zufall sein könnte», hatte Hill gesagt. «Jemand ist dabei, diese ganze Mannschaft auszurotten.»

Hatte das etwas mit Chris zu tun? Wester hatte von Erpressung gesprochen, nicht mit einem einzigen Wort die Mitinhaber von Berggrens Vater erwähnt. Nichts von einem Mord gesagt.

Aber Wester hatte ihn belogen, davon war er jetzt überzeugt. Gelogen, als er behauptete, Chris nicht zu verdächtigen. Natürlich hatte Hill recht, die würden sie nicht ungeschoren lassen, ebensowenig wie Mats.

Eine Geschichte, über die der Mantel des Schweigens gelegt worden war, hatte Hill gesagt.

Also wollten sie auch an Chris heran. War sie mit jenem Rüter ins Bett gegangen? Nun, was das betraf, brauchte er sich keine Illusionen zu machen. Wieviel Geld war dabei im Spiel? Herrgott noch mal, wenn sie in Geldnot waren, hätte sie ihn doch nur anzurufen brauchen!

Indem er sich hier befand, hatte er jedenfalls diesen Wester übertrumpft.

Er hatte sich die Finger verbrannt, drückte die Zigarette aus und ging hinaus ins Cockpit. Der Himmel war violett geworden und das Meer beinahe schwarz mit weißen Schaumkronen. Das Boot schaukelte, lag aber zwischen den Klippen ziemlich geschützt. Er hatte eine Weile gegen das Kajütendach gelehnt dagestanden und in den Himmel geblickt, der immer dunkler wurde, und als er sich dem Meer zuwandte, sah er keine Grenze mehr zwischen dem Himmel und der See.

«Huch, ist das kalt!»

Kiki war bibbernd aus der Kajüte gekommen.

«Und hungrig», hatte sie gesagt. «Weißt du, wo wir jetzt sind?»

«Natürlich», hatte er geantwortet. «Warum?»

«Wir sind vielleicht in der Nähe eines Ladens. Du hast ja die Seekarte hier. Vielleicht sind sie hier eingezeichnet. Über Sommer gibt es viele Läden hier draußen, auch Tankstellen an den Anlegern für die Boote, die jetzt sicher zuhaben, aber es muß doch welche geben für die Leute, die immer hier wohnen. Kannst du mal nachsehen?»

Kroonen hatte die Touristenkarte herausgeholt, die er gegenüber von Centralen gekauft hatte, und da stand, daß es eine Tankstelle mit Kiosk auf Kymmendö geben sollte.

«Okay», hatte er gesagt. «Wir versuchen es da. Dann legen wir uns irgendwohin und schlafen. In den Kojen gibt es Schlafsäcke.»

Es war spät geworden, als sie ankamen, und der Kiosk war geschlossen, aber sie hatten Glück und trafen die Inhaberin, die für sie noch mal öffnete. Dann hatten sie mit dem Boot an dem Anleger gelegen, Wurst und Käse gegessen und alles mit Leichtbier heruntergespült, bevor jeder von ihnen in seinen Schlafsack kroch und einschlief.

Jetzt, zwölf Stunden später und nachdem sechsunddreißig Stunden vergangen waren, fühlte sich Kroonen wieder ein wenig besser, trotz des unrasierten Gesichts und leichten Anzeichen von Mutlosigkeit.

Das Wetter hatte sich gebessert, und jetzt steuerte Kiki, nachdem sie sich wieder im Fahrwasser vor Nämdö befanden. Kroonen blickte auf die Seekarte und versuchte, die Inseln, an denen sie vorbeigekommen waren, abzuhaken. Ein langer unübersichtlicher Streifen meist ganz kleiner Inselchen.

War Mats mit dem Geld hierheraus gefahren? Um, wie Wester auch angedeutet hatte, abzuwarten, bis der Seeweg frei war? Und dann? Soviel er verstanden hatte, war die *Galatea* ausreichend seetüchtig, um eine längere Strecke zu verkraften. Vielleicht nicht sehr bequem, aber solide. Man konnte damit vielleicht bis nach Finnland kommen, überlegte Kroonen. Oder jedenfalls bis nach Åland.

Hatten sie das bereits geschafft?

Und was sollte er selbst tun? Noch einen Tag weitermachen? Weiter nördlich suchen? Kiki konnte sich ja geirrt haben. Sie wußte ja nicht eben viel, weder über Boote noch über Skärgård, und außerdem hatten die meisten Frauen seiner Erfahrung nach ein schlechtes Orientierungsvermögen. Nämdö war vielleicht als Ausgangspunkt richtig, aber hatte sie sich überhaupt klargemacht, in welche Richtung und wie weit sie von da aus gefahren waren? Die beiden konnten sich in einem ganz anderen Teil des enorm großen Schärengartens befinden, auf jeder beliebigen der vielen namenlosen Punkte auf der Seekarte.

«Hallo!»

Er merkte kaum, daß sie gerufen hatte.

«Ab, komm mal her!»

Er drehte sich um und sah ihr aufgeregtes Gesicht schräg über sich, das dunkle Haar wurde vom Wind nach hinten gepustet.

«Was ist denn?»

«Da!»

Er war bereits draußen im Cockpit, und der salzige Wind schmerzte auf seiner Haut. Kiki wies mit ausgestrecktem Arm nach Steuerbord, und als er in die Richtung blickte, sah er im Abstand von einem Kilometer eine kleine Inselgruppe.

«Was ist dort?»

«Ich glaube, mir kommt das bekannt vor!» behauptete sie. «Jedenfalls...»

Sie zögerte ein wenig. Dann sagte sie: «Die habe ich schon mal gesehen. Siehst du die Insel links? Da, mit dem offenen Wasser an der rechten Seite?»

Kroonen blickte in die angegebene Richtung. «Die mit dem Wäldchen und den beiden Kiefern auf der Klippe?»

Sie antwortete nicht, und er blickte sie von der Seite an. Sie zeigte immer noch und hielt die andere Hand vor die Augen, damit sie nicht geblendet wurde.

«Das ist sie», sagte sie leise. «Das ist die Insel, zu der wir damals mit Bendix gefahren sind. Ich bin mir ganz sicher!»

Sie sah ihn erwartungsvoll an und nickte mehrere Male, so als ob er an dem, was sie gesagt hatte, gezweifelt hätte. Aber er schwieg, übernahm das Steuer und schwenkte nach Steuerbord. Jetzt lag die Insel, auf die Kiki gezeigt hatte, direkt vor ihnen. Er konnte das Haus oder den Anleger, von dem Kiki gesprochen hatte, nicht sehen, aber das hatte nichts zu sagen. Das Sommerhaus konnte versteckt hinter den steilen Granitklippen liegen, denen sie sich nun näherten.

Sie waren jetzt etwa dreihundert Meter von der Insel entfernt, und er ging mit der Geschwindigkeit herunter. Er blickte einen Moment Kiki an, die an der Reling stand und sich in die Unterlippe biß, während sie in die Sonne blinzelte.

«Was machst du, wenn sie nicht hier sind?»

«Wie bitte?»

Kiki wiederholte ihre Frage.

«Keine Ahnung», antwortete Kroonen ein wenig erstaunt. «Fahre zurück, nehme ich an.»

Erst als er schon geantwortet hatte, dachte er über die Frage nach. Ja, was wollte er dann tun?

«Wir kurven einmal drumherum», sagte er. «Wie sah das Haus aus?»

«Wie die meisten Sommerhäuser hier. Rot mit weißen Eckbalken. Und nicht sehr groß. Unten davor war ein Anleger, ich glaube, der ist an der anderen Seite der Insel.»

Kroonen nickte. Er fuhr langsam näher heran und weiter an der Klippe entlang, ungefähr dreißig Meter von der Strandkante entfernt. Sie waren jetzt so nahe dran, daß sie die Spalten in den Felsrücken unterscheiden konnten. Über ihnen flogen einige Möwen, die sich hin und wieder ganz oben auf dem Felsen niederließen, um dann gleich wieder hochzufliegen.

«Da liegt ein Boot!»

«Wo?»

«Da, drinnen in der Bucht!»

Trotz der veränderten Farbe, grauweiß vor der grauen Klippe, erkannte Kroonen das Boot sofort.

«Das ist ihr Boot», sagte er aufgeregt. «Das ist die *Galatea*!»

«Woher weißt du das?»

«Die haben sie neu angestrichen, aber das ist das Boot. Ich erkenne es wieder.»

Er fuhr näher heran. Die *Galatea* lag hinten in einer tiefen Bucht mit steilen Klippen auf beiden Seiten. Sie lag da mit dem Steven gegen den steinigen Strand, der nicht breiter als ungefähr zehn Meter war, und die Vorderleine war an einem Erlenstamm festgebunden. Kroonen lachte auf.

«Was für ein Idiot, dieser Wester», sagte er, und Kiki sah ihn fragend an.

«Wen meinst du?»

Kroonen schüttelte mit dem Kopf. «Vergiß es», sagte er und drehte am Lenkrad. Er steuerte hinaus, und sie umrundeten weiter die Insel. Hinter einer runden, gewölbten Klippe entdeckte er plötzlich den Anleger, und danach sah er das Haus oben hinter einigen Kiefern. Kiki hüpfte vor Aufregung hoch.

«Siehst du es jetzt? Dort? Siehst du?»

«Ja», antwortete er und fühlte die Spannung steigen, holte tief

Luft und krampfte seine Hände so hart um das Rad, daß die Knöchel weiß wurden.

«Die sind nicht da», murrte Kiki. «Sonst wären sie doch herausgekommen, als sie unser Boot gehört haben.»

Natürlich nicht, schwante Kroonen, ganz im Gegenteil. Wenn sie nun überhaupt da waren. Sie würden sich im Haus aufhalten, sie durch die Fenster beobachten, darauf hoffen, daß sie Ausflügler auf einer Tagestour waren und sich bald wieder davonmachen würden.

«Ich lege an», entschied er. Er sprach mit leiser Stimme, so als ob niemand sie hören sollte. «Dann gehen wir hinauf und sehen nach.»

Können sie mich sehen, überlegte er, sieht sie, daß ich es bin? Er manövrierte das Boot an den Anleger und blickte zum Haus hinauf. Der Abstand war zu groß, als daß sie mehr erkennen konnten als zwei Personen in einem Boot. Sie würden sich fragen, wer sie waren und was sie hier zu suchen hatten. Hatten sie Angst? Natürlich hatten sie Angst. Und das letzte, was sie sich vorstellen konnten, war, daß ihr Vater sich hier befand – Hunderte von Kilometern von ihrem Elternhaus entfernt.

Ein scharfer Knall hallte zwischen den Klippen, und das Echo war immer noch zu hören, als der nächste kam. Ein Schwarm Möwen erhob sich schreiend in die Luft. Kroonen ließ das Lenkrad los und stieß mit dem Bug gegen den Anleger. Kiki stolperte, griff nach ihm und schrie etwas auf schwedisch. «Leg dich hin», brüllte Kroonen und zog sie zu sich hin auf den Boden.

Obwohl der Motor noch tuckerte, schien es plötzlich totenstill zu sein.

«Warum schießen die? Sehen sie denn nicht, daß wir es sind?» keuchte Kiki.

Kroonen mahnte sie zur Ruhe, erhob sich auf die Knie und schielte über die Reling.

«Ist das Mats?» fragte Kiki.

Auf halbem Weg zwischen dem Haus und dem Anleger auf dem glatten, grauen Felsen stand ein kräftig gebauter junger Mann. Er hatte die Sonne hinter sich, und Kroonen konnte im Gegenlicht seine Gesichtszüge nicht erkennen. Kiki kam hinter ihm auf die Füße.

«Mats! Hallo Mats!»

Sie stand auf, lachte und winkte mit beiden Armen.

«Ab, das ist doch Mats! Schieß doch nicht, du Dummkopf, du siehst doch, daß ich es bin!»

Sie zog Kroonen am Arm.

«Steh auf, das ist doch Mats!»

Er stand auf und hörte sie etwas auf schwedisch rufen. Der junge Mann stand regungslos da. Er hielt den rechten Arm gesenkt, aber schräg vom Körper weg, und in der Hand hielt er eine Pistole. Während Kiki ihm wieder irgend etwas Unbegreifliches auf schwedisch zurief, kam Chris aus dem Haus. Er war sicher, daß sie es war, obwohl er nur eine schlanke Silhouette im Gegenlicht erkannte.

«Chris!»

Kiki winkte ausgelassen und wandte sich an Kroonen.

«Aber nun geh doch schon rauf, Ab. Sie steht doch dort. Er schießt jetzt nicht, weil er sieht, daß ich es bin.»

«Ja», sagte Kroonen tonlos. «Ja, natürlich...»

Er sah, wie die schlanke Gestalt die Klippe herunterkam.

Er griff nach dem Rad und manövrierte das Boot rückwärts an den Anleger. Kiki sprang schon heraus, als er noch gar nicht richtig dran war, aber statt die Achterleine festzumachen, lief sie über den Anleger auf den jungen Mann zu. Kroonen stellte den Motor ab, nahm die Leine, kletterte auf den Anleger und machte sie fest. Als er aufblickte, sah er Chris auf sich zukommen. Hinter ihr standen Kiki und Mats. Kiki lachte und wies auf das Boot, während sie etwas zu Mats sagte.

Chris blieb einige Meter vor ihm stehen. Sie sagte nichts, blickte ihn nur steif an, so daß er sich plötzlich völlig hilflos vorkam. Ihr kurzes Haar war von der Sonne ausgeblichen und die Haut braungebrannt, aber sie sah trotzdem müde und abgespannt aus.

«Hallo Chris.» Er lächelte ein wenig unsicher und ging auf sie zu. «Chris! Sag doch etwas!»

Er wollte sie in den Arm nehmen, aber ihre abweisende Haltung bewirkte, daß er nur die Hand ausstreckte. Sie nahm sie zögernd.

«Was hast du hier zu suchen, verdammt noch mal?»

Ihre Stimme zitterte und hörte sich heiserer an, als er sie in Erinnerung hatte.

«Ist das da Mats?»

Er nickte hinüber zu dem jungen Mann, seine Hand hatte er immer noch in ihrer. Etwas schimmerte in ihrem Blick, vielleicht Erstaunen, bevor sie antwortete.

«Ja, das ist er. Was willst du hier?»

«Ich habe nach dir gesucht.»

«Warum?»

«Weil...» Er unterbrach sich, nicht weil er nicht gewußt hätte, was er sagen wollte, sondern weil er plötzlich Tränen in ihren Augen sah. Er zog sie zu sich heran und nahm sie in die Arme.

«Mr. Kroonen.»

Er blickte auf. Mats stand schräg hinter ihm. Ein großer, muskulöser junger Mann mit kraftvollem, braungebranntem Gesicht, umrahmt von blondem, halblangem Haar, das an den Wangen in einen gepflegten rotblonden Bart überging. Er trug Jeans, die Hosenbeine hatte er in Gummistiefel gesteckt, ein rot und schwarz kariertes Oberhemd, dessen oberste Knöpfe offen waren, so daß man das blonde Haar auf der Brust sehen konnte. Er hatte immer noch die Pistole in der Hand.

«Ja?» sagte Kroonen.

«Wie sind Sie hergekommen?»

Seine Stimme klang kühl und unfreundlich.

Kroonen ließ Chris los und wies mit dem Kopf auf das Motorboot.

«Das meine ich nicht. Wie haben Sie uns hier gefunden?»

«Ich habe dein Boot da drüben liegen sehen. Die *Galatea.*»

Die blonden Augenbrauen wurden gerunzelt.

«Wie konntest du das? Wir haben sie neu angestrichen.»

«Ich habe ein Foto von dem Boot bei deiner Mutter in Brandbergen gesehen.»

«Bei meiner Mutter?» Einen Augenblick entdeckte Kroonen Verwirrung in den hellblauen Augen, dann wurden sie zusammengekniffen. «Was hast du, verdammt noch mal, bei meiner Mutter zu suchen gehabt? Welcher Schweinehund hat...»

Er brach ab. So als ob ihm plötzlich etwas eingefallen war. Leise fragte er:

«Wer weiß noch davon, daß wir hier sind?»

«Niemand», antwortete Kroonen. «Ich habe...»

«Kiki sagt, daß du mit einem Journalisten zusammenarbeitest.»

Jetzt hatte er die Stimme wieder erhoben und griff nach Kroonens Windjacke.

«Verdammt noch mal, du Idiot! Wer weiß das noch?»

«Mats!» Chris versuchte sich zwischen sie zu drängen, aber Mats stieß sie zur Seite, schnauzte sie an und richtete unvermittelt die Pistole auf Kroonen.

«Na? Ich scheiße drauf, daß du ihr Vater bist! Nach dem, was sie mir erzählt hat, bist du sowieso nur ein Haufen Scheiße!»

Die Pistole berührte Kroonens Brustkorb. Er blickte auf Chris, die regungslos dastand und seinem Blick auswich.

«Mats, paß mal auf!» Kiki trat einen Schritt auf ihn zu. «Der ist in Ordnung, hörst du, Mats, er ist okay...»

«Hau ab!» Mats machte eine ungeduldige Handbewegung zu Kiki und blickte Kroonen wieder an. «Na? Raus mit der Sprache! Was weiß dieser Journalist?»

Es dauerte einige Sekunden, bevor Kroonen den Blick von Chris ließ. Trotz der Bedrohung mit der Pistole war er völlig ruhig.

«Ich weiß, was du so alles treibst. Ich kenne die Sache mit der Ullström-Fabrik und den Morden an den Kollegen deines Vaters...»

Aus den Augenwinkeln beobachtete er den betroffenen Ausdruck in Chris' Gesicht, aber er blickte weiter in die hellblauen Augen vor sich. Die Pistole drückte weiter auf seine Rippen.

«Der Journalist ist ein guter Freund von mir. Er weiß nicht, daß du hier bist. Er ist nach Malmö gefahren, um Ullman zu warnen, bevor du den auch noch umbringen läßt.»

«Wovon redest du?»

Chris flüsterte beinahe, blickte erst zu Kroonen und wandte sich dann fragend an Kiki, die erstaunt mit dem Kopf schüttelte.

«Er redet Scheiße!» rief Mats gereizt. «Alles Ablenkungsmanöver! Ich kenne gar keinen Ullman in Malmö, und ich habe niemanden ermordet!»

Kroonen spürte, wie die Pistolenmündung an seiner Brust zu zittern begann.

«Aber sicher», widersprach er. «Dein Vater hat Selbstmord begangen, als er von seinen drei Mitinhabern betrogen worden war. Jetzt rächst du dich. Und darum versteckst du dich hier.»

Komisch, ging es ihm durch den Kopf, während er sprach, daß ich überhaupt keine Angst vor ihm habe. Glaube ich nicht daran, daß er mich abknallen kann? Nur weil Chris hier steht? Er lächelte, hob die Hand und griff nach der Pistole, fühlte das kalte Metall unter seinen Fingern.

«Was willst du? Mich hier auch erschießen?»

Er drehte die Pistole von sich weg, blickte zu Chris hinüber, die Mats mit verschlossener Miene ansah.

«Weißt du denn nichts davon?» fragte Kroonen seine Tochter. «Im letzten Monat ist ein Mann in Göteborg erschossen worden und in der letzten Woche einer in Västerås. Jetzt ist der in Malmö dran. Das waren die Geschäftspartner seines Vaters...»

«Schnauze!»

Mats brüllte so laut, daß das Wort von den Klippen zurückgeworfen und scheinbar von einer Möwe beantwortet wurde, die irgendwo dahinter schrie. Mats streckte eine Hand nach Chris aus.

«Glaub ihm nicht.»

Ihr Gesicht war straff und bleich, sie ergriff seine Hand nicht und schwieg.

«Okay», lenkte Mats ein. Er verzog den Mund zu einem schrägen Lächeln. «Klar, er hat recht. Deshalb sind wir so lange hiergeblieben. Lennart kümmert sich um diese Scheißkerle! Einen nach dem anderen.» Das Lächeln verwandelte sich in eine Grimasse. «Und das wird dieser verdammte Journalist auch nicht verhindern...»

Er blickte Chris an, sie schwieg weiter, und ihr Mund war nur ein schmaler Strich.

«Chris, hör mir zu! Ich konnte dir das nicht erzählen. Verstehst du mich nicht? Du hattest damit nichts zu tun. Du warst ja überhaupt nicht mit dabei, damals...» Er hatte die Stimme wieder erhoben und schien völlig vergessen zu haben, daß Kroonen und Kiki dabeistanden. «Das war mein Vater! Die haben ihm alles kaputtgemacht! Lundström, Svensson und Ullman. Wirklich! Er hat recht!»

Er machte einen Schritt auf sie zu, und sie trat automatisch einen Schritt zurück.

«Chris! Liebe Chris!»

Seine Stimme klang bittend, und er hatte die Hand mit der Pistole gesenkt.

«Ich mußte das tun. Du hast ja selbst gesehen, wie es mit meiner Mutter jetzt ist. Du hast ja gesehen, was die angerichtet haben...» Seine Stimme wurde wieder schrill. «Verstehst du nicht, was diese Teufel getan haben?»

Das letzte Wort hallte wieder durch die Klippen.

«Wolltest du deswegen nicht weg von hier?» Chris trat einen Schritt vor. «Mats!»

«Ich will mit dir weg, Chris. Sobald Lennart anruft, machen wir uns auf den Weg. Liebling...»

Kroonen blickte seine Tochter an. Sie sah immer noch abgespannt und bleich aus, aber das hatte er gar nicht feststellen wollen. Er sah ihre Augen und den Blick, den sie auf Mats gerichtet hatte. Ein harter, leerer Blick. Kroonen-Augen, fiel ihm ein.

«Lennart», sagte sie langsam. «Diese Ratte. Du wolltest mit ihm nichts mehr zu tun haben, hast du gesagt!»

«Chris, ich brauchte ihn. Ich konnte doch von hier nicht wegkommen!»

«Und du hast ihn bezahlt.»

Das war keine Frage.

«Ja.» Mats lachte höhnisch. «Wovor hast du Angst? Hast du Angst um dein Geld? Er hat nicht viel bekommen, Liebling, es ist noch genug für uns beide da...»

Er wandte sich mit einem Ruck um. Blickte überrascht in den Himmel, wo surrende Motorengeräusche zu hören waren. Die anderen sahen auch in den Himmel. Mats wandte sich an Kroonen.

«Verdammt noch mal, was hast du getan? Du Idiot!» Er hob die Pistole.

Chris schrie, und Mats blickte wieder nach oben. Über ihm tauchte ein schwarzweißer Hubschrauber auf, wie ein Raubvogel in einem Schwung und einem blitzschnellen Abtauchen, und das Surren wurde von einer metallischen Stimme übertönt.

Kroonen begriff plötzlich, daß Mats schießen würde. Er kniff die Augen zusammen, und seine Gedanken wirbelten, blitzschnelle Bilder rauschten vorbei. Heleen und ein kleines Mädchen mit einem Dreirad auf einem sonnenüberfluteten Sandweg. Aber als die metallische Stimme wieder zu hören war und der Motorenlärm und das Geräusch der Rotorblätter stärker wurde, öffnete er wieder die

Augen. Er sah, wie Mats über die flache Klippe rannte, beinahe stolperte, das Gleichgewicht wiederfand und hinter dem Haus verschwand. Im nächsten Augenblick klammerte sich Chris in dem starken Windzug der Rotorblätter an ihm fest.

«Ab? Alles okay?»

Peter Hill kam vornübergebeugt auf sie zugelaufen.

«Ist alles in Ordnung, Ab?»

Kroonen nickte verwirrt, konnte keinen Ton herausbekommen, sah hinter Hill Westers dickliche Gestalt aus dem Hubschrauber springen und nach ihm drei Männer in Overalls mit Maschinenpistolen. Wester machte ein paar deutliche Handbewegungen auf das Haus zu, und die drei Männer liefen über die Klippen. Kroonen hörte, wie Chris aufschrie, und sah, wie sie hinter den drei Männern herrannte. Sie sprang dem letzten auf den Rücken, zog ihn an den Haaren und schrie auf holländisch:

«Laßt ihn in Ruhe. Laßt ihn in Ruhe!»

Der Mann im Overall lag plötzlich über ihr mit einem Knie zwischen ihren Brüsten, eine Hand um ihren linken Arm und die Maschinenpistole auf ihre Kehle gerichtet.

Kroonen wollte hinstürmen, aber Hill hielt ihn zurück, nickte Wester zu, der völlig ruhig, als ob er auf einer Straße einen Spaziergang machte, zu dem Mann hinging und ihm etwas sagte. Der Mann mit der Maschinenpistole stand auf und lief weiter auf das Haus zu. Links und rechts von dem Haus hockten seine Kameraden mit angelegten Maschinenpistolen auf den Knien. Wester half Chris auf die Füße und führte sie zurück. Sie weinte, als Kroonen nach ihr griff und sie in den Arm nahm. Im gleichen Augenblick wurden die Motoren des Hubschraubers abgestellt, und es war still. In der nächsten Sekunde hörte man in der Nähe des Hauses einen ohrenbetäubenden Knall und dann noch einen. Der Mann links vom Haus sackte zusammen, ließ seine Pistole fallen, drehte sich mehrmals um sich selbst und begann dabei langsam die Klippe hinunterzurollen.

Wester fluchte. Er sprang den Hügel hinauf.

«Die schießen ihn tot, Papa! Die töten ihn!» Chris weinte und schrie und drückte ihren Kopf an Kroonens Brust. «Papa, Papa!»

Er streichelte hilflos ihre Haare, während er Hill ansah.

«Wie hast du hierhergefunden?»

Hill antwortete nicht, sah den Hügel hinauf, und Kroonen folgte seinem Blick. Mats war aus dem Haus gekommen. In der einen Hand hielt er eine kleine Tasche, in der anderen die Pistole. Einige Meter links und rechts von ihm waren die Männer jetzt hinter Steinen in Deckung gegangen. Weiter unten hatte Wester sich ins Gestrüpp in eine Spalte gelegt, aber als Mats zu rennen anfing, richtete er sich auf und hob den Arm.

Aus Mats' Hinterkopf schien plötzlich eine rote Blume zu wachsen und sich zu entfalten. Kroonen drückte Chris fester an sich, fühlte, wie ihm die Magensäure in die Kehle stieg, und blickte weg über Chris' Scheitel.

Die beiden bewaffneten Männer pirschten sich zu der Stelle vor, an der Mats hingesunken war. Der eine von ihnen stieß mit dem Fuß gegen etwas auf der Erde, blickte dann hinunter zu Wester und gab ein Zeichen mit dem Daumen nach oben. Wester nickte, kam auf die Füße, klopfte sich den Staub ab und ging langsam auf das Haus zu.

Epilog

«Glaubst du, daß du das veröffentlichen kannst?» fragte Kroonen.

Peter Hill lächelte und hob sein Bierglas.

«Das kann ich», bestätigte er, nahm einen Schluck und wischte sich den Schaum von der Oberlippe, «und das würde ich auch gern. Aber ich werde es nicht tun.»

«Wie bitte?» Kroonens Hand mit dem Glas verharrte auf halbem Weg zwischen dem Tisch und seinem Mund. «Warum denn nicht? Nur deshalb hast du doch überhaupt in dieser Sache herumgestochert. Weil du diesem Olsson ans Leder wolltest!»

Hill ließ sein Glas kreisen und blickte auf die schwappende Flüssigkeit.

«Na klar. Sicher wollte ich das. Olsson, der den Staatsapparat mißbraucht, um die sexuellen Seitensprünge seines guten Freundes zu vertuschen. Der Etatmittel seines Ministeriums dazu verwendete, um einen Erpresser zu bezahlen! Phantastisch! Nach all diesen Jahren würde das für Sven Olsson das Aus bedeuten.»

Kroonen blickte ihn erstaunt an.

«Und warum nicht? Darauf hast du doch gehofft. Und dafür würdest du doch ein saftiges Honorar bekommen!»

«Allerdings.» Hill lachte auf. «Aber so groß sind die Summen dann doch nicht.»

«Aber warum schreibst du den Artikel denn nicht trotzdem?»

Hill blickte zu Christine hinüber. Sie lag auf einem Ledersofa und schlief mit einer Tasche unter dem Kopf. Vom Griff der Tasche baumelte ein KLM-Anhänger.

«Erinnerst du dich daran, was ich über Wester gesagt habe? Daß er natürlich deine Tochter nicht ohne weiteres laufenlassen würde?»

Kroonen machte ein überraschtes Gesicht. «Aber er hat es doch getan?»

«Ja», bestätigte Hill und trank noch einen Schluck. «Sicher. Aber das hat er nicht vorgehabt.»

Er wartete einen Moment, weil die metallische Stimme aus dem Lautsprecher einen Flug nach Edinburgh ansagte.

«Wollen wir noch ein Bier trinken?»

Hill war bereits aufgestanden. Kroonen blickte auf die Uhr. Sie hatten noch eine gute halbe Stunde Zeit, bis die Maschine nach Amsterdam zum Einsteigen bereit war.

«Sehr gern.»

Peter Hill ging mit ihren Gläsern an die Bar. Kroonen schaute auf seine schlafende Tochter. Dachte an die kleine Insel hinter Nämdö. Wie sie am Ende in den Hubschrauber geklettert und nach Stockholm geflogen waren. Wie Hill in dem Hotel in Gamla Stan erzählt hatte, was in Malmö alles geschehen war. Daß Ullman in Lebensgefahr geschwebt hatte, aber wahrscheinlich durchkommen würde. Daß Lennart nach einigen Stunden Verhör zusammengeklappt war und gesagt hatte, wo sich die Insel befand. Daß Wester gezwungen gewesen war, Hill mitzunehmen.

«Er konnte gar nichts anderes tun», hatte Hill gesagt. «Er wußte, daß ich sonst zur Zeitung gegangen wäre und alles veröffentlicht hätte.»

Sie waren nicht lange im Hotel geblieben, hatten nur Plätze für den nächstmöglichen Flug nach Amsterdam gebucht und Kroonens Koffer gepackt. Chris hatte gesagt, daß es nichts gab, das sie mitnehmen wollte, weder auf der Insel noch bei Kiki. War das wirklich so? Er blickte auf ihr müdes Gesicht, wie sie da schlief, so wie sie, soweit er sich erinnern konnte, immer geschlafen hatte. Auf dem Rücken und mit einer Hand unter einer Wange. Wester hatte während des kurzen Fluges nach Stockholm nichts gesagt. Er hatte mit seinen Leuten zusammengesessen, hinter ihnen hatte der tote Kamerad gelegen. Was sie mit Mats' Leiche getan hatten, wußte Kroonen nicht. Hill war der Meinung, sie würden ihn später abholen, denn in dem Hubschrauber war kein Platz mehr gewesen. Vielleicht hatten sie sie auch ins Wasser geworfen. Eine Angelegenheit, die einfach unter den Teppich gekehrt wurde.

Hill kam zurück und stellte das Glas vor ihn hin, bevor er sich setzte.

«Natürlich wollte Wester sie festnehmen», sagte er. «Er muß ja trotz allem irgendeine Art von Bericht für seinen Vorgesetzten schreiben.»

«Für Olsson», ergänzte Kroonen.

«Ja.» Hill hob sein Glas, als ob er ihm zuprosten wollte, und trank dann einen langen Zug. «Wir haben darüber auf dem Flug von Malmö zurück gesprochen. Er war damit natürlich nicht einverstanden.»

«Womit nicht einverstanden?»

Hill blickte Kroonen fest an.

«Natürlich wollte ich das alles veröffentlichen, Ab. Was hast du denn geglaubt? Und nicht nur des Honorars wegen, obwohl ich das gut brauchen kann. Also, Wester wollte mich zuerst festnehmen, aber Tatsache ist ja, daß er nichts gegen mich vorbringen kann. Das einzige Illegale, was ich während dieser Tage getan habe, ist der Hausfriedensbruch bei Mats Berggren, aber davon wußte er ja nichts, und wenn er es erfahren hätte, könnte er mich deswegen jetzt nicht mehr anzeigen.»

Er blickte auf seine Uhr.

«Ihr müßt bald gehen.»

«Ja», nickte Kroonen und wartete darauf, daß Hill weiterredete.

«Also. Nachdem ich ihm erzählt hatte, was ich wußte, fragte er gar nicht mehr danach, ob ich es publizieren wollte, denn Wester kennt mich...»

Er trank wieder einen Schluck. Kroonen hatte sein Glas noch nicht angerührt.

«Und?»

«Auf dem Weg zu euch habe ich ihn gefragt, ob er sie hierbehalten wollte...»

Hill nickte zu Christine hinüber, die im gleichen Augenblick aufstöhnte und sich bewegte, als sei sie kurz vor dem Aufwachen.

«Das hatte er sich wohl so vorgestellt. Chris und Mats hatten das alles gemeinsam geplant, und Wester hatte eine Tonbandaufnahme mit einem Geständnis von Lennart, aus dem das alles hervorging. Sie sollte wahrscheinlich nach Holland ausgeliefert und dort verurteilt werden, und du kannst Gift drauf nehmen, daß diesem Rüter etwas eingefallen wäre, um sich zu rächen. Anonym natürlich.»

«Und Mats?»

Hill zog eine Grimasse und blickte zu Chris hinüber.

«Nein. Es war wohl von Anfang an klar, daß sie ihn erschießen wollten, wenn sich zeigen würde, daß er bewaffnet war.»

«Wirklich?»

«Aber klar. Mats hätte geredet, was zu einer gerichtlichen Untersuchung geführt hätte, und das war das Schlimmste, was ihnen passieren konnte. Nein, Chris außer Landes und Mats tot.»

«Um Gottes willen!» sagte Kroonen leise.

Chris öffnete die Augen einen Moment und schloß sie dann wieder, aber er wußte, daß sie jetzt ihrem Gespräch zuhörte.

«Ja», fuhr Hill fort. «Als ich die Männer aus dem Hubschrauber springen sah, habe ich das begriffen. Wer weiß, vielleicht hätte er sie auch erschießen wollen. Wester...»

Er schüttelte mit dem Kopf und suchte in seinen Taschen nach Zigaretten.

«Nun, auf dem Weg zur Insel habe ich gesagt, was er tun könnte, damit ich die ganze Sache nicht veröffentliche.» Er steckte sich eine Zigarette an und schaute Kroonen ins Gesicht.

«Verstehst du?»

Einen Moment lang starrte Kroonen Hill an, dann begriff er.

«Ja», sagte er leise. «Ja, ich verstehe.»

Er blickte wieder zu Christine, die jetzt die Beine hochzog und die Arme streckte.

«Danke», sagte Kroonen.

Hill nickte.

Kroonen trank ein wenig von seinem Bier.

«Aber wie erklärt Wester das denn dem Olsson?»

«Tja, die sind beim Schußwechsel mit Westers Leuten umgekommen, und die beiden haben strikte Anweisung, die Schnauze zu halten; sie haben übrigens keine Ahnung, was Säpo an das Justizministerium berichtet.»

Die metallische Stimme dröhnte über ihren Köpfen und rief die Passagiere nach Amsterdam auf.

«Jetzt mußt du gehen», sagte Peter Hill. Er stand auf, während Kroonen zu seiner Tochter hinging. Sie gähnte und richtete sich auf, und Kroonen kam zu Peter Hill zurück.

«Danke», sagte er leise und legte die Hand auf seine Schulter.

Peter Hill nickte wieder und begleitete sie durch die Abgangshalle. An der Sperre blieb er stehen und schüttelte Chris und Kroonen die Hand.

«Macht's gut», sagte Peter Hill.

Chris nickte, und Kroonen wollte etwas sagen, bekam aber kein Wort heraus und drückte Hills Hand.

Dann nahm er Chris beim Arm und ging los. Weder er noch seine Tochter drehten sich um, während Peter Hill ihnen nachsah. Ein kleiner untersetzter Mann mit einem Koffer und eine junge schlanke Frau, die ein wenig an Jean Seberg in ihrer Rolle in dem Film «Außer Atem» erinnerte.

Während Hill durch die Halle zum Ausgang lief, steckte er die Hände in die Jackentasche. Er runzelte die Augenbrauen und zog ein Bündel Scheine heraus, die in der rechten Tasche gelegen hatten. Er starrte einen Augenblick auf das Bündel. Sicher zehn Tausendkronenscheine. Dann lächelte er ein wenig, zuckte mit den Schultern und stopfte die Scheine in die Tasche zurück.

Er blieb an einer Fernsprechzelle stehen, blickte zu der Tafel mit den Abgangszeiten für die Inlandflüge hinauf. Die Maschine nach Malmö sollte in einer halben Stunde abfliegen.

Dann zuckte er wieder mit den Schultern und ging mit energischen Schritten auf die Glastüren zu. Die öffneten sich lautlos, und er trat in die Dunkelheit hinaus.

Stockholm / Middelie 1989 / 1990